FANNY K

Himmel, Herrgott, Hirschgeweih

EIN DORFKRIMI

PENGUIN VERLAG

Penguin Random House Verlagsgruppe FSC® N001967

2. Auflage
Copyright © 2019 Penguin Verlag, München,
in der Penguin Random House Verlagsgruppe GmbH,
Neumarkter Str. 28, 81673 München
Vermittelt durch die Literarische Agentur Kossack
Liedzeile S. 5 © Rainhard Fendrich
Umschlag: Hafen Werbeagentur, Hamburg
Umschlagmotiv: © PK-Photos/GettyImages/Sina Ettmer/EyeEm/
GettyImages; © wakila/GettyImages; © wakila/GettyImages; taviphoto/
GettyImages; © www.galerie-ef.de/GettyImages
Satz: Greiner & Reichel, Köln
Druck und Bindung: CPI books GmbH, Leck
Printed in Germany
ISBN 978-3-328-10460-5
www.penguin-verlag.de

Dieses Buch ist auch als E-Book erhältlich.

»Weil a bissl Glück für di no lang net reicht.
Weis'd bei mir bleibst, wenn da beste Freind si schleicht.
Weis'da Herz hast wia a Bergwerk.
Weis'da Wahnsinn bist für mi!«

Danke!

I

Brunftzeit

Glauben würde einem das keiner, würde man die Geschichte einfach so weitererzählen, so von Mund zu Mund und von Ohr zu Ohr. Also wirklich nicht. Gott sei Dank aber hatten der Fritzi Hinterbichler und sein Klassenkamerad Bertl Murner ihre Handys immer griffbereit und konnten sofort fleißig Fotos schießen vom Bild des Grauens. Weil, wirklich, man musste es tatsächlich mit eigenen Augen gesehen haben. Oder wenigstens auf dem Telefon hergezeigt bekommen.

Ihr Schulweg, der führte die beiden vierzehnjährigen Burschen tagtäglich zweimal direkt am Eichenberger Wäldchen vorbei. Einmal in der Früh und einmal am Nachmittag, dann nämlich, wenn die Schule aus war. Seit den Sommerferien nutzten sie den Schutz der Bäume regelmäßig für die ein oder andere geteilte Zigarette – obwohl es ihnen noch sehr schwerfiel und auch furchtbar grauslich schmeckte. Aber immerhin waren sie jetzt in der neunten Klasse, und da sollte man sich schon ein bisschen Mühe geben mit der Coolness und so.

Abwechselnd stibitzten sie das Rauchwerk entweder bei Bertls Vater, dem Reinhard Murner, gern auch zu später Stunde beim Hinterbichler in der Wirtsstube am Stammtisch. Früher oder später wurde da eh immer gestritten, und die Gemüter waren entweder so erhitzt oder so biermüde, dass es überhaupt nicht auffiel, wenn beim Willibecher-Abräumen auch mal eine fast leere Marlboro-Schachtel mit verschwand. Der Fritzi, bester Hilfskellner im väterlichen Betrieb, hatte beim Zigarettenklau jedenfalls um Längen die Nase vorn. Aber unter besten Freunden war das eh total wurscht, da rechnete man nicht auf.

An diesem Wochenende hatte beim Hinterbichler-Wirt mal wieder die Jahrestagung samt anschließendem Festschmaus der Feuerwehr von Obereichenberg stattgefunden. Das Vereins-Highlight in jedem Oktober.

Immer dann, wenn sich im Eichenberger Wäldchen die Blätter färbten, es draußen kälter und feucht wurde und einfach nicht mehr so viel brennen wollte, dann hatten auch die Helden des Dorfes einmal Zeit, die Beine von sich und die Hand zum Glas zu strecken.

Abwechselnd tagte man dann entweder beim Vater vom Fritzi oder aber im zweiten Eichenberger Wirtshaus, beim Stroblinger. Soweit sich die ältesten Eichenberger zurückerinnern konnten, gab es die beiden gleichermaßen beliebten Bierschänken im Ort und den zugehörigen Wechselrhythmus. Weil, ein bisserl Abwechslung beim Trinkgenuss braucht selbst der gemütlichste Stammtisch.

Und zu diesem Anlass konnte der Fritzi so reiche Beute machen, es hätte locker zu einer eigenen Packung für jeden gereicht. Aber so erfahren waren die Teenagerjungen noch nicht. Heimlich waren sie beide froh über den geteilten Schmauch und ein bisschen weniger Hustenmüssen. Das Rauchtraining gehörte aber einfach dazu zum Erwachsenwerden, und so bogen sie am Montag in der Früh, wie immer, gleich hinter dem kleinen Marienaltar am Eichenberg rechts in den Wald ab. Ein paar Hundert Meter den Kiesweg entlang und dann ab ins Unterholz. Auf halbem Weg Luftlinie zum Max-Rainer-Gymnasium thronte da, seit Jahren verlassen, der alte Hochsitz vom Leitner-Jäger. Karl Leitner hatte sich längst etwas Bequemeres und Moderneres weiter oben im Revier aufgestellt. Aber das morsche Relikt faulte immer noch ungenutzt und einsam vor sich hin, und außer dem Fritzi und dem Bertl verirrte sich schon lange keine Menschenseele mehr dorthin. Bis zu diesem Montagmorgen …

Oder besser gesagt, bis irgendwann kurz vor diesem Montagmorgen. Denn das, was den beiden dann plötzlich um sechs Uhr dreißig im Dämmerlicht das Blut in den Adern gefrieren ließ, hatte sich schon seit längerer Zeit nicht mehr bewegt.

Dem Fritzi fiel vor lauter Schreck die Kippenschachtel samt Feuerzeug aus der Hand, und der Bertl hat gleich den ganzen Nutella-Toast vom Frühstück wieder ausgespieben, so grausig war das Bild, das sich ihnen da am Jagersitz bot.

Noch im feinsten Uniformszwirn und mit der Feuer-

wehrmütze schief auf dem Schädel lehnte Hauptbrandmeister Ludwig Wimmer an der Leiter, die zur Kanzel
hochführte. Mit den dicken Wurstfingern seiner rechten Hand hielt er sich an der selbigen fest, der linke Arm
hing steif und leblos nach unten. Steif und leblos, das be-
schrieb auch den Rest vom Wimmer Ludwig ziemlich genau. Sein schwerer Quadratschädel hing quer zwischen
zwei Sprossen, die Augen waren weit aufgerissen und
stierten glasig ins Leere. Aus dem Mund, in den zu Lebzeiten zu jeder sich bietenden Gelegenheit einbahnstraßig
Bier und Schweinsbraten gewandert waren, quoll fleischig
schwarz-blau die Zunge.

Was oben reingeht, muss irgendwann unten raus, selbst
beim fettesten Wanst. Und scheinbar waren die Speicher
vom Feuerwehrhauptmann kurz vor seinem Tod randvoll
gewesen, denn die persönliche Entleerung war sozusagen
seine letzte Amtshandlung gewesen. Die wollgraue An-
zughose hing ihm zwischen den Beinen am Waldboden,
ebenso die lang schon nicht mehr weiße Unterhose mit
den deutlich sichtbaren gelben Spuren aus dem finalen
Einsatz vom Wimmer-Schlauch. Der war Gott sei Dank
gut unter der enormen Wampe und den Hemdszipfeln
versteckt, und sein Anblick blieb den Buben erspart. Aber
wer weiß, vielleicht wäre der Feuerwehrzipfel ihnen sogar
lieber gewesen als das, was es sonst noch zu sehen gab im
Morgengrauen des Waldes.

Der Wimmer war nämlich nicht allein gewesen in seinen letzten Minuten. Der König des Waldes hatte ihm
beim Ableben Gesellschaft und, so wie es aussah, sogar ein

wenig Hilfe geleistet. Was den fetten Hauptbrandmeister nämlich so stabil an der Leiter hielt, war das stolze Geweih eines ausgewachsenen Zwölfenders, welches sich fest und blutig durch den Janker in seinen Rücken gebohrt hatte. Das mittlerweile getrocknete Blut hatte die Anzugjacke rund um das Horn dunkel gefärbt. Die spitzen Enden verschwanden tief im Männerrücken. Von einem Mordsdrum-Hirsch war der Wimmer von hinten durch die Brust aufgespießt worden, so was hatten die beiden Burschen wirklich noch nie gesehen.

Wie dem Wimmer so hing auch dem Viech die todesdunkle Zunge aus dem Maul, und die großen braunen Augen starrten auf das gleiche Nichts. Der Hirsch war so tot wie der Wimmer, das sah man nicht nur am starren Blick, sondern eindeutig an der schrotzerfetzten blutigen Flanke, an der sich schon fleißig die Fliegen versammelten. Trotz kühler Oktoberluft war der Gestank bestialisch, Fäkal-Geruch von Tier und Mensch, das rostige Blut dazu – kein Wunder, dass das Bertl-Frühstück nach oben gedrängt hatte.

»Der Wimmer …«, mit dem Ärmel wischte sich der Bertl die Spucke aus dem Gesicht.

»… beim Pissen vom Hirsch erstochen«, flüsterte der Fritzi, ohne den Blick von der Todesszenerie zu wenden. »Gibts des?«

»Ich hab gar nicht gewusst, dass die so was können …« Der Bertl schluckte einmal tief. »Ich dachte, das sind Fluchttiere.« Fragend sah er den Fritzi an, der wusste doch eh immer alles ein wenig besser.

»Was hatte der überhaupt hier zu suchen?«, murmelte der Fritzi mehr zu sich selbst als zum Bertl.

»Der Hirsch?«

»Nein, du Depp, der Wimmer. Schau, der hat immer noch die Uniform an, vom Samstag. Vom Feuerwehrfest. War der die ganze Zeit hier im Wald?«

»In *Bambi*, da sind die alle voll lieb. Da tun die keinem was.«

Ein bisserl irritiert sah der Fritzi über die Schulter zu seinem Freund, der offenbar gerade mit seiner Vorstellung vom Tierleben zu kämpfen hatte. Kein Wunder, dass der letztes Jahr sitzen geblieben war, der Hellste war er wirklich nicht.

»Aber …« Der Bertl kratzte sich den Kopf und kniff angestrengt die Augen zusammen. »… der Hirsch ist ja total tot. Wie kann der denn den Wimmer aufspießen? Und der tote Wimmer kann ja nicht den Hirsch erschießen, oder? Wie soll das denn gehn? Das passt doch überhaupt nicht zam. Das kann ja eigentlich so gar nicht sein …« Er sah aus, als würde ihm gleich der Kopf platzen vor lauter angestrengtem Ums-Eck-Denken. Aber der Bertl hatte ausnahmsweise mal recht, musste selbst der Fritzi zugeben. Der mausetote Wimmer beim Pissen aufgespießt von einem toten – falsch –, von einem erschossenen Hirsch, das sah nicht nur ziemlich unglaublich aus, das war auch rein logisch eine Sackgasse.

»Wer hat den Hirsch erschossen? Ha? Was meinst?« Der Bertl zupfte an Fritzis Jackenärmel. »Hm? Wer war das?«

»Bertl, keine Ahnung! Woher soll ich das wissen? Aber wer auch immer das war, der kann uns sicher erklären, warum des Viech kein Fluchttier war und was der Wimmer seit Samstagnacht im Wald getrieben hat. Und jetzt geh her und mach ein Foto, des glaubt uns sonst nämlich kein Mensch«, sprach der Fritzi und zückte sein Handy. »Und dann nix wie weg, sonst denkt am End nur wieder einer, wir wären schuld an der Sache.«

II
Parkverbot

»Vierzig Kilo Kartoffeln, zehn Kilo Zwiebeln, fünfzehn Kilo Leberkäs, zweihundert Weißwürst, zwanzig Liter süßer Senf, hundertfünfzig Semmeln, hundertfünfzig Brezn …« Hochwürden Leopold Meininger kratzte sich mit dem Kugelschreiber den Hals unter dem recht engen Kollar. Dass die Dinger auch immer so furchtbar jucken mussten, frisch aus der Wäsche. Und wie der zwickte, dieser Priesterkragen, viel zu eng. Vermutlich hatte er die letzten Wochen doch ein wenig zu oft zum Apfelkuchen gelangt. Aber frisch aus dem Backofen war der auch wirklich zum Niederknien. Da konnte kein Heiliger nicht widerstehen. Die Maria war einfach eine verboten gute Pfarrersköchin. Mmmmh … dieser Apfelkuchen. Vielleicht sollte er sie später noch bitten, einen in den Ofen zu schieben. Nur einen ganz kleinen, und ab morgen, da würde er dann enthaltsam bleiben. Der Pfarrer brummte glücklich, das Wasser lief ihm im Mund zusammen.

Aber jetzt erst einmal auf die Liste konzentrieren. Ein letzter Check, damit am Wochenende beim Pfarrfest auch ja niemand hungrig nach Hause gehen würde. Eigentlich sollte das mittlerweile Routine sein, diese ganze Planerei. Über zwanzig Jahre war der Leopold Meininger nun schon Pfarrer von Eichenberg und den beiden zugehörigen Gemeinden in Ober- und Untereichenberg. Und seitdem gab es immer zum Novemberanfang, gleich nach Erntedank und noch vor den Weihnachtsfestivitäten, das traditionelle Pfarrfest. Aber jedes Jahr aufs Neue überkam den Geistlichen kurz vorher die große Panik, dass es zu wenig zu essen geben könnte. Heiliges Amt hin oder her, vor dieser niederbayerischen Unsitte schien keiner gefeit zu sein, nicht einmal Hochwürden selbst. Dabei war noch niemals jemand von diesem Fest mit Hunger nach Hause gegangen. Ganz im Gegenteil. Bergeweise wurden die Kuchen der Landfrauen und die Reste vom Feuerwehrspanferkel für die Daheimgebliebenen eingepackt und abends dann nach Hause geschleppt. Damit auch ja eine jede fußlahme Oma und jeder katarrhkranke Rotzlöffel was erwischte vom Schweinderl und den berühmten Zwetschgenbavesen der alten Schneitnerin.

Kein Grund zur Sorge also, die Speisung der Fünftausend hatte noch in jedem Jahr funktioniert. Aber: Vertrau auf Gott und eigene Kraft. Das war Meiningers Motto, und damit war er immer gut gefahren. Also lieber selbst noch mal durchzählen im Kopf. Knapp vierhundert Eichenberger und ein bisserl Umländer hatten das Pfarrfest im letzten Jahr besucht, rammelvoll war die Turnhalle der Hauptschule gewesen, von zehn Uhr vormittags bis elf am Abend, als sie die letzten gemütlichen Hocker endlich rausgekehrt hatten.

Das Weißwurstfrühstück und der Frühschoppen ein voller Erfolg, die hundert Weißwürst weg wie nix, das Bier wäre ihnen beinah um Mittag schon ausgegangen, wenn nicht die Feuerwehr den Privatvorrat freigegeben hätte. Der Nachmittag wie immer ein Grill- und Kuchengelage. Als gäbs das ganze Jahr nichts zu essen. Die Schlangen an den Ausgabetheken meterlang, die Biertische in der Halle bis auf den letzten Platz voll besetzt. Aber, da ließen sich die Leute nichts nachsagen, auch die Spendenkassen jedes Jahr bis zum Rand gefüllt. Einen Großteil der neuen Kirchenglocke hatte das Fest eingespielt, und für die Abenteuerrutschenlandschaft vom Kindergarten hatte es auch noch gereicht. Richtig stolz war der Meininger auf seine Schäfchen, die hatten sich noch nie nicht lumpen lassen, wenn es um einen guten Zweck ging. Hoffentlich würde sich das dieses Jahr wiederholen. Nachdenklich kaute er auf seinem Schreiber. Es ging nämlich nicht um beheizbare Kirchenbänke oder den Zuschuss zu einer Pilgerfahrt nach Rom, diesmal sollte alles Geld ganz privat einer vom Schicksal hart getroffenen Familie helfen oder, besser gesagt, was davon noch übrig war nach dem großen Unglück. Der Meininger betete zu Gott, dass das Mitgefühl bei seiner Gemeinde groß genug war, um den Geldbeutel weit zu öffnen. Die Hasleitner Erna konnte wirklich jeden Cent gebrauchen nach dieser furchtbaren Geschichte im Sommer.

Leise klopfte es an der Tür zu seinem Arbeitszimmer.

»Herein.«

Tief aus den Gedanken gerissen, wusste er trotzdem sofort, wer da um Einlass bat, und seine Sorgenfalten lösten sich ganz plötzlich in Luft auf. Die Tür öffnete sich einen Spalt, und die gute Seele des Hauses steckte den Kopf in sein Büro hinein.

»Herr Pfarrer, hätten Sie kurz eine Minute?«

Vor vielen, vielen Jahren, als Leopold Meininger, gerade frisch geweihter Priester, nach Eichenberg gekommen war, hatte er Maria Huber sozusagen als Bestandteil der Inventarliste des Pfarrhauses übernommen, zusammen mit den Möbeln, dem alten Moped seines Vorgängers und einem rostigen Radl. Die Maria war mit Abstand und ohne Zweifel das Beste auf dieser Liste.

Bei einem tragischen Autounfall hatte die damals Neunundzwanzigjährige ein Jahr zuvor ihren Mann und die kleine Tochter verloren und den Trost über dieses Unglück im Dienst für die Kirche und die Gemeinde gesucht. Heiraten, das wollte sie nicht mehr, neue Kinder konnten ihr das verlorene nicht ersetzen, und so hatte sie sich kurzerhand um die offene Stelle der Haushälterin beworben. Noch heute hatte der Pfarrer höchsten Respekt für diese resolute Entscheidung.

Aber so war die Maria in allen Dingen des Lebens. Praktisch, pragmatisch und mit einem großen Herzen, auch wenn sie das ganz gut verstecken konnte. Fleißig war sie für drei, und manchmal dachte der Leopold schon, dass sie vielleicht der bessere Pfarrer geworden wäre. Jedenfalls hatte sie ihn nie spüren lassen, wie schwer diese ersten einsamen Jahre gewesen sein mussten, ganz im Gegenteil. Gerade dreißig und noch recht grün hinter den heiligen Ohren, war er damals über die Kirchenstufen, oft auch den Talar und noch öfter über die eigenen Füße gestolpert, und immer war die Maria zur Stelle gewesen, um ihn vor Schlimmerem zu bewahren. Als »echte« Eichenbergerin in fünfter Generation kannte sie alle politischen und familiären Ränke in der Gemeinde und den umliegenden Höfen. Über Intrigen und Gerüchte war sie meist schon informiert, bevor das Gerede überhaupt begann, selbst aber konnte sie schweigen wie das tiefste Grab.

Womit der Meininger sich damals ihr Wohlwollen verdient hatte, das war ihm bis heute ein Rätsel, und fragen hätte er sich niemals nicht getraut. Zweiundzwanzig Jahre lang hatte er den helfenden Engel stattdessen täglich in seine Gebete eingeschlossen und dem Herrgott für diese schicksalhafte Fügung gedankt.

Über die Jahre waren mit jeder Rohrnudel, jedem Apfelkuchen und jedem Sonntagsbraten die Dankbarkeit und ein wenig auch der Bauchumfang gewachsen. Sodass er seine mittlerweile recht stattliche Figur zum großen Teil der Fürsorge von Maria Huber zu verdanken hatte. Viele Höhen und Tiefen hatten sie miteinander erlebt, Hochzeiten, Beerdigungen, Taufen und jedes Jahr natürlich eine Erstkommunion. Tausende von Unterhosen, Strümpfen und Talaren hatte die Maria ihm schon gewaschen, gestärkt und gebügelt, ohne eine Miene zu verziehen, und mindestens einmal im Winter ihn durch eine gemeine Erkältung gepflegt. Es gab, neben seiner Mutter – der Herrgott möge ihrer Seele gnädig sein –, niemanden, der ihn besser kannte. Und vielleicht gerade deswegen wahrten sie beide eine schon fast altertümlich wirkende Distanz. Obwohl sie vom Alter her gar nicht so weit auseinanderlagen, wurden Form und Haltung in ihrer Beziehung ganz großgeschrieben. Vielleicht lag es aber auch einfach daran, dass sie beide nur zu gut wussten, wie weh es tat, jemanden ein bisserl zu gern zu haben …

»Mei, Hochwürden, wie schaun Sie denn aus?« Die Maria starrte ihn mit weit aufgerissenen Augen an.

Leopold Meininger blickte von seiner Liste auf und runzelte fragend die Stirn.

»Herr Pfarrer, Sie sind ja über und über blau! Der ganze Mund, mei, und der Kragen! Der war noch ganz frisch!«

Ohne auf ein weiteres »Herein« oder »Bitte, treten Sie doch näher« zu warten, stapfte die Maria in sein Büro und riss ihm aufgebracht den Kugelschreiber aus den blauen Fingern. Sinnierend kauend hatte er mal wieder die Patrone erwischt und sich den ganzen Mund und beim Halskratzen auch noch die halbe Talarmontur voll Farbe geschmiert. Scheiße.

»Herr Pfarrer …«

Sie fuchtelte mit dem spuckefeuchten Ding vor seinem Gesicht in der Luft.

»Herr Pfarrer, ich hab Ihnen schon hundertmal gesagt, dass Sie nicht auf den Stiften beißen sollen. Herrgottsakra, furchtbar ist das mit Ihnen. Tag und Nacht müsst man auf Sie aufpassen.«

Ihr Blick wurde ein ganz kleines bisschen milder.

»Denkens doch an Ihre schönen Zähne.«

Dann grub sich aber sofort die Zornesfalte wieder auf ihre Stirn.

»Und wenn schon nicht an sich, dann denkens vielleicht wenigstens an mich! Wissen Sie eigentlich, was das für eine Arbeit ist, die Tinte aus dem weißen Drum zu waschen?«

Wortlos und recht schuldbewusst schüttelte er den Kopf. Wie ein kleiner Bub saß er da und schaute auf seine blauen Finger.

»Sie wissen ganz genau, wie teuer das ist, wenn wir unterjährig in der Diözese Gwand für Sie bestellen müssen. Aber dass ich Sie mit einem dreckigen Kragen in die Kirch gehen lass, na, des lass ich mir nicht nachsagen ... wo kommen wir denn da hin.«

Jetzt musste sich der Tintenverbrecher schnell einen Themenwechsel einfallen lassen, denn hatte sich die Maria erst einmal in Rage geschimpft, konnte das ewig gehen. Da kam man gern mal vom Hundertsten ins Tausendste, und die letzte wehrlose Einzelsocke wurde noch als Corpus Delicti für die geistliche Schlamperei hinterm Kastl hervorgezogen. Aber sie hatte halt leider recht, die Maria. Als heiliger Junggeselle hatte Leopold Meininger nie die liebevolle Umerziehung zur Ordentlichkeit genossen, die einem normalen Mann im Laufe seines Lebens zuteilwurde. Nie gab es ein Busserl fürs Geschirrspülerausräumen oder ein liebes Wangenstreicheln fürs Limokistenschleppen. Keine nächtlichen Abenteuer als Dankeschön für zweimal verbrannte Schinkennudeln, die man der Freundin gezaubert hatte, aber auch keine kalte Schulter fürs wiedermal-nicht-Wäschetrennen oder einen sauberen Anschiss fürs x-te Mal Müllstehenlassen.

Aus den Fittichen der mütterlichen Fürsorge war er schnurstracks in katholische Wohnheime und Klosterdomizile gezogen und dann, ohne Umwege, direkt in die Obhut von der Maria Huber übergeben worden. Keine Chance auf Eigenständigkeit oder das Erlernen autarker Reinlichkeit. Was das alltägliche Haushaltsleben anging, da war der Leopold, das musste er leider selbst zugeben, ein recht hilfloser Volldepp.

»Grad eben hab ich oben die dreckige Wäsche aus Ihrem Schlafzimmer geholt. Auf Ihrem Nachttisch stehen auch schon wieder drei leere Wasserflaschen. Morgen kommt der Limofahrer, der berechnet jedes Mal ein Pfand, wenn eine fehlt. Nehmens die leeren doch einfach wieder mit runter in der Früh, das kann doch nicht so schwer sein, oder? Oder?«

Und schon waren sie volle Fahrt in Richtung tausendste Meininger-Sünde unterwegs. Um Himmels willen, bloß nicht, dann wäre der Vormittag dahin.

»Meine Schuld, meine Schuld, meine große Schuld!« Er setzte seinen mitleidigsten Büßerblick auf. »Darum bitte ich die gnädige Maria um Vergebung.« Linke Augenbraue nach oben, Dackelstirnfalten und fest hoffen, dass es ausreichte, um den Putzteufelszorn zu besänftigen. Ein, zwei Sekunden dauerte es, doch dann zogen die Sturmwolken von dannen, und der häusliche Frieden war wiederhergestellt.

»Sie haben schon wieder Angst, dass am Wochenend alle verhungern, gell?« Tatsächlich, ein kleines Lächeln stahl sich auf Marias Lippen. »Ich kenn Sie doch! Hocken seit Stunden hier im Kammerl und zählen die Leberkässemmeln durch. Herr Pfarrer, das wird sowieso wieder alles viel zu viel, wie jedes Jahr. Machens doch nicht immer so ein Gschiss.«

Sie warf einen letzten säuerlichen Blick auf den malträtierten Kugelschreiber und stopfte ihn in die Tasche ihrer geblümten Kittelschürze.

»Den nehm ich mal besser mit, gescheiter ists. Und jetzt muss ich aber in die Küche, s' Mittagessen macht sich schließlich nicht von allein.« Sie drehte sich zur Tür und war schon fast aus dem Zimmer, als ihr doch noch was einfiel.

»Mögens nachmittags noch an Apfelkuchen? Die Gschwendtnerin hat einen ganzen Eimer Äpfel vorbeigebracht heut Vormittag. Ein bisserl runzelig sinds schon, die meisten, aber für einen Blechkuchen allerwei noch gut. Mit einer frischen Sahne dazu ...?«

Der Leopold nickte ganz versonnen und nahm sich furchtbar fest vor, eine jede leere Flasche zukünftig brav in die Küche zu tragen und nie mehr am Kugelschreiber zu knabbern.

»Das wäre ganz wunderbar, liebe Maria, ganz wunderbar.«

Beide lächelten, der Sünder und die Barmherzige, die Welt war wieder in Ordnung, und der Meininger konnte weiter Brot und Fische aufaddieren.

Grad war der Kopf wieder bei der Liste, als die Tür noch einmal aufgerissen wurde. Diesmal ganz ohne Klopfen und Anfragen, ob es auch recht wäre.

»Herrgott!« Entfuhr es der Maria. »Jetzt hätt ich es beinah vergessen. Sie haben mich ganz durcheinandergebracht mit ihrer ewigen Schlamperei. Die Apothekerin hat angerufen, sie sollen sofort runterkommen zum Dorfplatz. Am Marienbrunnen wird sauber gestritten. Irgendwas mit dem neuen Polizisten schon wieder. Der will tatsächlich die Veteranen einsperren, hats gsagt, die Frau Liebig.«

Beide Augenbrauen zog der Pfarrer steil fragend nach oben. Aber seine Köchin zuckte nur die Achseln.

»Ja, brauchens mich gar nicht so anschauen, Hochwürden. Ich verzähl auch nur so, wie ichs gehört hab. Scheint ganz schön drunter und drüber zu gehen. Am besten, Sie schaun nach dem Rechten, bevor die alten Herren den armen Kerl erschlagen. Nicht dass es furchtbar schad wäre drum ...«

»Maria, Maria, ein jeder ist ein Schäfchen des Herrn.«

»Ja schon, aber manch einer ist dann doch eher ein ausgewachsenes Schaf. Und der, der ist sogar ein totaler Hirsch!«

Leopold Meininger musste sich ganz gewaltig zusammenreißen, um nicht zu lachen. Der Humor von seiner Maria war wirklich … na ja.

Polizeiobermeister Simeon Hirsch hatte es als Münchner, als echter Ausländer sozusagen, in der Gemeinde schon schwer genug, der unglückliche Nachname eine doppelte Steilvorlage für schlechte Witze aus allen Ecken. Hätte »der Hirsch«, wie ihn die meisten Eichenberger seit dem depperten Vorfall mit dem verlorenen Schneitner-Opa hinter und vor seinem Rücken nannten, ein kleines Schmerzensgeld für jeden Namenswitz verlangt, er könnte mit seinen zweiunddreißig Jahren vermutlich schon in Frühruhestand gehen.

Und furchtbar schad wäre es ja nicht, dachte der Leopold für sich ganz genau das, was die Maria so frech ausgespuckt hatte. Aber Schäfchen ist nun mal Schäfchen, und so faltete er sorgfältig seine Delikatessenliste in die Aktenmappe und unterbrach, wieder einmal, die Bürostunde. Das Amt des Friedensstifters war gerade in den kleinen Gemeinden nicht zu unterschätzen. Das Letzte, was er so kurz vorm Pfarrfest brauchen konnte, war ein von fünfzehn Hackelstecken erschlagener Dorfpolizist. Seufzend griff er nach seinem Mantel und machte sich auf, um einmal mehr Schlimmeres zu verhindern.

»Herrgottsakra, nimmst du jetzt deine greislichen Finger von meinem Rollator weg, du Hundskrüppel!«

Der Meininger konnte das Kriegsgebrüll der Veteranen laut und deutlich durch die Gassen hören, bevor er über-

haupt auf den Dorfplatz eingebogen war. Die Apothekerin hatte nicht übertrieben, da ging es richtig zur Sache,
keine Gefangenen. Er trat fester in die Pedale seines Fahrrads und strampelte mit wehendem Talar in Richtung
Frontgeschehen.

»Ja, was fällt denn dir überhaupt ein, sag einmal, du damischer Hirsch, du!«

»Für Sie immer noch *Herr* Hirsch, wenn ich bitten darf!«

Hätte der Meininger nicht beide Hände eisern um den
Lenker seines immer schneller werdenden Fahrrads geklammert, er hätte sie über dem Kopf zusammengeschlagen. Die Maria hatte schon recht, der Hirsch war wirklich
ein selten dummer Hirsch. In unglaublichem Affenzahn
schoss er um die letzte Häuserecke und rumpelte vor lauter Schwung beinahe in die kleine Gruppe an Schaulustigen, die sich bereits vor dem Zeitungsladen vom Anzinger
versammelt hatte. Ganz vorne in der ersten Reihe natürlich die Apothekerin Marion Liebig, ihre Neugier furchtbar schlecht getarnt durch Hilfsbereitschaft, diese alte Sensationsnudel. Und wer passte in der Apotheke auf, dass
keiner die Tablettenschubladen ausräumt? Aber für diese
Randproblematiken war jetzt gerade keine Zeit. Es galt,
den Bürgeraufstand niederzuschlagen, bevor Apothekerin Liebig ihre Heftpflasterbatterie zum Einsatz bringen
musste.

»Der Pfarrer ist da, Gott sei Dank!«

»Na endlich …«

»Stehts um, machts Platz, lassts doch den Pfarrer mal
durch.«

Der Meininger, das Radl geschwind abgestellt, war noch nicht ganz wieder bei Puste, da wurde er schon von den umstehenden Eichenbergern nach vorn ins Zentrum des Geschehens durchgeschoben. Und um ein Haar hätte ihn auch gleich der Hackelstecken vom Gleixner Alfons wieder auf die Ersatzbank zurückbefördert. Haarscharf schwang das Ding am hochwürdigen Schädel vorbei, dass es nur so zischte in der Luft. Selbst mit fast neunzig Jahren hatten die Bauernarme noch genügend Kraft, um ordentliche Platzwunden zu verursachen.

Ganz instinktiv wollte sich der Pfarrer zurück in die Menge drücken, aber der Menschenring hatte sich schon fest hinter ihm geschlossen. Mit hochrotem Kopf plärrte der Gleixner neben seinem Ohrwaschel, dass die Spucke nur so flog.

»Von so einem dahergelaufenen Mingara lassen wir uns hier überhaupt nix vorschreiben.«

Gott sei Dank hatte er das Gebiss nicht im Mund, das wäre sicherlich gleich mitsamt dem Zorn aus dem Maul gesprungen. Aber wer weiß, vielleicht lag es schon irgendwo am Boden rum.

»Mir sitzen hier schon immer! Da hast du noch in die Windln gschissen, so lang sitzen wir hier schon. Und allerwei haben wir hier auch geparkt.«

Wieder zischte der Stock gefährlich nah an Meiningers Gesicht vorbei, Fahrtwind spürbar.

»Es hat sich noch nie nicht einer dran gestört! Des soll sich auch erst einmal wer traun ... und du Saupreiß, du elendiger, willst jetzt damit anfangen? Na, sicher nicht!«

Seine Worte bekräftigend, schlug der Veteranen-Methusalem mit seiner Krücke auf den Boden. »Ganz sicher nicht!«

»Herr Gleixner, von der wiederholten Beamtenbeleidigung abgesehen …« Polizeiobermeister Simeon Hirsch räusperte sich nervös und zupfte die gebügelte Uniformjacke gerade. Der Meininger wollte sich am liebsten die Ohren zuhalten oder dem jungen Mann die Mütze in den Mund stopfen, um ihn am Weiterreden zu hindern.

»… also davon vorübergehend abgesehen, fordere ich Sie nun noch einmal auf, Ihre Waffe wegzulegen, bevor ich Sie wegen versuchter Tätlichkeit abmahnen muss.«

Der Meininger fragte sich, ob er der Einzige war, dem auffiel, dass dem käsigen Polizisten die Finger zitterten.

»Ha, wos mecht der?« Fragend blickte Alfons Gleixner seine Rentnerkollegen an. »Ich versteh nie, was der will.«

Die restlichen Senioren zuckten nur ratlos mit den Schultern und schüttelten verständnislos die Köpfe.

»Deinen Stecken sollst hergeben, damitst ihm nicht den Schädel eindrischst.« Nach und nach lockte das Spektakel das halbe Dorf auf den Marktplatz. Der Hofbauer-Metzger hatte sich gleich eine Leberkässemmel mitgebracht, falls es vielleicht doch noch länger gehen würde. Und die Dolmetscherdienste gab es dafür gratis mit dazu. Längst Zeit, dass endlich jemand dieses Kasperltheater beendete.

»Meine Herren, meine Herren, jetzt mal ganz langsam und immer mit der Ruhe.« Darauf vertrauend, dass sein

28

Talar ihn vor größeren Gewalttaten schützen würde, griff der Meininger nach dem bedrohlich in die Luft gestreckten Gleixner-Stecken und nahm das potenzielle Mordinstrument erst einmal an sich.

»Was soll denn diese Aufregung, um Himmels willen?« Die Schultern zurück, die Arme fest über dem heiligen Bauch verschränkt, blickte er streng in die Runde. Und wie beim Religionsunterricht in seiner dritten Klasse ging das ohrenbetäubende Geschrei aus allen Mündern los.

»Herr Pfarrer, dieser Hirsch aus Minga, der …«

»Das glauben Sie nicht, was der von uns will …«

»Was glaubt denn der überhaupt?«

»Wir haben überhaupt nichts …«

»Schauns her, was der will! A Strafe sollen wir zahlen, *fünfundzwanzig* Euro, Herr Pfarrer!«

»Wo gibts denn so was?«

Bartholomäus Wimmer, mit seinen fünfundachtzig Jahren der Jüngste und Rüstigste und auch der Anführer unter den fünfen, wedelte wild einen hellblauen Zettel vor Meiningers Nase hin und her. Der Wisch sah verdächtig nach Strafzettel aus, und dem Pfarrer wurde ganz anders. Langsam konnte er sich zusammenreimen, was hier los war.

Herr, sei uns gnädig, bitte nicht …

Sein Blick wanderte von der wilden Wedelei vor seinen Augen weiter zu dem großen roten, vor allem aber deutlich sichtbaren Parkverbotsschild. Feuerwehrzufahrt. Direkt an der Hausmauer vor der Metzgerei. Darunter, ordentlich aufgereiht, der Fuhrpark der alten Herren von Eichenberg.

Der Rollator vom Gleixner, für alle Eichenberger deutlich an den Hunderten FC-Bayern-Aufklebern zu erkennen, daneben ein weiterer recht weibischer Gehwagen mit einem rosa geblümten Einkaufssackerl vorne dran und einem kleinen Gummihaserl als Hupe. Kein Wunder, weil der Ludwig Samberg teilte sich den geschwisterlich mit seiner Frau. Immer wenn ihm bei schlechtem Regenwetter seine Haxen besonders wehtaten, stibitzte er das Ding für den Eigenbedarf. Das Geschrei, wenn die Berta zur gleichen Zeit zum Einkaufen wollte, konnte man drei Straßen weiter hören.

Daneben parkte das Moped vom Wimmer, der Einzige aus dem Haufen, der überhaupt noch ein Kraftfahrzeug führen durfte. Obwohl, so ganz sicher war sich der Meininger da nicht … und selbst wenn, zwischen Dürfen und Können da tut sich manchmal ein ganz gewaltiger Graben auf.

Das Moped stand jedenfalls wirklich auf den Millimeter mittig unter dem Feuerwehrverbotsschild. Gekrönt wurde das Fuhrparkbild, als würds nicht eh schon reichen, von einem elektrischen Rollstuhl, mitsamt dem brav schlafenden Stürmer Max noch drin. Der Einzige, dem das ganze Geplärre scheinbar total egal war. Friedlich schnarchend, lief ihm der Sabber aus dem hängenden Mundwinkel auf den Strickjanker. Völlig unschuldig war einzig der Hinterleutner Erich, aber auch nur, weil er, direkt am Dorfplatz wohnend, brav zu Fuß den Brunnenstammtisch aufsuchen konnte.

Für jeden Eichenberger, ob klein oder groß, gehörte

dieser Anblick von Montag bis Freitag, etwa acht Uhr in der Früh bis nachmittags um drei, ganzjährig und wirklich bei fast jeder Witterung zum stinknormalen Dorfplatzbild. Eigentlich fast so wie die Marienstatue am Brunnen. Würde man eine Postkarte vom Ortskern anfertigen lassen, warum auch immer, es wäre sehr schwer, die Fortbewegungshilfen der Herrschaften wegzudenken. Den Meininger erinnerte das Ganze immer ein wenig an den Rentenstand der vier apokalyptischen Reiter. Plus eben den Hinterleutner – per pedes. Einmal losgelassen, könnten Wut und Zorn dieser Truppe auf jeden Fall komplett Eichenberg samt Unter- und Obereichenberg auslöschen. Und ebendiese verheerende Raserei konzentrierte sich nun ganz und gar auf Simeon Hirsch und seine zitternden Hände, der so mir nix, dir nix die apokalyptischen Pferde mit Strafzetteln versehen hatte. Selbst der schnarchende Stürmer hatte einen blauen Wisch im Revers stecken, schon ganz matschig vom Sabber. Was hatte sich dieser narrische Polizist nur dabei gedacht? Vermutlich mal wieder nix. Aber ob sie aus dieser Nummer lebend rauskamen?

Der Meininger zog die Notfallkarte und hob beide Arme über den Kopf, wie jeden Sonntag, wenn er auf der Kanzel stehend zur Predigt ansetzte. So wussten alle braven Kirchengänger, dass jetzt absolute Ruhe angesagt war. Und ein wenig stolz war er schon, dass selbst die wilden Herren gleich anstandslos folgten und erst einmal Ruhe gaben. Manchmal hatte es schon was Gutes, die göttliche Macht im Rücken zu spüren. Hoffnungsvoll blickte ihn auch der Simeon aus großen glasigen Glupschern an.

»Ich bin mir ganz sicher, dieses Missverständnis lässt sich schnell und friedlich aufklären, meinen Sie nicht, Herr Polizeiobermeister Hirsch?«

So, da war sie, die Hintertür, dachte der Meininger und nickte dem Polizisten aufmunternd zu. Nur noch durchgehen musst du selbst. Dann wärs das für heute, und wir können alle zum Mittagessen heim.

»Da muss ich Sie leider korrigieren, Hochwürden, es handelt sich hier nicht um ein Missverständnis. Die Herren Gleixner, Wimmer, Samberg und Stürmer haben, ganz ohne Zweifel, ihre Fahrzeuge und Gehhilfen in einem deutlich gekennzeichneten Parkverbot *geparkt*. Und sich auch nach mehrmaliger Aufforderung nicht bereit erklärt, ebendiese zu entfernen.«

Dem Simeon stand der Schweiß auf der Stirn, aber er wollte ums Verrecken nicht aufhören mit seinem schmerzhaften Abgesang.

»Ich sah mich demnach gezwungen, für jeden ein Ordnungsgeld zu verhängen, worauf sich besagte Herren vor mehreren Zeugen der Beamtenbeleidigung schuldig gemacht haben.«

Die »mehreren Zeugen« vermieden unverzüglich jeden Blickkontakt mit Pfarrer und Polizist, und nur die blanke Sensationsgier hinderte sie an der Flucht. Aber eine Beamtenbeleidigung hatte hier sicher keiner gehört. Darauf würde der Meininger wetten.

»Ein tätlicher Übergriff wurde vermutlich nur durch Ihr Erscheinen verhindert, allerdings muss ich Sie darauf hinweisen, dass Sie als Privatperson sich bitte aus den laufenden dienstlichen Ermittlungen zurückziehen müssen.«

Der Hirsch schluckte tapfer, und der Meininger war plötzlich doch etwas traurig, dass er dem Gleixner den Stecken entrissen hatte, bevor dieser wenigstens ein bisschen zuhauen hatte können. Der Friede des Herrn sei allezeit mit euch.

»*Parkverbot?!?!* Herr Pfarrer, also wirklich, das kann der doch nicht ernst meinen?«

»Der spinnt doch, Herr Pfarrer.«

»Immer schon sind wir doch hier, Hochwürden, da hat sich noch nie einer dran gestört.«

Bevor sich wieder alle in Rage brüllen konnten, hob der Meininger noch einmal beschwichtigend die Arme.

»Lieber Herr Hirsch, ich verstehe natürlich, dass Sie hier vor allem an die Sicherheit aller unserer Gemeindemitglieder denken.« Er zwinkerte dem Polizisten aufmunternd zu. »Und das ist wirklich lobenswert. Das Gemeinwohl liegt uns sehr am Herzen.« Mit einem Eins-a-Friedensstifter-Lächeln nickte er würdevoll in die Runde der Schaulustigen. »Dafür sollten wir recht dankbar sein, die Polizei, unser Freund und Helfer!«

Keine Widerworte aus dem Mob, fürs Erste.

»Aber jetzt müssen wir schon die Kirche im Dorf lassen, die Herrschaften hier stören doch niemanden. Oder seh ich das falsch?« Seine Frage an die Zuschauer wurde postwendend mit Gemurmel und Nicken beantwortet. Einen Teufel würde hier irgendjemand tun und gegen die Rentnermeute protestieren.

»Na, nie nicht!«, bestätigte der Metzger Pars pro Toto
für die Glotzer. »Uns stören die überhaupt nicht, ganz im
Gegenteil.«

Die alten Herren grinsten triumphierend. Ein furchtbarer Anblick, dreieinhalb Zähne verteilt auf fünf Mäu-
ler.

»Des wäre ja überhaupt nicht mehr unser Dorf ohne
den Veteranenstammtisch, wer würd denn dann noch
nach dem Rechten sehen?«

Runter wie Öl ging das und sicherte dem Hofbauer-
Metzger sicherlich den Leberkäs- und Weißwurstumsatz
für die nächsten drei Wochen. Ein Kriegsveteran begleicht
seine Schulden zuverlässig.

»Also, für Recht und Ordnung, da haben Sie ja mich als
ersten Ansprechpartner«, platzte Simeon Hirsch zuverlässig in die Friedensverhandlungen. »Und, Hochwürden
Meininger, ich belehre Sie ja nur ungern, aber wo Sie
schon von der Sicherheit aller Beteiligten sprechen, genau um die geht es mir. Diese Fahrzeuge hier …« Mit aus-
gestrecktem Arm deutete er auf den bunten Fuhrpark. »…
die können ganz schnell zur tödlichen Falle werden, wenn
sie einen dringenden Feuerwehreinsatz behindern. Wo
soll denn das Löschfahrzeug parken?«

Belustigtes Kichern ringsum.

»Ein Feuerwehreinsatz, dass ich nicht lache …«

»Hier bei uns in Eichenberg? Was soll denn hier schon
passieren?«

»Höchstens einmal zum Maibaumaufstellen kommen
die Feuerwehrler hier reingefahren.«

Auch der Meininger musste ein wenig schmunzeln, wie immer wenn sich alle an die Gurgel wollten, am Ende wars dann nur um ein Fünferl ein Durcheinander.

»Sie sind ja noch nicht so lange bei uns, Herr Polizeiobermeister, aber glauben Sie mir …« Väterlich klopfte er dem jungen Kerl auf die Schulter. »… hier geht es wirklich recht beschaulich zu, fast schon ein wenig fad, würd ich meinen. Wenn es sonst nichts ist. Da müssen Sie sich wirklich keine Gedanken machen. Das Schild ist eigentlich vollkommen überflüssig. Hier am Marktplatz ist schon seit hundert Jahren nichts mehr passiert, und ein Löschfahrzeug, das wird hier sicher auch die nächsten hundert Jahre nicht auftauchen.«

Das schrille Kreischen der Feuerwehrsirene schallte gellend über den Dorfplatz, noch bevor das rote Löschungetüm mit quietschenden Reifen quer über die Hauptstraße auf die kleine Menschenansammlung zudonnerte. Fünfundzwanzigmal klappten die Kinnladen nach unten, und wer sich nicht zu den glücklichen Schwerhörigen zählte, stopfte sich die Finger in die Ohren. Martinshorn, Notfalleinsatz.

Der Meininger verdrehte die Augen zum Himmel. Sein Chef hatte im wahrsten Sinne des Wortes ein göttliches Talent, seinen Sinn für Humor genau im richtigen Moment zu zeigen. Gott sei Dank war Simeon Hirsch, immer gefasst auf alles, schon hochprofessionell zur Tat geschritten und hatte die schockgelähmten Eichenberger am Marienbrunnen zusammengedrängelt, damit die Feuerwehr einfahren konnte. Mit weit ausgebreiteten Armen scheuchte er alle zur Seite und plärrte in schönster Polizeistimme über das Sirenengetöse hinweg.

»Platz machen! Alle Platz machen! Achtung! Achtung! Einsatzfahrzeug!«

Und wer hätte das gedacht, brav ließen sich plötzlich alle einsammeln, sodass nur noch der Meininger mitten im Parkverbot stand, als der riesige Spritzenwagen mit unglaublichem Motorengetöse Millimeter vor ihm zum Stehen kam. Neben ihm nur noch der Stürmer, weiter völlig unbeweglich in sich zusammengesunken. Irgendwer sollte schleunigst mal kontrollieren, ob sich der überhaupt noch unter den Lebenden befand. Langsam würd ihn nix mehr wundern, dachte der Meininger. Er konnte ja nicht ahnen, was dieser Tag sonst noch so alles an Überraschungen für ihn bereithielt.

Auf beiden Seiten des Feuerwehrwagens öffneten sich die Lkw-Türen. Löschmeister Basti Schneider sprang mit seinen sportlichen zwanzig Jahren dem Meininger direkt vor die Füße. Ganz aufgeregt und mit rotem Kopf sprudelte er los.

»Herr Pfarrer, Herr Pfarrer, mei o mei, Herr Pfarrer.«

Mit beiden Händen raufte er sich den Kopf, dass die blonden Haare ganz wild in alle Richtungen abstanden.

»So was Greisliches, Herr Pfarrer. Das gibts ja gar nicht … wer macht denn so was?«

Den Basti kannte der Meininger noch aus dem Religionsunterricht aus der Schule und freilich aus der Kommunionsklasse und von den Firmlingen. Ein furchtbar braver Bub. Fast zwei Meter groß, ein richtiger Schrank, aber vom Wesen her eigentlich viel zu empfindlich für die recht ruppige Feuerwehrtruppe. Aber wie es halt immer so ist, der Vater schon dabei, der Großvater auch, da geht der Bub ganz selbstverständlich. Und im Helfen, da war der Basti sowieso immer ganz vorn mit dabei. Aber eben ein Sensibelchen. Aus dem war vermutlich nicht rauszukriegen, was dieser unverhoffte Einsatz hier mitten am Tag sollte. Soweit der Meininger das beurteilen konnte, von einem Brand war in diesem ganzen Durcheinander keine Spur. Noch nicht …

Auf der Beifahrerseite war mittlerweile die Deutsch- und Englischlehrerin vom Maxl-Gymnasium herausgeklettert. Ein bisserl unbeholfen rutschte sie mit dem langen Rock kämpfend auf die Straße. Sandra Beierlein, aus München, wie der Hirsch, ungefähr gleich alt waren die zwei, nur zwei, drei Jährchen jünger, die Dame. Das Referendariats-Grün noch hinter den Ohrwaschln sozusagen. Sehr fesch, das musste man ihr lassen, da gab es nix. Aber wie dem Hirsch fehlte es ihr einfach ein wenig an Stallgeruch in Eichenberg. Ob das nun an der Stadt lag oder den Leuten, der Meininger wusste es selber nicht. Aber ein bisserl komisch waren sie schon, diese Münchner. Irgendwie immer a wenig weltfremd … na ja. Im Schlepptau hatte das Fräulein Lehrerin dann auch noch die zwei Oberlausbubn schlechthin.

»Ja, wen haben wir denn da?« Der Pfarrer hob den Zeigefinger. »Friedrich Hinterbichler und Albert Murner! Das hätt ich mir gleich denken können. Was habts ihr denn wieder ausgefressen?«

»Überhaupt gar nichts, Herr Pfarrer!«

»Wir waren des nicht! Ehrlich! Wir haben den nur gefunden, ich schwörs!« Käseweiß warens, die beiden.

»Wen gefunden? Mag mir jetzt vielleicht irgendjemand einmal erklären, was hier eigentlich los ist?«

Langsam wurde es dem Meininger zu bunt. Und außerdem wars weit über Mittag, er hatte Hunger. Schützenhilfe ließ nicht lange auf sich warten.

»Löschmeister Schneider, wo befindet sich der Brandherd? Wie kann ich helfen?« Simeon Hirsch im Einsatz. Der Basti schaute recht verdutzt drein.

»Brandherd? Wo brennts denn? Bei uns brennts doch nie?«

»Ja, das frag ich Sie, Herr Schneider. Wo brennt es denn?«

»Ja, keine Ahnung …« Der Basti schüttelte den Kopf. »Brennts wo?«, befragte er die in sicherer Entfernung wartenden Zuschauer.

Herr, lass es Hirn regnen, flehte der Meininger, machte sich aber aus Erfahrung keine große Hoffnung.

»Es brennt nirgendwo.« Wenigstens auf die Lehrerin war Verlass. Schützend hatte sie links und rechts einen Buben im Arm. »Der Herr Schneider war so nett, uns in dieser Notsituation zu chauffieren.« Täuschte sich der Pfarrer oder wurden da die Bäckchen ein bisserl rot beim Basti?

»Mehrfach haben wir versucht, die Polizei zu verständigen …« Der eisige Blick in Richtung Polizeiobermeister ließ in jedem Fall keine Fragen offen. »… aber da war ja wie so oft keine Menschenseele zu erreichen auf der Dienststelle.«

»Völlig unterbesetzt!«, protestierte der Hirsch. »... ich war im Einsatz und kann dann nicht zur selben Zeit ...«

»Jedenfalls ist glücklicherweise die Feuerwehr eingesprungen und war binnen weniger Minuten zur Stelle. Ich wüsste sonst wirklich nicht, wie wir diesen Fund ...«

»Ja, *Herrgottsakra*, mag jetzt vielleicht irgendeiner mal sagen, was eigentlich passiert ist?«

Vielleicht war es der Hunger, vielleicht die vielen Leut um ihn herum oder die nichtsnutzigen Dienstmänner oder das grüne Gschau vom Bertl, aber dem Pfarrer platzte endgültig der Kollar.

»Der Chef ist tot«, flüsterte der Basti leise. »Der Hauptbrandmeister Wimmer. Mord. Es war Mord.«

Da wusste selbst Hochwürden Leopold Meininger nicht mehr, was er sagen sollte. Sprachlos blickte er zum Fritzi, der an seinem Talar zupfte und ihm das Handy unter die Nase hielt. Das Foto von dem halb nackerten Wimmer mitsamt dem toten Hirsch im Rücken war dank der neuesten Technik sogar im kleinen Telefon so gestochen scharf, dass man fast meinen konnte, nur wenige Zentimeter davorzustehen.

Wahrscheinlich konnte man recht gut sehen, dass es ihm gleichzeitig schwindelig und schlecht wurde, weil totenstill war es auf einmal geworden am Dorfplatz. Kein Mucks, eine Stecknadel hätte man fallen gehört. Kreidebleiche Gesichter. Und mittendrin die vor Schreck erstarrten Falten vom Wimmer Bartholomäus. Den mit Stock bewaffneten dürren Arm hatte er noch gen Himmel gestreckt, den Mund offen stehend vor lauter Entsetzen über die Schreckensnachricht, dass er gerade seinen einzigen Sohn verloren hatte.

Nur ein leises Schnarchen aus dem Rollstuhl hinter dem Pfarrer erinnerte daran, dass vor fünf Minuten die Welt noch in Ordnung gewesen war. Jetzt war also doch einmal was passiert in Eichenberg.

III
Stille Post

Als der Meininger endlich wieder zu Hause war, schlug ihm schon beim Türöffnen ein ganz verführerischer Duft in die Nase. Nach Zimt und warmen Zwetschgen roch es, nach Zucker und gebackenen Äpfeln, und in der Küche hörte er das heiße Schmalz brutzeln. Mmmmh, mei, fast könnte man meinen, der Himmel wäre wirklich ein Fleckerl hier auf Erden und die Maria die Chefin aller Engel sozusagen. Aber sofort tauchten die furchtbaren Bilder vom Fritzi-Telefon wieder in seinem Kopf auf, und dahin war es mit den paradiesischen Gefühlen. Es wurd ihm auch sofort wieder ein bisschen schlecht. Was Süßes wäre sicherlich die beste Beruhigung für den verstörten Magen.

Wie immer war auf die Maria und ihr einzigartiges Spionagenetzwerk zu hundert Prozent Verlass. Natürlich wusste die Köchin schon längst, warum der Pfarrer so käsig weiß im Gesicht war.

»Herr im Himmel, Hochwürden, das ist ja fürchterlich, diese Geschichte. Sie Ärmster. Jetzt setzten Sie sich erst einmal nieder und essen was, gegen den Schreck.«

Sie packte ihn beherzt am Ärmel und schob ihn auf die Eckbank. Zwischen den Kreuzstichkissen, direkt unterm Jesu Kruzifix, saß er auf seinem Stammplatz und blickte auf die Unmengen an Kuchen und Plunder, die sich vor ihm auf dem Esstisch türmten. Schlaraffenland.

»Was mögens denn, Herr Pfarrer?« Die Maria stellte ihm ein Haferl Kaffee vor die Nase und blickte fragend auf die Zuckerberge.

»Ist zwar eigentlich alles schon fürs Pfarrfest, aber die alten Weiber lernen es auch nie mehr nicht. Das hält sich doch gar nicht bis zum Samstag. Tz, tz, tz. Wer soll das denn alles essen?«

Als Antwort begann der Meininger-Magen laut und deutlich zu knurren. Er hatte da so eine Idee. Die Maria zog eine Augenbraue bis zum Himmel hoch und lud ihm wortlos den Teller voll. Eine Zwetschgenbavese selbstverständlich, eine Nussecke und ein Stück Linzer, weil er die besonders gerne mochte. Dazu gab es einen guten Schluck Klosterfrau Melissengeist. Marias Heilmittel gegen alle nur denkbaren Beschwerden, innerlich und äußerlich. Und es ging ihm auch gleich ein bisschen besser, im Eckerl, in der warmen Küche, hinter Tonnen von Zucker und Hefeteig versteckt, der liebevollen und selbstlosen Fürsorge seiner Haushälterin sicher.

Aber nun hat eben alles im Leben seinen Preis, vor allem das Angenehme. Und die Maria, die war sozusagen

42

die Luxusvariante und dementsprechend teuer. Ihre Währung: Information.

»Mei, Herr Pfarrer …«, legte sie sogleich los, »… das ist ja fast nicht zu glauben, was da passiert ist, oder?« Unschuldig drehte sie ihm den Rücken zu und hantierte irgendetwas Wichtiges an ihren Töpfen herum. »Wars wirklich so grob, das Foto, ha?« Sie schaute nicht einmal auf von ihrer Arbeit. Scheinheiliges Luder, scheinheiliges. »Man hört ja die schlimmsten Sachen …«

Schon lange hatte der Meininger es aufgegeben, rausfinden zu wollen, von wem, wie und wann die Maria immer diese ganzen Sachen hörte. Und wie es kam, dass sie am Ende alles immer ein bisschen früher wusste als jeder andere. Sogar die neugierige Apothekerin schlug sie stets um ein paar Minuten. Die Stille Post in Eichenberg funktionierte ganz hervorragend in Richtung Pfarrhausküche.

Er schluckte einen großen Bissen Zuckerzeug runter und spülte mit dem Klostergeist nach. Was solls, eine Hand wäscht die andere. Das funktionierte schon seit vielen Jahren ganz wunderbar.

»Maria, ich mag eigentlich gar nicht glauben, dass so etwas Grobes bei uns in Eichenberg passiert ist.« Er schob gleich noch mal ein wenig Kuchen hinterher, damit das Gesprochene aus seinem Mund vielleicht ein wenig an Bitterkeit verlieren würde.

»Nackert und einen toten Hirsch im Kreuz, hab ich gehört, stimmt das?« Obwohl die Maria sich immer noch nicht umgedreht hatte, konnte der Meininger nur nicken.

»Ja, hinterhältig ermordet, in einer schwachen Minute der Unaufmerksamkeit, und im Tod entstellt und gedemütigt, für alle zu sehen. Das jemand bei uns im Dorf zu so was Bestialischem fähig ist … zur schlimmsten aller Todsünden.« Ihm blieb der Kuchen im Hals stecken. »Ruhe in Frieden, Ludwig Wimmer. Der Herrgott sei dir gnädig.«

»Na, da wäre ich mir nicht so sicher … tz, tz.« Die Maria schnalzte mit der Zunge. »Für den alten Wimmer, da bräucht es schon viel göttliche Gnade, um den in Frieden ruhen zu lassen.« Sie drehte sich jetzt doch endlich um und stemmte beide Hände in die Hüfte. »Also, wenn es was auf sich hat mit der göttlichen Gerechtigkeit und diesen ganzen Sachen, die sie da immer so erzählen in der Kirch, dann wird der Wimmer garantiert erst mal keine Ruhe finden, der Saukerl, der alte.«

Der Meininger verschluckte sich beinah an der Nussecke. Was die Leute immer so alles raushörten aus seinen Predigten …

»Verstehens mich nicht falsch, Herr Pfarrer, natürlich ist das eine furchtbare Sache, die da passiert ist, ganz fürchterlich. Mei, und der Hirsch, das arme Viech! Kann ja überhaupt nix dafür, so schad drum, so schad. Aber unter uns, Herr Pfarrer …« Ihre Stimme wurde leise und verschwörerisch. »Es gibt schon einige Leut hier im Dorf, die dem Wimmer keine Träne nachweinen, keine, nicht eine. Und verdenken kann man es ihnen nicht … der feine Herr Hauptbrandmeister, der feine.«

Sie wischte sich die Hände an der mehligen Schürze. »Wobei, wenn Sie mich fragen, Hochwürden – tut ja nie einer, aber nur falls –, ich persönlich, ich hätte ja wetten mögen, dass wenn es einmal einen erwischt aus der Wimmer-Bagage, ich hätte geschworen, es wäre der Junior …«

Dass die Familie Wimmer nicht gerade bei allen Eichenbergern beliebt war, das war nun wirklich kein großes Geheimnis. Aber so war das ja eigentlich immer mit den etwas besser Betuchten, zumindest nach der Erfahrung vom Meininger. Der Bartholomäus Wimmer, heute immer noch einer der Anführer unter den wilden Veteranen, war seinerzeit schon der größte Bauer im Ort und wichtiger Meinungsmacher gewesen. Schon vor den Kriegen hatte die Familie Wimmer halb Obernberg zusammengekauft oder angeheiratet, sodass der Ludwig sich dann in vierter Generation bequem in das fein hergerichtete Nest setzen konnte. Ganz ohne große eigene Anstrengung, und so was sehen die Leut nie wirklich gern. Wenn einer was hat, ohne es selbst recht zu was zu bringen.

Die Tatsache, dass er den Ehrenposten als Hauptbrandmeister quasi royal von seinem Vater durchvererbt bekommen hatte, das mochten viele Eichenberger auch nicht ganz leicht verdauen. Freilich, es hatte schon eine Wahl stattgefunden, ganz ordentlich und anonym. Aber dass es das große Feuerwehrfest am Wimmer-Hof und die neue Fahne, gesponsert von der Familie, auch nur geben würde, wenn der Ludwig der neue Vorstand werden würde – das war selbst dem Dümmsten klar.

Gerade unter den Alten gab es bei bierseliger Laune immer wieder Geschichten darüber, wie die Familie so nach und nach zu ihrem Hab und Gut gekommen war.

Und meist waren das keine Heldenmythen. Ein bisserl schmieren hier, ein wenig übers Ohr hauen dort, brave Obrigkeitshörigkeit in den wichtigen Jahren und danach erst mal Kopf einziehen. Vor allem aber den eigenen Clan fest im Griff, so das wimmersche Erfolgsgeheimnis, schenkte man dem Eichenberger Volksmund Glauben. An den Abenden, wo der Schnaps das Bier ablöste, hörte man manchmal auch Schlimmeres. Von nicht ganz freiwilligen Eheschließungen und dem ein oder anderen Unfall beim Jagen oder der Feldarbeit, wenn ein Nachbar gar nicht verkaufen wollte, war dann die Rede. Aber natürlich immer hinter doppelt vorgehaltener Hand und alles nur Hörensagen. Wie viel oder wenig Wahrheit in dem uralten Tratsch drinsteckte, das konnte heute keiner mehr sagen, nicht einmal die Maria. Zweifellos aber war Eichenberg immer schon gespalten, was die Wimmer-Familie anging. Die einen lobten sie bis zum Jesulein in den Himmel hoch, weil Einsatz für Tradition und Heimat wurde ganz großgeschrieben in allen Generationen bis hin zum Xaver Wimmer, dem aktuellen Junior. Die anderen, und wahrscheinlich waren sie inklusive Pfarrersköchin in der Mehrzahl, hofften anscheinend so inständig auf die göttliche Gerechtigkeit, dass tatsächlich ein bisschen aktive Unterstützung stattgefunden haben könnte.

Jetzt aber nutzte der Meininger die Gunst der Stunde, um den Spieß einmal umzudrehen und ein bisschen Insider-Informationen aus der Maria herauszukitzeln.

»Der Junior?«, fragte er unschuldig und griff, um sich

das Wohlwollen der Köchin zu sichern, ganz uneigennützig nach einer weiteren Bavese. Nachtisch musste sein. »Was ist denn so verkehrt an dem Xaver?«, bohrte er noch ein bisschen weiter.

Die Maria schnappte sich ihre Tasse Kaffee und setzte sich zum Meininger an den Tisch, was wirklich nur äußerst selten vorkam, bei den ganz ernsten Themen. Sie schenkte ihm einen Melissengeist nach und kippte sich selbst ebenfalls eine ordentliche Portion in die Tasse.

»Also, eigentlich sollte man ja alle Wimmer-Männer miteinander in einen Sack stopfen und täglich dreimal fest draufdreschen, erwischen würds keinen Falschen nicht, aber der Xaver, der, der …« Sie nahm einen Schluck Schnapsgebräu. »Sagen wirs mal so: A Sau bleibt a Sau, auch wenn sie im Pferdlstall auf die Welt kommt. Bitte entschuldigens, Herr Pfarrer.«

Der Meininger wusste gar nicht, ob er jetzt lachen sollte oder weiterfragen, so ungewohnt aufgewühlt war seine Maria mit ihrem scharfen Kaffee. Aber er musste gar nicht lange warten, da erzählte seine Köchin von ganz alleine weiter.

»Nix Gwiss weiß man ja nie, aber, Hochwürden, über den Xaver erzählt man sich wirklich grobe Sachen. Dagegen ist der Vater ein richtiges Unschuldslamm.«

Heiliges Amt hin oder her, auch der Meininger war nur ein Mensch aus Fleisch und Blut und dementsprechend jetzt auch ein wenig neugierig, was denn da so alles erzählt wurde über den Wimmer junior. Er kippte seinen Melissengeist hinunter und schob der Maria das Glaserl gleich noch mal hin. Die ließ sich nicht lange bitten und goss schwungvoll nach.

»Ich kann mich noch gut erinnern, der war schon in der Schule einer von den Allerschlimmsten. Die ganze Hauptschule hat der tyrannisiert, die Klassenkameraden und die Lehrer. Die arme Frau Schmiededer, die ist sogar in Pension gegangen, bloß wegen dem Lumpen. Angeblich hat er ihre Katze erschlagen, weil sie ihn hat durchfallen lassen in Mathe.«

Noch einen Schnaps für den Pfarrer, und auch die leere Tasse wurde nachgefüllt. Diesmal Klostergeist pur, kein Kaffee zum Verdünnen. »Lauter solche Sachen halt, Mädels die Zöpfe abgeschnitten, andere Kinder verprügelt, Vandalismus und so. Einmal hat er mit dem Toni Wegner in der Turnhalle die ganzen Sportmatten vollgebrunzt, musste alles ausgetauscht werden, natürlich hat der alte Wimmer anstandslos bezahlt. Aber Einhalt geboten hat dem Xaver nie einer. Die Lehrer haben sich allesamt nicht getraut bei dem Vater und Großvater, sonst im Dorf auch keiner. Und die Mutter, die hat den Wimmer-Hof ja sowieso nie verlassen. Da wusste man ja oft gar nicht, ob es die überhaupt noch gibt, die Kreszenz, die Arme. Am End hams einfach alle gehofft, dass er schnell draußen ist aus der Schule. Augen zu und durch.«

Sie seufzte. »Den Quali hat er natürlich nicht bestanden. Aber war auch egal, er ist dann direkt auf den Hof. Da waren Sie schon ein paar Jahre bei uns, wissens das nicht mehr, Herr Pfarrer? Sie hatten den Xaver doch sicher auch im Religionsunterricht sitzen, damals?«

Der Meininger konnte sich schon erinnern, dass es immer mal wieder vorsichtige Beschwerden gegeben hatte über den Xaver und seine Gang. Gerade im schlimmsten Teenageralter war der heute Dreiunddreißigjährige damals gewesen, genau wie seine Bande von Freunden. Aber so wie ihm das zu Ohren gekommen war, wirklich illegal war da nix gewesen. Junge Burschen halt, Sturm-und-Drang-Phase. Am Sonntag waren jedenfalls immer alle brav in der Kirche gesessen.

»Aber geh, Maria, übertreibens da nicht etwas? Aus dem ist doch ein ganz anständiger Kerl geworden, dem Xaver. Mei, ein bisserl aufbrausend vielleicht das ein oder andere Mal, und trinken tut er auch nicht wenig, das stimmt schon. Aber dem Bier und dem Schnaps ist ja hier kaum einer abgeneigt, nicht wahr?«

Er klopfte mit dem, auf wundersame Weise schon wieder leeren Schnapsglas auf die Tischplatte, und ihm wurde sofort geholfen. Mittlerweile hatten sie die Flasche fast halb geleert, und ein bisschen schummerig wurds ihm auch schon. Die Maria hingegen: stocknüchtern.

»Herr Pfarrer, hat sich doch keiner reden getraut drüber. Was meinen Sie denn?« Sie schüttelte den Kopf und schaute ihn ein wenig mitleidig an. »Und bei Ihnen schon gleich zweimal nicht.«

Anscheinend zeigten der Alkohol und die ernsten Themen selbst bei der harten Maria Wirkung, denn jetzt griff auch sie nach einem Krapfen und biss kräftig in die Zuckerbombe.

»Aber ich sags Ihnen, wenn auch nur die Hälfte wahr

ist, von dem, was sich die Leut so erzählen, dann wäre der Xaver besser aufgehoben gewesen am Hirschgeweih.« Sie mampfte den Krapfen runter.

»Maria, versündigen Sie sich nicht, ich bitt Sie. Es mag ja sein, dass die Herren Wimmer allesamt zur etwas härteren Sorte gehören, aber so was, nein, so was, das darf man keinem Mitmenschen wünschen.«

»Ich mein ja nur, Herr Pfarrer. *Wenns* schon einen erwischen musste, *dann* wäre es weniger schad um den jungen.«

Der Meininger kratzte sich den Kopf. War er da die vielen Jahre wirklich so blind gewesen? Ja, die Wimmer-Leut standen sicher nicht mit jedem auf allerbestem Fuße, aber wer tat das schon. Und wenn es was zu entscheiden gab im Dorf, dann war es eigentlich immer die Meinung vom alten Wimmer, der sich alle anschlossen. Und auch was die Vereine betraf, jedes Jahr gab es großzügige Spenden aus der privaten Kasse der Wimmers, ob jetzt Tombola oder Freibier, da konnte sich keiner beklagen. Und über den Einsatz der Familie bei der Feuerwehr, da brauchte man nun wirklich nicht lange zu diskutieren, da waren sie richtige Helden, alle miteinander. Kein Autounfall, wo nicht der Wimmer selbst mit dem Seitenschneider als Erster parat gestanden hätte. Vollgelaufene Keller nach einem schlimmen Gewitter, Blitzeinschlag oder was auch immer, da waren Vater und Sohn immer ganz vorn mit dabei gewesen beim Retten, da konnte sonst nur noch der Basti mithalten. Und glaubst nicht, dass die einen Feuerwehrler heimlassen hätten, bevor der Einsatz erledigt war.

Da war immer zu hundert Prozent Verlass, das war ihr ganzer Stolz.

»Aber, Maria, wir sollten wirklich auf das Gute im Menschen schauen und nicht auf seine Verfehlungen«, probierte es der Meininger noch einmal. »Der Ludwig Wimmer, Gott hab ihn selig …« Die Maria zog skeptisch die Augenbraue hoch, sodass der Pfarrer gleich noch mal nachbetonte: »… ja, Gott hab ihn selig. Und auch der Xaver, die haben viel Gutes für die Gemeinde getan über die Jahre. Erst diesen Sommer. Den Hasleitner-Brand zum Beispiel, wer weiß, um wie viel schlimmer die Geschichte noch ausgegangen wäre, hätten nicht die beiden mit solchem Einsatz geholfen, um Hof und Vieh zu retten. So ein furchtbares Unglück mit der Bianca, ich weiß. Aber es hätte ganz gewiss noch viel, viel schlimmer ausgehen können.«

Er griff nach der Schnapsflasche und schenkte sich selbst noch mal nach. Das war wirklich eine fürchterliche Tragödie gewesen, im Juli. Beinah der ganze Hof niedergebrannt und die Tochter in den Flammen umgekommen. Er kippte den Geist runter und kniff angewidert die Augen zusammen.

»Ein greisliches Zeug ist das, Maria. Wie kannst du das nur trinken?«

Jedes Mal wenn der Meininger ein klein wenig betrunken wurde, dann rutschte ihm bei der Maria fast von ganz allein das Du heraus. Irgendwie konnte er das dann nicht mehr kontrollieren. Aber vielleicht auch gar nicht so schlimm nach der langen gemeinsamen Zeit. Und die

Maria störte sich Gott sei Dank weder am alkoholisierten Du noch am ausgenüchterten Sie, die verstand ihn eben einfach immer.

»Weils hilft, Herr Pfarrer, weils hilft. Und glauben Sie, was Sie mögen, aber ich sags Ihnen. Am End, da holt der Teufel seine Leut, und mit dem Wimmer hat er jetzt eben den Anfang gemacht. Die Frage ist nur, wer hat ihm geholfen dabei? Das würd mich jetzt schon mal interessieren.«

»Ach geh, Maria. Und dabei hab ich so gehofft, das könntst du mir schon längst sagen, wer das gewesen ist. Du weißt doch sonst immer alles.«

Sie schüttelte den Kopf und sah ihm mit großem besorgtem Blick so fest in die Augen, dass dem Meininger plötzlich ganz anders wurde.

»Nein, Herr Pfarrer, das weiß ich nicht. Bei so vielen Feinden, ich hab ehrlich keine Ahnung. Ich befürchte nur, wenn wirs nicht rausfinden, dann war das nicht der letzte tote Wimmer.«

Er schluckte, totenstill war es plötzlich im Raum, und die alte Wanduhr tickte furchtbar laut die Sekunden vor sich hin. Eine Gänsehaut lief ihm über die Arme den Rücken hinunter. Auch die Maria sagte kein Wort, schaute ihn nur weiter an. Beinah hätte er aus lauter Mitgefühl nach ihrer Hand gegriffen, so traurig sah sie aus.

Dann klingelte es plötzlich an der Tür. Auf einen Schlag war er wieder stocknüchtern. Dass jemand am Pfarrhaus klingelte, das kam so ungefähr alle zehn Jahre einmal vor. Und nie war es ein Eichenberger. Für die Leute aus dem

Dorf waren der Pfarrer und sein Zuhause sozusagen Gemeindeeigentum, da brauchte man nicht anzuklopfen, da konnte man einfach reinspazieren, mit jeder noch so unwichtigen Kleinigkeit zu jeder noch so unchristlichen Zeit. Nach diesem Vormittag konnte das nichts Gutes bedeuten. Gott sei Dank war die Maria mal wieder absolute Herrin der Lage. Den Schnaps und sein Stamperl hatte sie so schnell weggeräumt, so schnell konnte der Meininger gar nicht schauen. Genauso seinen leeren Kuchenteller, flink noch einmal mit dem Lappen über den Tisch geputzt, die Schürze zurechtgezupft, und schon war sie zur Küchentür raus. Diese Frau war wirklich ein Phänomen. Im Gegensatz zum Meininger, der sich irgendwie so gar nicht aus seiner Eckbankerl-Starre herausbewegen wollte.

»Ach herrjemine, was ist denn mit Ihnen passiert?«, hörte er sie aus dem Hausflur rufen, schon bevor sie den Überraschungsgast durch die Küchentür schob.

Gut, dass der Meininger noch immer fest auf seinem Allerwertesten saß, denn nach dem ganzen Schnaps hätte ihm der Anblick vom lädierten Simeon Hirsch, den die Maria mit ins Zimmer brachte, sicher die Füße weggezogen. Nahm das denn heute überhaupt kein Ende?

Der Polizist sah einfach furchtbar aus, kein Vergleich zu dem rausgeputzten Burschen, der noch ein paar Stunden zuvor für Ordnung auf dem Eichenberger Dorfplatz hatte sorgen wollen. Die beige Hose war ganz zerrissen und zerfetzt am linken Bein, darunter konnte man eine blutige Wade hervorblitzen sehen, ein Fuß steckte noch vorbildlich im Schuh, der andere trug nur noch den lädierten

53

Socken. Die fesche Polizeijacke war vollkommen ramponiert, abgerissene Schulterklappe, mindestens zwei Knöpfe weg und triefend nass das ganze Ding samt Träger. In den Haaren, auf den Schultern und am Ohrwaschel hing dem jungen Mann irgendwelches Zeug, auf den ersten Blick sah er aus wie ein aus dem Meer entstiegener Wasserdämon voller Algen und Seetang. Der Meininger blinzelte und zwickte die Augen zusammen. Das konnte ja gar nicht sein, waren das Nudeln, die dem Hirsch um die Ohren hingen? Petersilie? Er starrte den Polizisten fragend an, der erwiderte seinen Blick leider nur aus einem Auge, das andere wurde hinter schönstem Veilchenlila langsam kleiner und kleiner.

»Um Gottes willen, Herr Hirsch …«

Aber noch bevor der Meininger den Polizisten nach seinem Zustand befragen konnte, raffte der seine letzten Kräfte zusammen.

»Herr Pfarrer Meininger, ich brauche Ihre Hilfe. Alleine kann ich diesen Fall nicht aufklären.« Sprachs und kippte wie ein Sack Kartoffeln der Maria vor die Füße. Eindeutig zu früh war der Schnaps im Kastl verschwunden.

Ein paar Melissengeist und Kuchenstückerl später weilte Simeon Hirsch wieder unter den Lebenden, und die Maria war samt Meininger ein gutes Stück schlauer. Mit einem Sackerl tiefgefrorener Erbsen fest aufs Auge gedrückt, lag er auf dem Kanapee und erzählte ihnen brav von seinen ersten Ermittlungsversuchen im Fall Wimmer. Die Maria fütterte in den Redepausen Kuchen nach und tätschelte dem armen Würstel so lieb die Hand, dass der Meininger glatt ein wenig geeifert hätte, würde er nicht im himmlischen Amt außer Konkurrenz laufen.

Ganz nach Dienstvorschrift hatte der Polizeiobermeister sofort nach dem Vorfall am Marktplatz seine Vorgesetzten und die Dienststelle der Kripo Passau über die Tat informiert. Scheinbar wurde aber ebendiese Dienststelle aktuell von einer furchtbar schweren Magen-Darm-Grippe heimgesucht, vielleicht sogar Norovirus, das konnte man nicht so genau sagen. Jedenfalls war die Dienststelle deswegen fatal unterbesetzt. Gerade mal den Telefondienst konnte man gewährleisten im Moment. Nun ließ sich streiten, ob die Eichenberger so unwichtig waren auf der polizeilichen Landkarte, dass eh wurscht, oder der Simeon Hirsch aus der Ferne sehr kompetent rüberkam. Am Ende hatte man sich jedenfalls darauf geeinigt, dass der Polizeiobermeister Hirsch mit den Erstermittlungen schon einmal beginnen sollte, bis die Verstärkung aus der Stadt wieder oben und unten dicht und einsatzbereit wäre.

Der Hirsch, seinem Namen wieder einmal vollkommen gerecht werdend, witterte die Karrierechance schlechthin und ließ sich das nicht zweimal sagen. Rein ins Polizeiauto, Martinshorn an und los in Richtung Mordaufklärung im Alleingang. Dass das keine zwei Stunden gut gehen konnte, sah man jetzt deutlich am Beweisstück A auf dem Pfarrerkanapee.

Der Rest war dann ziemlich schnell erklärt. Die zerfetzte Hose und das blutige Wadel hatte er sich am Wimmer-Hof geholt, wo er es nicht einmal am Alois, dem immer wachsamen Hof-Schäferhund, vorbeigeschafft hatte. Wahrscheinlich besser so, dachten sich der Meininger und auch die Maria. Sonst wäre das Ganze wohl noch schlimmer ausgegangen. Beim überstürzten Rückzug hatte er da auch den Schuh verloren. Staatliches Aschenbrödel sozusagen.

Das blaue Auge und die zerrissene Uniform waren das Ergebnis seiner zweiten Kontaktaufnahme mit den eh schon recht grantigen Veteranen an diesem Tag. Kein Wunder, hatte er sich heute Morgen schon keine Freunde unter den Alten gemacht, waren die so gar nicht begeistert von seinen Befragungsversuchen. Der Wimmer Bartholomäus allen voran. Die aufgewühlten Gefühle über den Tod seines Sohnes wurden direkt am Simeon Hirsch abreagiert. Harter Stockeinsatz inklusive. Und sein letzter Versuch, wenigstens mit der Gleixner Elisabeth, der Frau vom alten Gleixner, über den Vorfall zu sprechen, der hatte ihm die Nudelperücke beschert. Es waren nämlich tatsächlich Nudeln und Petersilie, die dem Hirsch von den Ohren hingen. Die alte Hexe hatte so wenig Lust, sich mit dem Staatsabgesandten zu unterhalten, sie hatte ihm einfach die noch heiße Nudelsuppe vom Mittagessen direkt aus dem Fenster im ersten Stock über den Kopf gekippt. Niederlage an allen Fronten. Da musste sich selbst ein Simeon Hirsch eingestehen, dass er Unterstützung brauchte. Vielleicht sogar göttlichen Beistand. Und darum war er jetzt auch hier.

»Herr Meininger, mir ist durchaus bewusst, dass Ihr geistliches Amt Sie in keinster Weise befugt, staatliche Ermittlungen zu führen.« Simeon Hirsch schielte aus seinem gesunden Auge über die Schulter zum Pfarrer, der noch immer in seinem Eckerl hockte. »Aber in dieser Notsituation sehe ich keine andere Lösung. Auf Verstärkung aus Passau ist im Moment nicht zu hoffen, und die Gemeinde zeigt sich wenig kooperativ.«

Aha, so konnte man das natürlich auch beschreiben. Der blutige Nudelauflauf, der sich da gerade noch eine Bavese zwischen die Kiemen schob, war also das Ergebnis von »wenig kooperativ«. Auf gar keinen Fall würde er sich da einmischen. Maximal das Thema Nächstenliebe und Barmherzigkeit als Schwerpunkt in die Kanzelpredigt am Sonntag aufnehmen …

»Aber freilich wird Ihnen der Herr Pfarrer helfen«, flötete die Maria. »Das ist doch eine Selbstverständlichkeit. Sind Sie schließlich beide gleichermaßen im Einsatz für Recht und Ordnung. Gell, Herr Pfarrer?«

Der Maria schien der Alkohol die Sinne komplett vernebelt zu haben. Sie konnte ihn doch nicht einfach für laufende und offensichtlich völlig aussichtslose Polizeiermittlungen einteilen. Wahrscheinlich wäre er der Nächste, der da mit schweren Verletzungen in der Küche liegen würde.

»Also, jetzt mal langsam …« Umständlich wetzte er sich hinter dem mittlerweile ganz schön zusammengeschrumpften Kuchenhaufen hervor.

»Erstens ist der Herr Hirsch völlig im Recht, ich habe keinerlei Befugnis. Und zweitens ja auch überhaupt keine Zeit nicht. Mit dem Pfarrfest und so.«

Die Maria ließ das nicht gelten. »Ach, papperlapapp, Befugnis. Wer braucht denn schon eine Befugnis heutzutage, kann doch jeder Möchtegern-Privatdetektiv umeinand ermitteln, lese ich doch immer in meinen Krimis. Und außerdem …« Sie deutete auf den maroden Polizisten. »… hat Sie der Herr Hirsch ja sozusagen berufen, als Hilfspolizisten oder so ähnlich.«

Der Meininger begann zu schwitzen. »Aber das Pfarrfest …«, versuchte er noch mal, den Kopf aus der immer enger werdenden Schlinge zu ziehen.

»Das Pfarrfest, das ist ja überhaupt die perfekte Gelegenheit zum Nachforschen. Alle auf einem Haufen und alle recht angesoffen.« Die Maria lächelte ihn ganz unschuldig an wie ein kleines Engerl.

»Und Sie brauchen dann auch gar nix weiter zu tun, als mit den Leuten zu reden, das machen Sie ja sowieso dauernd. Nur die richtigen Fragen, die müssens dann halt stellen. Aber keine Sorge.« Sie grinste noch ein wenig breiter. »Ich helf Ihnen schon, dass Sie auf die richtige Spur kommen. Wir sind doch die perfekten verdeckten Ermittler, da würd keiner draufkommen. Herr Pfarrer, Sie können doch den armen Simeon nicht im Stich lassen, so kaputt wie der ist. Und überhaupt …« Sie drehte die Augen zum Himmel und holte aus zum Todesstoß. »… sind Sie das als Diener des Heiligen Vaters uns allen schon auch irgendwo schuldig. Das ist ja sozusagen Ihre Pflicht, hier die Wahrheit ans Licht zu bringen. Der Hirte sorgt für seine Schäfchen.«

Und obwohl er sich dabei mehr wie ein Schaf als ein

Hirte fühlte, blieb dem Meininger am Ende nichts anderes übrig, als brav zu nicken und der Maria in allem recht zu geben.

»Also dann, meinetwegen, helf ich Ihnen halt, Herr Hirsch. Aber eines sag ich Ihnen. Wenn das einer rausfindet, dass wir hier gemeinsame Sache machen, dann wird das für uns beide nicht gut ausgehen.« Die Maria drückte seine Hand und sah ihn furchtbar lieb an. Sorgenvoll legte er die Stirn in Falten. Auf was hatte er sich da bloß eingelassen?

IV
Lämmerschweigen

Die Nacht hatte der Meininger so schlecht geschlafen wie schon seit seiner Priesterprüfung nicht mehr. Aber kein Wunder, das Mordfoto hatte sich tief in sein Hirn eingebrannt. Im Traum verfolgten ihn abwechselnd der blutrünstige Hirsch mit seinem spitzen Geweih, der zündelnde Teenager Xaver und der tote Wimmer senior, dem immer noch die schwarze Zunge aus dem Mund und die vollgepieselte Hose zwischen den Beinen hing. Darum war der vermutlich der Langsamste von allen. Der Pfarrer flüchtete durch das Eichenberger Wäldchen, den heißen Hirschatem im Nacken. Immer wieder stolperte er über Wurzeln und umgestürzte Bäume. Keuchend und schnaufend rannte er um sein Leben, die teuflische Bande dicht auf den Fersen.

Schweißgebadet und nach Luft schnappend, wachte er um sechs Uhr in der Früh endlich auf. Das lange Nachthemd klebte ihm nass am Körper. Und wieder fragte er sich, wie er da nur hineingerutscht war. Mord und Totschlag kannte er bisher lediglich aus der Bibel, und vom Ermitteln hatte er doch überhaupt keine Ahnung. Sein depperter Kompagnon, der Simeon Hirsch, erst recht nicht, das hatte man ja gesehen.

Gott sei Dank – das musste er beim Frühstück dann mal wieder feststellen – hatte er die Maria. Denn die, die hatte vom Ermitteln und der Spioniererei sehr wohl eine Ahnung. Überall im Pfarrhaus stapelten sich ihre Kriminalromane bis unter die Decke, und was der Köchin am Sonntag heiliger war, der Gottesdienst oder der *Tatort* in der ARD, das wollte der Meininger lieber gar nicht erst wissen. Sonntag um Viertel nach acht jedenfalls, da brauchte keiner mit irgendwelchen Sonderwünschen anzukommen, nicht einmal Hochwürden selbst, und vermutlich täte sich sogar der Heilige Vater schwer. Denn ohne Krimi, da ging die Maria nie ins Bett. Und von diesem schier unendlichen Erfahrungsschatz aller mehr oder weniger talentierter TV-Ermittler plus noch eine Extraportion Agatha Christie und Co. obendrauf, konnten der Meininger und sein Polizist jetzt profitieren. Aus dem Vollen schöpfen sozusagen.

»Als Allererstes müssen Sie mit der Familie des Opfers sprechen. Das ist doch ganz klar.« Wie ausgewechselt war die Maria an diesem Morgen. Normalerweise standen der Kaffee und sein Frühstück, zwei Scheiben Schwarzbrot mit Käse und Bierschinken und eine Nudel zum In-die-Tasse-wecken, schon bereit, wenn er sich gegen neun in die Küche bequemte. Die Dame des Hauses, recht wortkarg, war dann immer schon beschäftigt mit irgendwelchen Dingen, die er wieder mal dreckig gemacht hatte. Wäsche, Geschirr, Fenster …

Heute musste die Maria noch weit vor ihm wach gewesen sein, denn als er um halb sieben in die Küche watschelte, um den Albtraumschreck mit einem warmen Kaffee zu vertreiben, da war sie schon ganz fleißig am Herd beschäftigt. Pfannkuchen! Er konnte sein Glück kaum fassen. Da wünschte man sich ja fast jeden Tag einen Mord ins Dorf.

Noch im Nachthemd pflanzte er sich an den Küchentisch, um bei einer ordentlichen Portion Mehlspeise dem Polizeinachhilfeunterricht zu lauschen. Vielleicht sollte er auch gleich den Simeon Hirsch einbestellen. Schaden könnte es nicht.

»Das ist einerseits wichtig, weil die nächsten Verwandten müssen ja über das Unglück in Kenntnis gesetzt werden.« Kriminalerin Maria Huber lud dem Meininger unter wohlwollenden Blicken die noch warmen Pfannkuchen auf den Teller und reichte ihm ein Glas Marmelade.

»Und dann ist das natürlich die perfekte Gelegenheit, um gleich einmal rauszufragen, ob der Tote in der letzten Zeit mit irgendjemand ins Streiten geraten ist. Wobei das in diesem Fall wahrscheinlich nicht viel bringt. Gestritten hat der Wimmer ja fast mit jedem.« Sie legte die Stirn in Falten und dachte angestrengt nach. »Na ja, egal, wichtig ist, dass Sie ganz genau auf jedes verdächtige Verhalten der Angehörigen achten. Und nach den familiären Verhältnissen fragen. Also zum Beispiel, ob es Geldprobleme gab oder Spielsucht in der Familie oder Drogen oder gar eine Liebesaffäre.«

Der Pfarrer dachte an das letzte Bild vom Wimmer, wie er mit seinen dreiundsechzig Jahren, dem fetten Wanst und den nackerten Haxen, am Hochsitz gelehnt war, und auch an die nur ein paar Jahre jüngere Kreszenz Wimmer, die tagein, tagaus dieselbe verwaschene Kittelschürze trug, die fettigen grauen Haare streng zum Dutt, das selten in der Öffentlichkeit gesehene Gesicht in tiefe Sorgenfalten gelegt. Liebesaffären konnte man in beiden Fällen vermutlich ausschließen. Da musste man nicht unbedingt Sherlock Holmes heißen.

Mei, waren diese Pfannkuchen gut. Er könnte glatt noch einen Teller verdrücken. Aber, aus der Traum. Scheinbar reichte in Marias Augen diese erste Stärkung, um ihn ermittlungstüchtig zu machen. Sie schnappte sich den bis auf den letzten Krümel leer gegessenen Teller und zog ihn am Hemdsärmel vom Bankerl.

»Also, Sie fahren jetzt dann gleich mit dem Herrn Simeon zum Wimmer-Hof rauf. Schon schön Fragen stellen, aber, Herr Pfarrer, ganz wichtig, auch viel reden lassen die Verdächtigen.«

Aha, jetzt waren das schon Verdächtige. So schnell konnte das also gehen.

»Das machen die immer im *Tatort*, und der Peter Ustinov macht das auch so. Weil nämlich, die Leut erzählen viel mehr, wenn man *nicht* fragt. Dann reden die sich immer um Kopf und Kragen. Dann erzählen die früher oder später ganz von allein, dass sies waren. Weil am Ende muss es einfach raus.« Sie schob den Meininger durch die Küchentür, nahm ihm im Gehen noch die Tasse aus der Hand, und das wars dann. Frühstück vorbei, kein Aufschieben mehr möglich. Auch er musste am Ende einfach raus.

Nur eine Stunde später saß der Meininger dann schon neben dem frisch uniformierten Simeon Hirsch im uralten Eichenberger Polizei-Mercedes. Direkte Einbahnstraße in Richtung Wimmer-Befragung. Denn scheinbar hatte der Herr Simeon ähnliche Lehrbücher wie die Maria gewälzt und auch den Wimmer-Hof als erste Adresse auf seiner Ermittlungsliste stehen. Komplikationen vom Vortag hin oder her. Daran erinnerte auch nur noch das gelb-grün geschwollene Auge im Polizistengesicht. Ansonsten war der Jungspund wieder völlig hergestellt und ähnlich aufgeregt wie die Maria.

»Nach dem Alibi müssen wir fragen, das ist das Allerwichtigste«, erklärte er seinem Beifahrer, der versuchte, die vielen Anweisungen seiner beiden Profis im Kopf zu sortieren.

»Über achtzig Prozent aller Gewaltverbrechen passieren im engsten Familienkreis. Das ist statistisch bewiesen.« In jedem Fall wahrscheinlicher als die Theorie mit der Liebesaffäre, dachte der Meininger, sparte sich aber erst einmal alle Kommentare zur Sachlage. Wurde ja schon genug spekuliert, auch ohne ihn.

»Die Spurensicherung hat den Leichnam noch gestern nach Passau überstellt«, berichtete der Hirsch von seinem

Telefonat mit der maladen Kripo. »Der Hirsch wird in diesen Stunden von einem Amtstierarzt obduziert. Bisher nichts Ungewöhnliches, außer natürlich die Munition.«

Der Meininger sah ihn fragend an.

»Es ist verboten, auf Wild dieser Größe mit Schrot zu schießen. Das wird lediglich zum Bejagen von Kleintieren eingesetzt. Am Tatort selbst konnten leider sonst keine weiteren Auffälligkeiten festgestellt werden. Im Moment sind wir also erst einmal auf uns selbst gestellt.«

Na, Prost Mahlzeit.

Sie bogen auf die Zufahrt zum Wimmer-Hof ein, und wieder einmal konnte der Meininger gut verstehen, dass der ein oder andere Eichenberger ein wenig eiferte auf das viele Geld und den Großbesitz der Wimmers. Ein paar Minuten mit dem Auto musste man für einen Besuch bei der Herrscherfamilie in Kauf nehmen. Aber dann: bilderbuchidyllisch gelegen am höchsten Hügel von Obereichenberg, der stattliche Vierseithof. Kuh- und Pferdestall, Heuschober, Fuhrparkgarage, alles feinst säuberlich und postkartentauglich rausgeputzt. Mit Blick auf den großen Ententeich und ganz Eichenberg zu Füßen thronte vorn dran das dreistöckige Bauernhaus. Ein jeder Balkon mit Blumenkörben geschmückt, wo im Sommer die bunten Geranien blühten, die Holzläden vor den Fenstern und alle Balken verziert mit aufwendigster Schnitzarbeit. Bei so viel paradiesischem Panorama mochte man gar nicht glauben, dass es drin Anlass für dieses viele greisliche Gerede geben konnte. Aber vielleicht war es am Ende eben auch hier so außen hui und innen pfui.

Der erste Beweis für das Pfui kam ihnen auch postwendend und furchtbar kläffend entgegengeschossen. Der Alois war wirklich ein ausgezeichneter Hofhund. In ganz Eichenberg und über die Grenzen hinaus verschrien für seine gemeingefährliche Bösartigkeit. Bissig und bellend wie sonst noch was und fürchterlich wachsam, dem entging rein gar nix. Wie es sich eben so gehört für einen anständigen Kettenhund. Nur leider hielten es die Wimmer-Männer nicht für nötig, das Viech, auch wie es sich gehört, an die Kette zu legen. Könnte ja am Ende doch mal ein unschuldiger Postbote oder ein armer Besucher lebendig bis zur Haustür vordringen, wenn der Hund festgebunden wäre. Also Freiheit für den Zerberus. Wie ein tollwütiger Gummiball sprang der Schäferhund kläffend und zähnefletschend am Auto auf und ab, während sie im Schritttempo auf das Haus zurollten.

Eines musste man dem Simeon Hirsch lassen, er war lernfähig. Einmal blutige Wade war aber auch mehr als genug. Mit einem verschwörerischen Blick zog er aus einem kleinen Plastiktüterl ein recht verrunzeltes und arg riechendes rotes Würstel. Du meine Güte, die Sauwurzen vom Hofbauer-Metzger. Und das in einem geschlossenen Auto. Der Meininger hielt sofort die Luft an. Die Sauwurzen waren eine ganz besondere Delikatesse, die der Hofbauer selbst erfunden und über Jahre hinweg so perfektioniert hatte, dass sie am Ende wirklich fast überhaupt keiner mehr sehen oder riechen konnte. Der Hauptbestandteil dieser gefährlich rot ausschauenden Würstel war eine betriebseigene Mischung aus Wildschweinbrät und allen möglichen Fleischereirestln. Dazu kamen Knoblauch, Zwiebel und in jedem Fall ein Haufen Paprika. Was sonst noch drin war, das wusste wahrscheinlich nicht einmal der liebe Gott. Elendig lang geräuchert und getrocknet waren die Dinger am Ende so zäh, dass man sie kaum mehr beißen, aber ewig aufheben konnte. Und das war auch gut so, weil essen wollte die nämlich keiner.

Oder doch, einer: Mit einem kräftigen Kieferknacken biss der Polizist ein Stückerl von der wilden Kabanossi ab und kurbelte das Fenster runter.

»Wirklich schade um die gute Wurst …«, meinte er mit einem bedauernden Blick auf das runzelige Ding in seiner Hand, »… aber der Zweck heiligt die Mittel, stimmt doch, Hochwürden?«

So gut es die enge Fahrerkabine zuließ, holte er aus und schleuderte den Wurzen durchs Fenster in hohem Bogen über den wilden Alois weg in die Hofeinfahrt. Scheinbar war der narrische Hund das zweite Mitglied im Sauwurzen-Delikatessen-Klub, weil in der Sekunde, in der die Wurst über seinen Kopf sauste, hatte der jegliches Interesse an den Eindringlingen verloren. Wie der Blitz rannte er hinter dem Leckerli her und verschwand mit der Beute im Maul schnurstracks auf Nimmerwiedersehen hinterm Haus. Stolz wie ein Gockel grinste der Hirsch den Pfarrer an, von einem Ohr zum andern. Fast ein bisserl sympathisch sah er plötzlich aus, der Polizist.

»Bahn frei.«

Leider war der zottelige Zerberus nur die erste Hürde und ein Vorgeschmack auf die nun folgenden Feindseligkeiten dieses ambitionierten Abenteuers gewesen. Wie der Herr, so das Gescherr. Denn die Wimmerin sah wirklich aus, als würd sie gleich zubeißen, wie sie da so ganz und gar nicht erfreut in ihrer Haustür stand. Arme vor der Brust verschränkt, ein Kopftuch über dem streng nach hinten gebundenen grauen Haar, die Stirn in tiefe Zornesfalten gelegt. Und noch bevor der Pfarrer die Hand zum Friedensgruß heben konnte, drehte die Kreszenz sich um und verschwand zurück ins Haus. Tür zu, Bahn überhaupt nicht frei.

»Und jetzt?«, fragte der Meininger ratlos. Aber so ein paar kleine Anfangsschwierigkeiten hielten einen Simeon Hirsch noch lange nicht auf. Er zückte den Dienstausweis und marschierte strammen Schrittes auf die Haustür zu. Der Pfarrer raffte den Talar und folgte auf dem Fuß, wer wusste schon, wie lang ein halber Sauwurz so einen ganzen Schäferhund beschäftigen würde. Sie klopften und klopften, und erst als der Hirsch vorsichtig in Richtung Dienstwaffe zu schielen begann, öffnete sich endlich die Tür.

»Grüß Sie Gott.« So finster, wie der Xaver dreinschaute, glaubte ihm der Meininger nicht recht, dass das auch ernst gemeint war. »Herr Pfarrer.« Er nickte kaum merklich. »Und Sie …« Der eisige Blick wanderte zum Simeon. »… schon wieder auf den Füßen, ha?«

Hochprofessionell ignorierte der Polizist die Provokation und ging sofort zum geschäftlichen Teil über.

»Herr Xaver Wimmer, es tut uns sehr leid, Ihnen mitteilen zu müssen, dass es sich bei der gestern im Eichenberger Wald aufgefundenen Leiche um Ihren Vater, Herrn Ludwig Wimmer, handelt.« Er räusperte sich kurz. »Allem Anschein nach ist Ihr Vater nicht auf natürliche Art und Weise, sondern durch äußerliche Gewalteinwirkung in Form eines Hirschgeweihs ums Leben gekommen. Aus dieser Tatsache heraus ergeben sich aktuell einige Fragen, die wir an Sie und Ihre Frau Mutter hätten.«

Sicherheitshalber hielt er dem Xaver gleich seinen Polizeiausweis unter die Nase. Verwechslung ausgeschlossen. Das Gesicht vom Wimmer junior verdunkelte sich noch etwas mehr.

»Darf der das?«, fragte er den Meininger, ohne Simeon auch nur eines Blickes zu würdigen.

Der Pfarrer zuckte nur mit den Schultern, deutete auf den schön in Folie verpackten Lichtbildwisch und nickte. »Ich bin mir fast sicher.«

»Na dann … ist ja eigentlich eh wurscht. Mir wissen nix.« Er öffnete die Tür und verschwand ohne ein weiteres Wort in der Dunkelheit des Hausflurs.

Außen hui und innen pfui, auf jeden Fall innen ziemlich unheimlich und finster. Dem Meininger fielen auf einmal wieder die ganzen Geschichten ein, die seine Köchin ihm über die Wimmer-Leut erzählt hatte. Wenn diese Wände sprechen könnten … Ihm lief ein kalter Schauer den Buckel runter, und beinah hätte er sich bekreuzigt vor lauter Fürchten. Auch der Simeon drängelte sich jetzt nicht unbedingt nach vorne in die erste Reihe. Hasenfuß. Schweigend folgten sie dem breiten und sehr muskulösen Rücken vom Xaver in die große Küchenstube.

Grad bei einem so stattlichen Hof wie diesem würde man meinen, die Küche, da wird es sicher richtig gemütlich sein. Da schlägt ja das Herz eines jeden Bauernhauses. Die Wimmer-Stube hätte demnach dringend ein oder zwei Bypassoperationen gebraucht. Weil, von Gemütlichkeit weit und breit keine Spur. Kaum ein Licht schaffte es durch die uralten, winzig kleinen Fenster, zu sehen gab es aber eigentlich eh nix. Eine recht kahle hölzerne Eckbank, auf die der Xaver schnurstracks zumarschierte und gleich die Zeitung zur Hand nahm, als würd ihn der Besuch gar nichts angehen. Esstisch, vier Stühle und ein recht marodes Kanapee, das wars an Mobiliar. Keine Bilder, kein sonst üblicher Schnickschnack, kleine Engerl oder Kerzen oder so, nix. Außerdem war es furchtbar kalt.

Sehnsüchtig dachte der Meininger an die Maria und seine eigene Stube zu Hause. Immer warm, immer roch es wunderbar nach Essen, selbst wenn gar nix gekocht wurde. Hier müffelte es irgendwie komisch nach Moder und ein bisschen nach Zwiebeln. Obwohl die Kreszenz grad das Mittagessen bereitete, nicht zu erahnen, was da in den Töpfen schmurgelte. Wie ihrem Bub war auch ihr scheinbar entgangen, dass es tatsächlich jemand am Alois vorbeigeschafft hatte.

Der Simeon räusperte sich laut und deutlich.

»Mutter, der Pfarrer und der Hirsch.« Nicht mal den Blick hob der Xaver dabei von seiner Zeitung. »Die wollen was wissen wegen dem Vater.«

»Ich weiß nix.« Auch die Mutter drehte sich nicht zu ihnen um. Simeon, die Ablehnung der Eichenberger gewohnt und beinah schon immun dagegen, tat, wozu ihn der Freistaat auserkoren hatte. Er zückte einen kleinen Ikea-Bleistift und einen Notizblock. Schon gings los.

»Frau Wimmer, wann haben Sie Ihren Ehegatten zum letzten Mal gesehen?« Seine Augen bohrten sich konzentriert in den schürzengeblümten Rücken der Bäuerin.

»Gestern.«

Die beiden Ermittler warfen sich erstaunte Blicke zu.

»Gestern? Wie? Das kann doch gar nicht sein! Wo haben Sie denn gestern Ihren Mann gesehen?«

»Im Spritzenhaus. Bevor ihn der Sanitäter geholt hat. Identifizieren musste ich ihn.«

Der Meininger und der Simeon merkten schnell, dass man sich auch beim Schlaufragen Mühe geben musste.

»Ja, ähm, selbstverständlich.« Der Hirsch fing noch mal von vorne an. »Frau Wimmer, wann haben Sie Ihren Ehegatten zum letzten Mal *lebend* gesehen?«

»Samstag.«

Ein paar lange Sekunden verstrichen, und da Kreszenz Wimmer offensichtlich nichts mehr hinzuzufügen hatte, musste der Simeon wieder bohren.

»Samstag also, aha. Wann denn genau am Samstag?«

»Mittag.«

Schweigen.

Plötzlich kam dem Meininger das alte Kanapee gar nicht mehr so uneinladend vor. Das Ganze hier sah nach einem längeren Besuch aus.

»Samstagmittag also«, fasste der Hirsch die bisherigen Fakten völlig korrekt zusammen. »Und dann?«

Ganz zufrieden war er scheinbar immer noch nicht.

»Wie und dann?«

»Na ja, was hatte er vor? Wo ist er hin?« Der Hirsch verlagerte das Gewicht von einem Bein auf das andere. Ungeduldiger Münchner halt. Die Wimmerin zuckte nur mit den Schultern.

»Feuerwehrfest? Die Festuniform hatte er an, aber was weiß denn ich. Gsagt hat er nix.«

Jessas, das war ja gleich eine ganze Flut an Informationen. Der Bleistift sauste nur so über den Block. Jetzt ging der Hirsch gleich in die Vollen.

»Und, Frau Wimmer, wie war eigentlich das Verhältnis zu Ihrem Mann? Gab es Probleme? Was haben Sie an diesem Samstag zuletzt mit ihm besprochen? Sind Sie im Streit auseinandergegangen?«

Der Meininger war ganz gespannt, wie die Kreszenz diese vielen Fragen in nur einem Wort beantworten würde, aber leider machte ihm der Xaver einen Strich durch die Rechnung.

»Sagens einmal, was soll denn das?«, polterte er hinter seiner Zeitung. Die dicken Brauen schoben sich finster über den dunklen Augen zusammen. »Diese neugierige Fragerei, als hätten wir was verbrochen. Die arme Mutter. Dürfen Sie das überhaupt, Sie Kasperlpolizist, Sie?«

Der Simeon zückte sofort wieder die Allzweckwaffe Dienstausweis und konzentrierte sich jetzt auf den Junior.

»Herr Oberlöschmeister Wimmer, Sie sind am Samstagabend auf besagtem Feuerwehrfest gesehen worden. Ist das korrekt?«

»Freilich, wo wär ich denn sonst gewesen?«

Der Simeon kritzelte fleißig mit.

»Zeugen konnten Sie zusammen mit Ihrem Vater bis spät in den Abend am Stammtisch im Gasthof Hinterbichler beobachten. Wann und mit wem haben Sie diese Stätte verlassen?«

»Das weiß ich nicht mehr so genau, Herr Polizeiobermeister.« Der Xaver probierte sich am offiziellen Ton des Polizisten. »Weil ein ordentlicher Genuss des ausgeschenkten Freibiers hat sich mir zu später Stunde aufs Gemüt geschlagen, sodass ich Ihnen über meinen Heimweg nicht mehr recht Auskunft geben kann.«

Der Simeon fand das nicht wirklich lustig, wollte aber auch noch nicht aufgeben.

»Sie sind also ohne Ihren Vater nach Hause aufgebrochen?«

»Ich denk schon.«

»Und Ihr Vater war zu diesem Zeitpunkt noch auf dem Fest?«

»Ich denk schon.«

»Und hatte auch vor, dort noch etwas zu verweilen?«

»Ich denk schon.«

»Aber in jedem Fall wollte er nach Ende der Feierlichkeiten auf direktem Weg nach Hause?«

»Ich denk schon.«

Mal sehen, wie lang die beiden das Pingpong der Sinnlosigkeit noch fortführen würden, dachte sich der Meininger. Er pflanzte seinen Allerwertesten jedenfalls doch auf das alte Sitzmöbel. War ja schon fast peinlich, wie sie da zu

74

zweit deppert rumstanden. Aber auch dem Simeon schien klar zu werden, dass er sich hier in einer rechten Sackgasse befand. Eine andere Taktik musste her.

»Herr Wimmer, wie war denn die Vater-Sohn-Beziehung zwischen Ihnen und dem Verstorbenen? Hatten Sie ein enges Verhältnis zueinander?«

Der Xaver schnaubte hörbar durch Mund und Nase aus. Er ignorierte die Frage einfach weg.

»Und Sie, Frau Wimmer? Standen Ihr Mann und Sie sich sehr nahe?«

Eins a durchvererbt, der Schnauber. Wie der Sohn, so die Mutter sozusagen. Bei den Wimmers stand man sich ganz offensichtlich nicht sehr nah. Keiner mit niemandem.

»Wie waren denn sonst seine Beziehungen im Ort? Gab es Feinde? Streitereien? Probleme?«

Jetzt gab es den Schnauber gleich dopppelt, beide Wimmers unisono. Bevor der Ikea-Bleistift vor lauter Unterforderung wieder in die Tasche wanderte, nahm der Meininger sich ein Herz. Konnte ja kaum noch schlimmer werden.

»Liebe Frau Wimmer, lieber Xaver, ich versteh schon, dass das Ganze nicht gerade einfach ist. Diese schlimme Geschichte, ein tragischer Verlust in der Familie. Unser Mitgefühl ist ganz bei Ihnen.« Er schenkte der Kreszenz, die ihn jetzt wenigstens einmal anschaute, sein mitleidigstes Lächeln. »Aber der Herr Hirsch will Ihnen doch nix Böses, ganz im Gegenteil. Wir beide wollen Ihnen helfen. Helfen, diese Grausamkeit aufzuklären. Damit Sie und Ihr geliebter Ehemann und Vater auch die verdiente Ruhe finden, aber dafür brauchen wir auch ein bisschen Ihre Hilfe. Ein paar Fragen müssten Sie uns schon beantworten, sonst kommen wir da gar nicht weiter.«

So. Jetzt aber. Jetzt müsste es eigentlich laufen wie geschmiert nach dieser Ansprache. Aufmunternd nickte er der Kreszenz zu.

»Frau Wimmer, gab es denn Schwierigkeiten den Ludwig betreffend, hatte er Streit mit jemandem?«

Die Bäuerin schaute ihn ein paar Sekunden wortlos an.

»Na.« Sie schüttelte den Kopf.

Letzte Hoffnung, der Xaver.

»Na.« Auch der verneinte und griff dann wieder zur Zeitung, die Wimmerin rührte weiter in ihrem Kochtopf herum.

Der Hirsch wagte einen letzten Versuch. »Gab es in den letzten Wochen irgendeine Auffälligkeit im Verhalten Ihres Mannes? Irgendwas Ungewöhnliches? Ist er abends lange weggeblieben? Hat er vielleicht Dinge vor Ihnen versteckt oder größere Geldsummen vom Konto gezogen?«

»Na.«

»Na.«

»Aha. Also gut. Weiß vielleicht der Herr Wimmer senior, der Bartholomäus, etwas mehr? Dürften wir dem ein paar Fragen stellen?«

»Na.«

»Na.«

»Nein, der weiß nichts? Oder nein, dürfen wir nicht?«, nervte der Hirsch die beiden vokabelarmen Anwesenden.

»Da Großvater ist überhaupt nicht dahoam.«

»Und wissen tut er auch nicht mehr als wir.« Was auch immer da im Topf schmurgelte, es forderte die komplette Aufmerksamkeit der Bäuerin. Nicht eine Sekunde wandte sie ihren Blick vom blubbernden Inhalt.

Simeon Hirsch schaute fragend zum Meininger, dem aber auch nichts mehr dazu einfiel. Ratlos schaute er den Polizisten an. Diese berühmten Fernsehermittler von der Maria, denen die Verdächtigen scheinbar immer alles von ganz allein erzählten, die waren sicherlich nicht in Niederbayern unterwegs gewesen. Garantiert nicht.

Ihren Frust über die doch sehr zähen ersten Schritte dieser Ermittlung spülten die beiden Herren bei einem späten Mittagessen mit einem kühlen Bier hinunter. Auch wollte der Meininger der Maria nicht vorenthalten, wie wenig hilfreich ihre Kriminalratschläge in der Praxis tatsächlich waren.

»Kein Wort war aus denen rauszufragen, überhaupt kein Wort nicht«, schimpfte er und nahm noch einmal nach beim Schweinsbraten, obwohl er eigentlich schon recht gut satt war. »Und der alte Wimmer, der Bartholomäus, der war noch nicht einmal zu Hause. Trost, Unterstützung, Familienzusammenhalt, alles Fremdworte.«

»Na, Sie werden sich schon recht deppert angestellt haben.« Die Maria gab dem zufrieden schmatzenden Simeon den dritten Knödel auf. »In der Sendung, da machen die das immer ganz intelligent und eher so subtil, verstehen Sie. Echte Profis eben.«

Der Meininger konnte genau sehen, wie die Maria die Augen verdrehte. Echte Profis … jetzt auf einmal. Gestern Abend da war er noch gut genug gewesen als Laienermittler.

»Also, da sind Sie jetzt ein wenig ungerecht zu uns, liebe Frau Huber. Wir sind die Sache korrekt nach Vorschrift angegangen, und besonders der Herr Meininger hat äußerst geschickt versucht, die beiden Befragten zu mehr Kooperation zu bewegen. Leider ohne Erfolg.« Mit Messer und Gabel kratzte er den letzten Soßenrest auf dem Teller zusammen. Gierschlund. »Ganz wunderbar, wirklich ganz wunderbar, dieser Schweinebraten, Frau Huber.« Und ein Schleimer noch dazu.

Aber die Maria freute sich so furchtbar über endlich mal Küchenlob von Nicht-Meiningers, dass sie gar nicht mehr weiterschimpfte, sondern wieder auf ihre Seite wechselte.

»Es hilft ja nix«, seufzte sie. »Wäre auch zu einfach gewesen. Beim *Tatort* gibts die Lösung auch immer erst am Ende und nicht am Anfang.« Sie räumte die leeren Teller zusammen. »Aber eine Sache, die find ich schon recht seltsam an der Geschichte.« Und dann kam der erste wirklich wichtige Hinweis tatsächlich doch von der Maria. Nur leider wussten das die drei Detektive zu diesem Zeitpunkt noch nicht. »Komisch, dass die Wimmer-Leut so gar nichts sagen. Man würd doch eigentlich meinen, wenn man den Vater und den Ehemann verliert durch einen so furchtbaren Mord, dann möcht man doch schon wissen, wers war, oder nicht?«

V
Waidmannsheil

Die Nacht vom Dienstag auf den Mittwoch war für den
Meininger auch nicht wirklich besser. Wieder ein Haufen
wilder Gestalten, die den Pfarrer einfach nicht in Frieden
schlafen lassen wollten, sondern ihn durch seine Träume
jagten. Eine fürchterlich käsige und traurig dreinschauen-
de Kreszenz, die einfach kein Wort sprechen wollte. Der
Xaver, der randalierend und betrunken durch die Ort-
schaft taumelte, und immer wieder der tote Wimmer
Ludwig, der dem Meininger sagen wollte, wer ihn so grob
ins Jenseits befördert hatte, aber vor lauter geschwollenem
Zungenfleisch auch kein Wort herausbrachte, sondern
nur grausig wimmerte.

So viele Fragen und keine einzige Antwort bisher. Kein
Wunder, dass sich der Meininger in seinem Bett von links
nach rechts warf und einfach nicht zur Ruhe kam, bis endlich der Wecker klingelte. Auf dem Nachttisch lagen noch
die Obduktionsberichte vom Wimmer und auch der vom

Hirsch. Dem Viech, nicht dem Polizisten. Der Polizist Hirsch hatte sie am Abend noch vorbeigebracht und dem Pfarrer sozusagen als Nachtlektüre übergeben. Keine gute Idee. Denn obwohl nicht wirklich viel Interessantes darin zu finden war, hatte es beim Meininger dazu geführt, dass er den ganzen Mord sozusagen mit ins Bett genommen hatte. Bis ihm die Augen zugefallen waren, hatte er die Unterlagen studiert. Weil, wenn auch nicht viel, so erzählten die Berichte aus Passau doch immer noch mehr als die Angehörigen.

Freilich war der Wimmer nicht von einem blutrünstigen Hirsch aufgespießt worden. Der Hauptbrandmeister und das Rotwild teilten sozusagen ein trauriges Schicksal, beide waren schon tot gewesen, bevor sie zueinandergefunden hatten, so die Kollegen aus der Obduktion. Der Hirsch, ganz offensichtlich an der zerfetzten Flanke zu sehen, war von einer ordentlichen Ladung Schrot ins Jenseits befördert worden. Leider konnte selbst der beste Amtstierarzt nicht sagen, von wem, wo und wann genau das passiert war. Aber feststellen konnte der dann immerhin doch an den Wundrändern und was sonst noch für Zeug, dass der Todesschuss schon eine ganze Weile zurücklag und das Viech in der Zwischenzeit mindestens ein paar Tage eingekühlt gewesen sein musste.

Und der Wimmer, da wurde es jetzt wirklich komisch: Herz durchstochen, von hinten, durch den Rücken, durch den Festtagsjanker und das Hemd. Aber eben nicht von dem Hirsch mit seinem Geweih, weil, der konnte ja nicht mehr. Und der hatte vermutlich auch nicht wirklich einen

Grund gehabt. Fluchttier und so. Wer oder was den Feuerwehrler ins Jenseits befördert hatte, dazu war man sich in
Passau aktuell sehr uneins. Die Spurensicherung hatte
nämlich fast überhaupt keine brauchbaren Hinweise finden können, die bei der Lösung des Rätsels hätten helfen
können. Vor lauter Regen und Ungeziefer war da kaum
mehr was zu machen gewesen. Worauf man sich hatte
einigen können, das waren Todesursache und Todeszeit.
Irgendwann so zwischen zwei und vier Uhr nachts von
Samstag auf Sonntag hatte dem Wimmer sein Herz den
Geist aufgegeben, weil irgendwer ihm irgendwas mit einer
ziemlichen Wucht zwischen die Schulterblätter gerammt
hatte. Aber dann ging es auch schon los mit der Krimi-
nalstreiterei. Weil, in der Wunde selber waren außer Janker und Hemdfasern nur noch Hornspuren zu finden. Vor
lauter Malträtieren mit dem Geweih ließ sich nicht mehr
sagen, als dass die Wunde recht tief war, eben von hinten
durch die Brust. Alles sah auf den ersten Blick wirklich danach aus, als hätte der Hirsch den Wimmer aufgebohrt.
Aber eben, konnte ja nicht sein … es war wirklich zum
Haareraufen. In Passau genauso wie beim Meininger im
Schlafzimmer, als er zum zehnten Mal den Bericht durch-
studierte. Immer noch gleich. Tod durch Herzversagen.
Herzversagen aufgrund von Gewalteinwirkung. Gewalteinwirkung durch toten Hirsch? Ganz großes Fragezeichen.

Noch keine halbe Stunde wach, und der Pfarrer bekam
schon Kopfweh vom vielen Nachdenken. Sein Respekt vor
den schlauen Ermittlern aus Marias Geschichten wurde

immer größer. Aber im Fernseher war das auch immer ein bisschen leichter. Da gab es halt dann irgendwoher plötzlich einen Tipp, oder einer verplapperte sich gerade dann, wenn man als Detektiv gar nicht mehr weiterwusste. Musste ja vorwärtsgehen mit der Geschichte. Im echten Leben war das ganz und gar nicht so einfach. Ihm und dem Simeon Hirsch blieb nichts anderes übrig als, Marias diktatorischen Anweisungen folgend, selber noch mal den Tatort unter die Lupe zu nehmen. Die Köchin war nämlich eben aus der TV-Erfahrung heraus felsenfest davon überzeugt, dass die allerwichtigsten Sachen gerade nicht von der Spurensicherung gefunden wurden, sondern immer erst später, wenn man schon gar nicht mehr zu hoffen wagte. Nicht einmal der Simeon Hirsch hatte sie von der professionellen Arbeit seiner Kollegen überzeugen können. Die resolute Hausdame bestand auf eine gründliche Durchforstung des Eichenberger Forstes, ohne Wenn und Aber.

»Und des auch noch bei dem Scheißwetter«, seufzte der Meininger mit Blick aus dem Fenster. Tiefe dunkelgraue Wolken und ein ganz hinterhältig fieselfeiner Nieselregen machten nicht gerade Lust auf einen Waldspaziergang mit Leiche.

Weil die Maria ihren Chef aber doch ein bisserl gernhatte oder einfach weil sie keine große Lust verspürte, die nächste Grippe mit ihm zu durchleiden, verpackte sie ihn zumindest von oben bis unten wasserdicht für das nasskalte Abenteuer. Gummistiefel an die Füße, einen alten Anglerhut, wer weiß woher, auf den Kopf und ganz selbstlos ihr eigenes Radl-Regencape mit den rosa Blumen drauf über den Talar – so schlug sich der Meininger modisch nicht ganz korrekt, aber immerhin einigermaßen trocken wenig später durchs Unterholz. Der Simeon Hirsch hatte leider keine Maria und anscheinend auch sonst niemanden, der sich sehr um sein Wohlergehen sorgte. Denn mittlerweile nass bis auf die Unterhose stapfte er mit seiner dünnen Polizeiuniform schlotternd neben dem Pfarrer drein. Die billigen Lederschuhe quietschen matschig bei jedem Schritt.

»Ist es noch sehr weit, Herr Pfarrer?«

Völlig orientierungslos, dieser Kerl. Der Meininger hätte ihn auch einfach zwanzigmal um den gleichen Baum lotsen können, diese Städter.

»Nein, Herr Hirsch, gleich haben wirs gschafft. Schauns, da vorne, da ist er ja, der Hochsitz.«

Schon aus der Ferne leuchteten die rot-weißen Plastikbänder der Polizeiabsperrung und markierten wirklich für jeden Deppen den Unglücksort ganz deutlich. Ob das die Passauer Durchfall-Kripo wohl noch abbauen würde? Der Meininger zweifelte stark daran. Da würde der Leitner-Jäger wieder recht schimpfen, wenn er sein Revier selbst aufräumen musste. Außer dem Band deutete auf den ersten Blick aber gar nichts mehr hin auf die grausige Tat. Kein Hirsch, kein Wimmer, gar nix. Feinstsäuberlich abtransportiert. Fast wie neu, wo sollte man da jetzt anfangen mit dem Suchen nach den vergessenen Beweisen?

»Sie links, ich rechts.« Der nasse Hirsch deutete in Richtung Jagersitz und machte sich dann über einen Busch

Farn her. Ohne wirklich viel Hoffnung zog sich der Pfarrer den Schlapphut noch etwas tiefer in den Nacken und begann, den Waldboden nach wer weiß was abzusuchen.

Nach gut zehn Minuten Schlammstarren und Unterholz-zurseite-räumen hatte er eiskalte Hände, einen steifen Buckel und noch keinen einzigen Hinweis. Dafür aber die Schnauze gehörig voll. Gerade wollte er den Hirsch zum geschlossenen Rückzug auffordern, da hörte er es oben im Hochstand leise flüstern.

»Leise jetzt! Die hörn uns noch, wennst nicht still bist!«

»Aber wir kommen doch zu spät zur Schule. Wenn ich noch einmal bei Mathe fehle, dann ruft die Beierlein bei meiner Mama an.«

Die beiden Stimmen kamen dem Meininger verdächtig bekannt vor. Den Blick nach oben konnte er durch die maroden Holzlatten gerade so die beiden Schulschwänzer erspähen.

»Fritzi! Bertl! Sapperlott, was machts ihr beiden denn hier? Warum seits ihr nicht in der Schule?«

»O scheiße!«

»Pst, nix sagen! Vielleicht hat er uns nicht gesehen.«

Der Meininger hoffte inständig, dass man den beiden in den nächsten Jahren noch ein wenig mehr Hirn mitgeben würde. Gymnasium war auch schon lange nicht mehr das, was es einmal war.

»Kommts ihr zwei jetzt runter, aber schnell! Was habts ihr schon wieder angestellt, ihr Lausbuben?«

»Was ist los? Was ist los?« Ganz hektisch schnaufend kam der Hirsch angerannt, voller Hoffnung auf Beweisstücke. Aber leider gab es nur Gymnasiumfratzen mit schlechtem Gewissen.

»Gar nix haben wir angestellt.«

Die beiden waren mit ihren Schulranzen vom Hochstand gekraxelt und schüttelten, die Unschuld selbst, die Köpfe.

»Na, was habts ihr dann hier zu suchen?«, fragte der Pfarrer, so streng es ging. Ihm war schon bewusst, dass er in seinem rosa geblümten Plastiküberzug und der waschelnasse Grünrock neben ihm aktuell nicht gerade eine Ausgeburt an Autorität waren.

»Wie ihr beiden deutlich an den Polizeibändern sehen könnt, ist dieses Gebiet ein abgesperrter Tatort und unter keinen Umständen zu betreten«, unterstützte der Simeon.

»Aber Sie sind doch auch hier.«

Eben, Autorität gleich null. Die Buben schienen sich immer noch keiner Schuld bewusst.

»Aber wir sind hier in offizieller Polizeimission unterwegs. Und auf der Suche nach Hinweisen, den Mord betreffend.«

»Ui.« Der Fritzi bekam gleich ganz große glänzende Augen. »Und? Habens schon was gefunden? Wissens schon, wers war? Wars nicht der Hirsch, oder?«

Der Hirsch, der Polizisten-Hirsch, hatte scheinbar keine große Lust auf weitere Mitglieder in ihrem Zweierteam und bremste die neugierigen Buben postwendend ab.

»Über laufende Ermittlungen können wir aktuell keine Auskunft geben und an kleine Burschen sowieso nicht. Also, raus mit der Sprache, was habt ihr hier zu suchen?«

Nervös tippelten die beiden von links nach rechts und stierten ganz angestrengt auf ihre Zehenspitzen.

»Na, wirds bald. Oder muss ich euch erst aufs Revier fahren?« Bei Kindern, da kannte der Polizeiobermeister nix. Da wurden die harten Verhörmethoden ausgepackt. Der Fritzi schien zu begreifen, dass die Situation ausweglos war, und zog schließlich ein recht zerknatschtes Packerl Zigaretten aus seiner Jackentasche.

»Aber bitte nix der Mama sagen.«

So mitleiderregend wie die beiden dreinschauten, da fühlte man sich fast wieder an die eigene Jugend zurückerinnert. Sogar als Pfarrer. Und anscheinend sogar als Polizist, weil auch der Simeon fasste sich ein Herz und klopfte dem bleichen Bertl freundschaftlich auf die Schulter.

»Also gut, dann wollen wir mal Gnade vor Recht ergehen lassen und diesen kleinen Vorfall hier für uns behalten. Aber dass ihr euch nicht wieder erwischen lasst!«

Er hob drohend den Zeigefinger. »Und jetzt ab mit euch in die Schule.«

»Danke, Herr Hirsch.«

»Danke, Herr Pfarrer.«

Allerdings machten die beiden keine rechten Anstalten, das Weite zu suchen. Wie angewurzelt standen sie da, und der Bertl boxte seinen Kameraden immer wieder in die Seite.

»Jetzt zeig es ihnen halt, Fritzi. Der Herr Pfarrer sagt nix, der darf das gar nicht, Beichtgeheimnis.«

Der Meininger zog eine Augenbraue nach oben. Vielleicht sollte er das im nächsten Religionsunterricht noch mal ein bisschen klarer formulieren.

»Und der Herr Hirsch auch nicht. Vielleicht hilft es ja.«

»Also gut.« Der Fritzi gab dem Gebettle nach. »Aber Sie habens versprochen, Sie sagen nix unseren Eltern und nicht in der Schule, dass wir hier waren. Und wegen dem Rauchen …« Er kramte in seinem Schulranzen. »Heut in der Früh, uns ist das Feuerzeug vom Häuserl runtergefallen, und wir habens im Regen erst nicht gefunden. Aber dafür haben wir das hier entdeckt.«

Vorsichtig zog er zwischen den fransigen Schulheften das Fundstück aus dem Rucksack. Der Meininger traute seinen Augen nicht. Dass die Maria auch immer recht haben musste. In seinen Händen hielt der Fritzi eine im Regen silbern glänzende Jagdklinge. Sauscharf sah das Ding aus, und der Bub musste höllisch aufpassen, dass er sich nicht in die Hände schnitt, weil von dem Messer war nur noch das vordere Ende übrig. Vom Griff weit und breit keine Spur.

Nachdem sie die Buben an der Schule abgesetzt hatten, war bei Wurstsemmel und Spezi endlich Zeit, die aktuelle Sachlage zu besprechen. Immerhin, sie hatten etwas gefunden, das war schon mal nicht schlecht. Aber ein kaputtes Jagdmesser im Gebüsch unterm Jagerstand, das musste jetzt auch nicht unbedingt was mit dem Wimmer-Mord zu tun haben. Konnte auch einfach vom Leitner Karl oder einem Kollegen irgendwann mal dort vergessen worden sein.

»Vor allem weil der ja gar nicht mit einem Messer erstochen worden ist«, erinnerte der Meininger an den Obduktionsbericht. Er biss ein großes Stück von seiner Semmel ab. Der Regen prasselte mittlerweile in dicken fetten Tropfen auf das Autodach. Man konnte vom Parkplatz kaum zum Gymnasium sehen, so grau und finster war es draußen. »Keine Schnitte, keine Spuren von einem Messer.« Er runzelte die Stirn und dachte angestrengt nach.

»Sie haben völlig recht, Herr Meininger, wir dürfen uns jetzt auf keinen Fall auf eine falsche Fährte lenken lassen. Wir müssen uns auf die Tatsachen konzentrieren. Aber ›keine Spur‹ kann auch bedeuten, dass es doch ein Messer war. Und vielleicht sogar dieses.«

Vorsichtshalber hatte der Simeon die Klinge fein säuberlich in ein kleines Plastiktascherl verpackt, ganz korrekt Ort, Datum und Zeit darauf notiert und alles im Handschuhfach vom Mercedes verstaut. Nach dem vielen Regen, dem Andatschen von den zwei Schulbuben und dem Kurzbesuch im dreckigen Fritzi-Rucksack war da zwar spurentechnisch wahrscheinlich nicht mehr viel zu holen, aber sicher ist eben sicher. Am Ende konnte die Passauer Kripo doch noch irgendeinen Mörderdaumenabdruck drauf entdecken.

»Fakt ist, der Herr Wimmer wurde gewaltsam ermordet in der Nacht von Samstag auf Sonntag, mit einem relativ langen Gegenstand, die Spurenlage uneindeutig …« Der Simeon kaute nachdenklich auf der Unterlippe.

»Wie passt denn nur dieser Hirsch dazu? Wo kam der her?«

Die beiden Ermittler nickten sich zu und mampften schnell den letzten Rest Semmel auf. Dann startete der Simeon den Motor. Weil, ganz klar, in Eichenberg gab es eigentlich nur eine Adresse für todeskalte Waldviecher, das wusste jeder. Dafür brauchten sie noch nicht einmal die Hilfe von der Maria.

Der Leitner Karl war schon ungefähr so lange ledig, wie er Jäger war. Kaum einer im Dorf konnte sich dran erinnern, dass der jemals eine Frau oder Freundin gehabt hätte. Wunderte aber auch niemanden, weil sogar für einen Förster war er ziemlich kauzig und verschlossen. Ein Naturmensch und Einsiedler, wie er im Buche stand. Etwa zwanzig Minuten mit dem Auto hinter Untereichenberg und natürlich fußläufig zum Eichenberger Forst lag der kleine Hof der Leitner-Familie, der Karl hatte ihn nie verlassen, und auch nach dem Tod der Eltern war er einfach geblieben. Noch im stattlichen Alter von gut siebzig Jahren hatte der Vater vom Karl am Haus und im Wald gearbeitet bis zum Umfallen. Im wahrsten Sinne des Wortes, eines Tages fiel er einfach um beim Holzschneiden. Herzinfarkt, sofort tot. Keine Schmerzen, kein Leiden, so wie er es sich immer gewünscht hatte. Die Mutter dagegen leider genau andersrum. Doppelt Schmerzen und doppelt Leiden. Der Krebs hatte sie schon recht früh in seinen grausamen Griffeln, und die beiden Männer wechselten sich brav ab mit dem Pflegen und dem Beistehen. Ein Jahr noch nach dem Tod vom alten Leitner hatte der Karl sich um die Mutter gekümmert, dann war sie endlich ihrem Gatten gefolgt.

Der Karl also ein zwar verschlossener, aber grundanständiger Mann. Doch leider halfen das ganz Bravsein und die Elternehren nicht bei der Partnersuche. Vielleicht war es aber auch der lange Bart im Gesicht, vielleicht wollte er aber auch einfach gar nicht. Jedenfalls, allein war er immer schon, und jetzt mit Ende fünfzig würde sich daran wahrscheinlich auch nicht mehr viel ändern. Dem Hof sah man wie dem Jäger die fehlende weibliche Hand deutlich an. Runtergekommen wäre ein klein wenig übertrieben und ungerecht für beide, aber ordentlich gepflegt und liebevoll hergerichtet, dazu fehlte es schon weit. In der Hofeinfahrt, vor dem Stallgebäude und dem Haus waren so viele Geräte, Glump und Graffel verteilt, dass der Simeon kaum den Mercedes parken konnte. Ein uralter Bulldog-Anhänger stand da mit gebrochener Achse, daneben alte Autoreifen, rostige Gatter von Wildzäunen im Ruhestand, alte Radl und, und, und ... Wer den Jäger nicht kannte, der hätte auch denken können, er wäre bei einem Schrotthändler gelandet. Furchtbar. Und mit dem finsteren Himmel, dem vielen Regen und dem immer schneller dunkel werdenden Nachmittag sah das Ganze schon recht gruselig aus. Ein bisserl Horrorfilm im eigentlich so idyllischen Eichenberg. Mittendrin im Chaos stand dem Karl sein dunkelgrüner Lada Niva geparkt. Ein Glück für den Meininger und den Polizisten, denn das bedeutete, der Jäger war zu Hause und nicht im Revier unterwegs.

Der Leitner öffnete auch gleich nach dem fünften Mal Klopfen und laut nach ihm Plärren die Haustür. Er passte wirklich perfekt in sein Umfeld. Richtig zum Fürchten sah er aus, wie er da so vor ihnen stand mit der bodenlangen weißen Plastikschürze, blutverschmiert von oben bis unten, das lange Messer in der Hand. Selbst im Bart hingen ihm ein paar kleine Fleischfetzerl. Perfekt, dachte der Meininger. Wenn es hier keinen Mordhinweis gäbe, dann nirgendwo.

»Guten Tag, Herr Leitner, der Herr Meininger und ich hätten ein paar Fragen bezüglich des Mordfalls Wimmer. Ich hoffe, wir kommen nicht ungelegen?«

Da würde man meinen, blutverschmierter Aufzug, Hackfleisch noch tatarfrisch im Bart, das wäre einem jeden etwas ungünstig, aber da zeigte sich eben die gute Stube vom Leitner oder halt die Wurstigkeit, wie mans nimmt.

»Na, überhaupt nicht. Ich bin gerade beim Wildversorgen, aber kommens rein, stört Sie ja nicht, oder?«

Der Karl winkte sie mit dem langen Messer in der Hand durch die Tür. Ein wenig blass sah der Simeon schon aus, aber tapfer trat er in den Hausflur, der Pfarrer gleich hinterher. Sie folgten dem Jäger durch den Wohnbereich in den direkt anschließenden Übergang zum Kühlhaus. Dem Meininger sein Herz begann vor Aufregung gleich, ein bisschen schneller zu schlagen. Ob der Wimmer-Hirsch am Ende von hier war?

»Gleich zwei Böcke hab ich heut erwischt, einer schöner wie der andere.«

Kopf nach unten hingen sie mit gespreizten Hinterbeinen von der Decke, die beiden Prachtexemplare. Schwere Stahlhaken durch die zierlichen Läufe gebohrt, die Plastikwannen für die Eingeweide unter den Köpfen stehend, war das wirklich kein Anblick für Zartbesaitete. Aber halt Alltag für den Leitner.

»Ich hab die aber gleich heimgefahren. Bei dem Wetter, da braucht man nicht anfangen mit draußen im Wald aufbrechen, na, sicher nicht.«

Der rechte der beiden Böcke war schon komplett nackert bis auf die Haut. Die Decke, so nannte man im Fachjargon das Fell, das wusste der Meininger, lag haarig und blutig in einer Plastikwanne, daneben ein Haufen schmieriger Darmschlingen, Innereienbatz und wer weiß was noch alles. Da mochte man fast spontan zum Vegetarier werden bei dem Anblick.

»Heutzutage, mit der ganzen Fleischhygiene und einem Skandal nach dem anderen, da muss man wirklich aufpassen, was man macht«, erklärte der Karl, während er sich seinem zweiten Opfer zuwandte. »Lieber sauber statt schnell, das sag ich mir immer, gell. Hat ja keiner was davon, wenn ich das Viech im Wald auseinandernehm.«

Er nahm das Fleischermesser zur Hand und begann behutsam, zwischen den Läufen Fell von Fleisch zu trennen. Fasziniert verfolgten die beiden Ermittler das Geschehen und hätten wahrscheinlich glatt vergessen, warum sie überhaupt beim Leitner vorbeigeschaut hatten. Aber das wusste der Jäger Gott sei Dank selbst.

»Sie sind sicher wegen dem Hirsch gekommen, oder?«

Natürlich wussten alle drei sofort, welcher Hirsch gemeint war.

»Wissen Sie was darüber?«, fragte der Meininger hoffnungsvoll.

»Selbstverständlich.« Der Karl drehte sich zu ihnen um und legte das Messer wieder weg. »Ein wunderbares Tier war das, seit Jahren hatte ich kein solch ein Prachtexemplar mehr im Revier. Mein ganzer Stolz war das, furchtbar die Sache, wirklich furchtbar.« Er schüttelte verständnislos den Kopf.

»Ja, da haben Sie recht.« Der Meininger war sehr erleichtert. Endlich ein Mensch in seiner Gemeinde, dem dieser Mord zu Herzen ging. So ähnlich hätte er sich die Reaktionen auf dem Wimmer-Hof eigentlich auch vorgestellt.

»Vielen Dank für Ihre Anteilnahme, das wird der Familie Wimmer sicherlich eine Hilfe sein, um über den Verlust des Vaters hinwegzukommen.« Der Meininger lächelte milde.

»Den Wimmers? Ha, warum? Ich versteh nicht, was Sie meinen, Herr Pfarrer.«

»Aber Sie sagten doch gerade, wie furchtbar Sie dieser Todesfall mitnimmt, wie tragisch …«

»Ja, ja, Herr Pfarrer, aber doch nicht der alte Wimmer. Der ist mir doch scheißegal. Ich meinte den Hirsch. Wie ich den verloren habe, dramatisch war das. So was hätte niemals passieren dürfen. Ich sags Ihnen.«

Auch der andere Hirsch schien nur Bahnhof zu verstehen.

»Herr Leitner, das müssen Sie bitte ein wenig genauer erklären. Wovon sprechen Sie eigentlich?«

»Na von dieser depperten Drückjagd vor zwei Wochen mit diesen unfähigen ›Jungjägern‹, wie man sich neuerdings scheinbar schimpfen darf, wenn man vom Fach hinten und vorne nix versteht. Niemals hätte ich mich darauf einlassen dürfen, niemals.«

Er schüttelte wieder den Kopf und stierte auf den Boden. »Aber sagen Sie mir mal bitte, wo man heutzutage fähige Leute herbekommen soll, ohne draufzahlen, sagen Sies mir!«

Der Meininger und der Hirsch wussten es nicht.

»So ein Riesenrevier wie das hier, das unterhält sich eben nicht von allein, das ist von einem allein gar nicht zu schaffen. Da muss man sich eben irgendwie selbst behelfen. Unterstützung aus dem Verband, pah, auf die braucht man nicht zu warten.« Richtig in Rage redete er sich langsam. »Und dann braucht es einen am End auch nicht zu wundern, wenn Unfälle passieren. Kommt ja immer wieder vor. Einmal, da ist es ein Treiber, den es erwischt, ein andermal ein Hund und diesmal eben der Hirsch. Mit Schrot auch noch, mit Schrot, da fragt man sich schon. Standesrechtlich erschießen, das müsst man machen mit solchen unfähigen …«

»Karl, Karl, jetzt beruhigen Sie sich doch. Und dann langsam und ganz von vorne. Was ist denn passiert bei der Jagd?«

Der Leitner holte tief Luft und atmete ein paarmal langsam ein und aus. Unter der Nase bebte der strubbelige

Bart, und die Plastikschürze hob und senkte sich. Nach einer gefühlten Ewigkeit hatte sich der Jäger wieder so weit im Griff, dass er endlich etwas gesammelter von dem Mord am Hirsch berichten konnte.

Der Karl hatte sich nach viel Hin und Her vom Jagdverband breitschlagen lassen, eine Truppe junger Hobbyjäger auf einer groß angesetzten Drückjagd auf Kleinwild einzusetzen. Obwohl ihm von Anfang an unwohl war bei dem Gedanken. In seinen Augen waren das alles blutige Anfänger.

»Nein sagen hätte ich müssen, von Anfang an. Immer das Gleiche mit diesen reichen Fratzen aus der Stadt.« Er ballte seine Faust um das Fleischermesser. »Keine zwanzig Jahre alt, studieren irgendwas furchtbar Gscheites, Anwalt oder BWL oder was es da noch so alles gibt. Und weil vor lauter saufen und faul-auf-dem-Hosenboden-Rumsitzen die Zeit nicht schnell genug vergeht, wird dann zwischendrin noch der Jagdschein gemacht. Gehört sich eben so in den besseren Kreisen, hat man halt. Aber mehr als zwei Wochen darf es nicht dauern, gell. Da ist den Maximilians und den Heinrichs dann die Zeit doch zu schade. Hauptsache, man kann sich daheim ein Gewehr in den Schrank stellen und das ein oder andere Mädel damit beeindrucken. Und wenn sonst nichts los ist am Wochenende, dann kann man ja durchaus auch mal raus in den Wald, um was totzuschießen, das nennt sich heutzutage guter Ton.«

Die Jägeraugen blitzten finster über dem Bart, und die Stirn war in böse Zornesfalten gelegt. Aha, dachte der Meininger. Reizthema. Aber verstehen konnte er den Leitner schon irgendwo. Nur zu gut erinnerte er sich an die eigene Studienzeit in Passau. Die Donauinsel, so schön sie war, sie war ein richtiges Nest für solche Typen, die der Jäger so dick hatte. Und der Pfarrer auch.

Von überall aus Deutschland kamen sie jedes Semester in den Süden gepilgert. Die bunten Pullover lässig um die Schultern geschlungen, die Segelschuhe an den Füßen, obwohl weit und breit kein Boot zu sehen. Die Haare mit tonnenweise Schmier nach hinten gelegt. Keine Sorge konnte je die gute Laune trüben, im Notfall würden es die Eltern schon richten. Hauptsache, die Partys waren lang und feucht und die Mädels blond und willig.

Als Theologe hatte der Meininger damals kaum Berührungspunkte mit den schicken Juristen und Wirtschaftsstudenten gehabt, aber schon der Blick aus der Ferne hatte ihm gründlich gereicht. In jeder Kneipe hatten sie sich breitgemacht und stundenlang geprahlt mit exklusiven Auslandsaufenthalten und exotischen Reisezielen. Um die Wette gesoffen, als gäbe es kein Morgen und keine Prüfungen, während die Tischdamen die langen Haare von links nach rechts warfen und dümmlich bewundernd kicherten.

Die bayerische Kultur wurde aufs Grausamste missbraucht als Faschingskulisse für die allgemeine Vergnügungssucht. Maibaumkraxeln, Starkbierfest, Pfingsdult und so weiter und so fort, ein Fest nach dem anderen, eine Alkoholvergiftung jagte die nächste. Und wen interessierte bei so viel Sodom und Gomorrha schon die kirchliche Tradition hinter der Feierei. Mei, war das schön hier im

Süden. Wenn man sich nicht gerade vom letzten Kater erholte, dann wurde eine der unzähligen Scheintrophäen ausgepackt, und es ging zum Segeln, Golfen oder eben ab und an auch zum Jagen.

Scheinbar hatte sich seit seinen Studienzeiten nicht allzu viel verändert in der Universitätskultur der Bessergestellten. Jedenfalls ließ das wütende Gesicht vom Leitner darauf schließen.

»Wie die schon aufmarschiert sind hier, ich hätte sie gleich wieder heimschicken sollen. Sauteure Wachsjacken und jeder ein nagelneues Gewehr, rausgeputzt, als wären wir hier auf der Modenschau. Den halben Frankonia-Katalog leer bestellt, aber für kein Fünferl nix wissen von dem, was sie machen sollen.«

Der Meininger nickte wissend und sehr verständnisvoll.

»Aber wie hätte ich es denn verhindern sollen? Eingekauft haben die sich, da sind mir sozusagen die Hände gebunden.«

Damit der Simeon und der Pfarrer das auch wirklich verstanden, streckte der Leitner beide Arme samt Messer nach vorne. Die Ermittler wichen ein klein wenig zurück.

»Drei von denen hab ich dann halt am Heiminger Hügel abgestellt, die anderen zwei oben bei der Kiesgrube. Normalerweise kommt da beim Treiben keine alte Sau vorbei. Die Viecher rennen alle den Berg runter, und die Treiber sind sowieso zu faul für da oben. Sichere Sache, dachte ich mir. Da wars mir dann auch wurscht, dass die mehr mit Schnaps und Flachmann bewaffnet waren als mit sonst was.«

»Und was?« Der Simeon klang ein wenig ungeduldig und tippelte in der kalten Kammer von einem Bein aufs andere. »Was hat das denn nun mit dem Mord am Herrn Wimmer zu tun?«

»Ja, ja, immer mit der Ruhe. Kommt schon.« Trotz aller Wut, hetzen ließ sich der Leitner nicht so gern.

»Wie es dann genau passiert ist, das weiß ich auch gar nicht, weil ich war ja unten am Eichenberg. Da wos halt passiert am End. Da kommt dann das meiste raus, die Hasen und Füchse, da erwischt man am meisten. Wir waren auch schon fast durch und die Treiber alle am Sammelpunkt, da donnert es oben am Hügel, ein Schuss. Und ich hab mir noch gedacht, haben die doch noch einen alten Rammler erwischt, habens wenigstens was zu erzählen.«

Er kratzte sich den wilden Bart. »Aber ewig sind sie dann nicht runtergekommen, und irgendwann bin ich hoch, um zu schauen, ob sie sich nicht am End gegenseitig erschossen haben. Man darf ja hoffen, hmhmhm.« Das verdruckte Hüsteln war wohl hoffentlich kein Lachen, dachte der Pfarrer.

»Aber leider nein, kein angeschossener Lackaffe. Sondern der schönste Hirsch in meinem ganzen Revier. Ich darf gar nicht dran denken, was der wert war. Diese Saudeppen, diese. Rumgestanden sind sie um das Viech, und außer blöd schaun und sich gegenseitig anschreien ist ihnen nichts eingefallen. Beinah in die Hosen hätten sie sich gebrunzt vor lauter Scheißangst, als sie mich dann entdeckt haben. Und einer auf den andren geschoben, als könnte man nicht nachprüfen, wer geschossen hat.«

»Und?«, fragte der Meininger. »Wer wars?«

»Ach, das weiß ich heut auch nicht mehr. War auch egal, alle fünf die gleichen Deppen, einer wie der andere. Konnten sich auch gar nicht erinnern, wie es überhaupt passiert sein soll. Aber das kann ich Ihnen schon sagen. Das Maul konnten sie nicht halten die ersten Stunden, und vor lauter Ratschen hat sich auch wirklich kein Viech dahin verirrt. Das war ja auch mein Plan. Aber irgendwann sind sie dann wohl eingeschlafen vor lauter Schnaps und fadsein. Der arme Hirsch hat sich vor den Treibern auf den Hügel verzogen und ist ihnen mitten vor die Flinte gelaufen. Sie haben erzählt, sie wären aufgewacht, weil es im Gebüsch geraschelt hat, und dachten, jetzt würds losgehen. Vom Ansprechen hat anscheinend noch keiner je was gehört, weil einfach reingeschossen habens dann, ins Dickicht. Da hätte wer weiß was drin sein können. Ein Hund, ein Treiber, darf man gar nicht nachdenken über so was. Volle Ladung Schrot in die Flanke, auf die kurze Distanz. Das macht sogar den größten Hirsch hin. Ich sags Ihnen, Herr Pfarrer. Wäre ich nicht ein guter Christ, ich hätte sie allesamt dem Hirsch hinterhergeschickt.«

»Karl, das rechne ich Ihnen wirklich hoch an, glauben Sie mir.« Auch der Meininger war nur ein Mensch und konnte den Zorn des Jägers in dieser Situation gut nachvollziehen.

»Und dann haben die auch noch die Dreistigkeit und fragen mich nach dem Geweih. Herr Pfarrer, das müssen Sie sich mal vorstellen. Das Geweih wollten die haben, als Trophäe! Ich hab ihnen recht deutlich gesagt, was sie als Trophäe haben können, das können Sie mir glauben. ›Wenn es eine Frage des Geldes wäre‹, haben sie zu mir gesagt. ›Eine Frage des Geldes. Da würde man sich in jedem Fall einig werden.‹ Das war dann einfach zu viel. Da hab ich sie auf und davon gejagt, das Pack. So was, nein, so was kommt mir nie wieder ins Revier. Nie wieder.«

»Sie haben den Hirsch also nicht hergegeben?«, hakte der Simeon nach.

»Ja, haben Sie denn einen Vogel?!? Hergeben? Und dann auch noch an die Zipfel? Im Leben nicht, nur über meine Leiche!«

Na ja, dachte der Meininger. Ein paar Tage später dann eben über die Leiche vom Wimmer Ludwig. Ob das besser war?

»Sie haben den Hirsch also mit zu sich nach Hause genommen?« Aha, der Simeon war auf Spur.

»Ja, ewig schad, total zerfetzt die halbe Seite. Aber war ja nix mehr zu machen. Wollt ich halt wenigstens retten, was zu retten war.«

»Selbstverständlich, selbstverständlich, ist ja auch Ihr gutes Recht. Aber, Herr Leitner, wenn Sie den toten Hirsch mitgenommen haben, dann, bitte schön, müssten sie mir jetzt auch die wirklich wichtige Frage beantworten können. Wie kommt der tote Hirsch aus Ihrer Kühlung zurück in den Wald? Und am besten sagen Sie mir auch gleich noch, wie er es dort noch schafft, Wochen nach seinem Dahinscheiden, den Hauptbrandmeister Ludwig Wimmer aufzuspießen.«

Ja, das war jetzt wirklich die interessanteste Frage des

Tages. Die beiden stierten den Jäger ganz gespannt an. Heiße Spur, die Lösung nur eine Antwort entfernt, quasi zum Greifen nahe. Und tatsächlich, diese Frage schien dem Leitner reichlich Unbehagen zu verursachen. Ganz nervös kratzte er sich plötzlich den blutigen Bart, blinzelte hektisch mit den Augen und druckste schon ganz schön verdächtig herum mit der Antwort.

»Ja mei, wenn ich das wüsste, gell. Das wäre bestimmt super für Sie.«

»Wie?«

»Was bitte?«

Der Leitner hatte sich wieder im Griff. Er schüttelte den Kopf und zuckte die Achseln.

»Na, ich weiß es auch nicht, keine Ahnung, wie das Viech dahingekommen ist«, brummte er einsilbig.

»Aber, Karl, Sie haben ihn doch in Verwahrung gehabt, oder?«, versuchte der Pfarrer noch einmal, ein bisserl Erinnerung beim Jäger zusammenzukratzen.

»Der war doch hier drin, genau hier drin, oder?«

»Ja, schon, erst mal …«

»Erst mal? Was heißt denn das? Erst mal?«

»Na ja, erst mal eben. Erst mal hab ich ihn hier drin aufgehängt und wollt ihn später zerlegen.«

»Und warum ist das nicht geschehen?«, schaltete sich jetzt der zweibeinige Hirsch in die Befragung ein. Ein todsicheres Gespür für die richtige Frage, der Berufsermittler, denn der Leitner fing gleich wieder zu blinzeln an.

»Ja mei, mir ist halt was dazwischengekommen. Kann ja mal passieren, oder?«

»Selbstverständlich, Herr Leitner, selbstverständlich.«
Ganz Freund und Helfer war der Simeon jetzt, zumindest im Tonfall.

»Und was, Herr Leitner, was ist Ihnen denn dazwischengekommen, wenn ich fragen darf?«

»Ähm … also, nun, ähm …«

Gott sei Dank fiel dem Leitner in letzter Sekunde wieder ein, was ihm passiert war. Erleichtert beichtete er seinen Besuchern.

»Bei dem ganzen Abgehetze auf der Jagd hab ich mir halt eine fetzen Erkältung geholt, das wars, die hat mich ein paar Tage gekostet, totale Bettruhe. Kein Kontakt zu niemandem. Aber als ich wieder auf den Beinen war, da wollt ich schaun, was vom Fleisch noch gut ist. Decke konntest eh vergessen, von Anfang an, das hat man auf den ersten Blick gesehen. Aber das Geweih und der Schädel, da wäre schon noch was gegangen.«

Misstrauisch und mit zusammengekniffenen Augen blickten die beiden Detektive den Jäger an. Diese Geschichte hatte genau so viele Löcher wie die Decke vom geschroteten Wild.

»Aha, und dann?«

Der Meininger war am Verzweifeln. Schlimmer als mit den taubstummen Wimmer-Leuten war das.

»Was, und dann?«

»Na, warum haben Sie ihn dann später immer noch nicht zerlegt? Herrschaftszeiten, Karl, lassen Sie sich halt nicht gar so bitten.«

»Ach so. Na, weil er nicht mehr da war, Herr Pfarrer.«

»Wie?«

»Was?«

»Ja, weg war er halt. Futschikato. Verschwunden. In Luft aufgelöst.«

Der Leitner fuchtelte wild mit den Armen, das Messer dabei als gefährliche Verlängerung fest im Griff.

»Aha. Und wo ist der hin?« Saudumme Frage, das war dem Meininger schon klar, aber eben wichtig zu wissen. »Der wird ja nicht einfach wieder rausspaziert sein in den Wald, ganz von selber?«

»Herr Pfarrer, Sie brauchen sich da jetzt nicht auch noch lustig machen drüber.« Richtig grantig wurde der Karl plötzlich. »Natürlich ist der nicht von selber davon. Gestohlen haben sie ihn mir, diese Arschlöcher, diese. Eiskalt gefladert. Weil ich ihn nicht verkaufen wollt. Ganz einfach.«

»Diebstahl?« Klar, eindeutig Fachbereich Simeon Hirsch. »Der Hirsch wurde entwendet?«

»Aber ja. Das waren diese nichtsnutzigen Studenten, diese. Hätt ich mir gleich denken müssen, dass diese Bande ein Nein nicht kennt. Die waren so gierig auf das Viech, die haben sich den einfach geholt in der Nacht.«

»Und da sind Sie sich sicher?«, fragte der Simeon.

»Freilich. Wer wäre es denn sonst gewesen? Ein echter Jäger hätt den Hirsch nie angerührt. Und die waren ganz scharf drauf, die Deppen.« Immer lauter wurde der Leitner jetzt.

»Und Sie haben auch nicht versehentlich die Türen offen gelassen oder irgendwas.«

»Na ja, also, das kann ich Ihnen jetzt auch nicht beschwören. Wir sind hier ja immerhin am Land und unter uns. Hier sperrt doch keiner die Türen ab, da können Sie jeden fragen, jeden. Ist doch eine Sache des Anstands, da nimmt niemand was. Kann man auch kurz mal weg, aber über Nacht, über Nacht sperr ich immer ab, immer. Eigentlich. Jedenfalls war er weg, der Hirsch. Abgesperrt oder nicht.«

»Und Sie sind sich auch ganz sicher, dass die Täter Ihre jungen Kollegen waren?« Ui, da hatte der Simeon aber ganz tief ins Fettnäpfchen gegriffen. Der Leitner ging auf wie eine Dampfnudel.

»Kollegen? Ich glaub, Sie haben einen Schwammerl gfressen. Diese Vollidioten als Kollegen bezeichnen. Na, na, na. Also wirklich, na. Das ist ja eine Beleidigung für die ganze Zunft, ist so was.«

»Karl, der Herr Hirsch hat das ja gar nicht bös gemeint, wir wollen nur wissen, ob das sicher diese Geschleckten waren.«

Wurd gleich ein bisserl weniger rot, das Gesicht vom Leitner.

»Wer wäre es denn sonst gewesen? Wusst ja sonst keiner von dem Tier.«

Auch wieder wahr. Klang schon sehr plausibel nach Studentenbereicherung, das Ganze. Der Meininger konnte sich nur zu gut vorstellen, wie diese Lumpen sich nachts, wahrscheinlich noch recht angesoffen, ihre Trophäe geholt hatten. Wahrscheinlich auch noch aus der Überzeugung, das sei ihr gutes Recht. Ein Haufen Möchtegernjuristen halt. Vielleicht war die Geschichte, die der Jäger hier erzählte, doch nicht so unwahrscheinlich?

»Und dann?« Der Simeon war jetzt ein bisserl vorsichtiger, was den Ton betraf.

»Was, und dann?« Der Leitner was aber immer noch beleidigt.

»Na ja, Sie haben doch sicher Anzeige erstattet. Einbruch, Diebstahl und so weiter. Was ist dann passiert? Wo ist der Hirsch hin verschwunden?«

»Na.« Der Jäger schüttelte den Kopf.

»Nein, was?«

»Nein. Hab. Ich. Nicht.«

»Sie haben keine Anzeige erstattet, obwohl man Ihnen Ihr kostbarstes Tier erschossen und entwendet hat?« Ungläubig schaute der Polizist den Jäger an.

»War ja eh schon wurscht. Das Viech war hin, und ich wollt mit dieser Saubande einfach nichts mehr zu schaffen haben.« Der Leitner stierte nun fest auf seine Füße und brummte grantig in den Bart hinein.

»Was hätte es denn geholfen? Die hätten alles abgestritten, jeder dem anderen sein Alibi, und außer einen Haufen Scherereien hätt ich nix gehabt davon. Meinen Sie, ich tu mir das an und blamier mich auch noch vor diesen Würsteln. Damit die mich noch mehr auslachen am End. Na, na. Sicher nicht.«

»Sie haben den Vorfall also nicht gemeldet?«

»Nein. Ist das etwa ein Verbrechen?«

Der Simeon kratzte sich am Kopf und runzelte besorgt die Stirn.

»Nein, Herr Leitner, das ist an sich kein Verbrechen. Nur wenn der Hirsch aus Ihrem Kühlhaus zur Mordwaffe wird und wir auf der Suche nach Tatverdächtigen sind, dann könnte es unter Umständen zum Problem werden. Und zwar für Sie.«

Jetzt hob der Jäger doch den Blick vom Boden und sah seine Gäste mit erschrockenen Augen an.

»Aber ich sags Ihnen doch. Gestohlen haben sie ihn mir. Weg war er. Mit dem Wimmer, damit hab ich nix zu tun. Gar nix.«

Furchtbar leid tat er dem Meininger, wie er da so stand und plötzlich aussah, als wäre er wieder ein kleiner Bub. Ganz hilflos. War ihm eh schon so viel Schlimmes passiert, und jetzt kam auch noch der Hirsch mit quasi Verdachtsandrohung ums Eck.

»Aber, Karl, das glauben wir Ihnen doch. Wird sich schon klären alles, gell.« Er lächelte den Jäger aufmunternd an. »Wir finden schon raus, wers war und was mit Ihrem Hirsch passiert ist. Stimmts, Herr Hirsch?«

Der Herr Hirsch sah das nicht ganz so optimistisch und legte die Stirn noch tiefer in Falten.

»Na, dann brauchen wir jetzt erst mal die Namen und Adressen Ihrer Jagdhelfer und vor allem die der mutmaßlichen Einbrecher.« Er zückte schreibbereit Notizblock und Ikea-Bleistift.

»Ja, das weiß ich nicht.«

Die Kooperationsbereitschaft vom Leitner schien langsam, aber sicher aufgebraucht. Ganz offensichtlich hatte der Karl keine Lust mehr, Rede und Antwort zu spielen.

»Warum wissen Sie das nicht?«

»Ich merk mir doch nicht jeden Namen von jedem Treiber und Jagdhelfer, der bei mir durchs Gelände läuft an so einem Tag. Das geht doch überhaupt nicht. Wie stellen Sie sich das denn vor?«

»Aber irgendwo muss das doch sicher festgehalten werden.« Der Simeon gab so schnell nicht auf. Profi eben.

»Da müssens eben bei der Jagdbehörde anfragen. Die teilen das ein, die haben mir das Pack geschickt. So, wars das? Ich muss jetzt dann auch weiterarbeiten.« Mit dem Messer deutete er auf die beiden Böcke. »Werden auch nicht frischer, die zwei. Ich bring Sie wieder raus.«

Ende. Damit war die Befragung im Kühlschrank fürs Erste vorbei. Ohne ein weiteres Wort schob der Leitner sie aus dem kalten Grab in Richtung Haustür. Dem Meininger tat es immer noch sehr leid. Da findet man den ersten hilfsbereiten und einigermaßen gesprächigen Eichenberger, und dann versaut der Hirsch einem gleich wieder die Stimmung. Das konnte er als nächstenliebender Seelsorger nicht so stehen lassen. Im Flur drehte er sich noch mal zum Leitner um und wollte gerade zu ein paar freundlich entschuldigenden Worten ansetzen, da begann auf der Anrichte neben der Garderobe das Handy vom Karl, ganz lustig zu bimmeln.

»Marmor, Stein und Eisen bricht, aber unsere Liebe nicht …«, dudelte das kleine Ding, als wäre man mitten am schönsten Schlagerabend in der Diskothek Bienenkorb. Knallrot lief der Karl an und grapschte nach dem Telefon. Bevor er das singende Ding abwürgen und in der

Schürzentasche verschwinden lassen konnte, erhaschte der Meininger ganz zufällig noch einen Blick auf das Display. Nicht, dass er neugierig gewesen wäre, nein, er war ja nicht die Maria. Eher ein Reflexblick war das gewesen. Und dass da »Schatzi« blinkte auf dem Anruferfenster, das passte nicht nur sehr gut zum Klingelton, das war ja auch eine wunderbare Sache für den Leitner. So lang, wie der alleine ausgeharrt hatte.

Der Herr Pfarrer grinste sein scheinbar gar nicht so einsames Schäfchen an, von einem Ohr bis zum anderen. »Aber, Karl, die Liebe ist doch das schönste Geschenk. Schämen Sie sich nicht, freuen Sie sich.«

Der Meininger zwinkerte verschwörerisch auf das versteckte Telefon hin. Von leuchtend Rot zu Dunkelrot verfärbte sich nun das Gesicht vom Karl, und er stotterte fürchterlich. »Na ... Herr Pfarrer. Na. Das ist nix. Na. Gar nix. Bitte sagens nix. Das Gerede ...«

Der Meininger drückte dem Leitner sanft den Arm. »Keine Sorge, Karl. Von mir erfährt keiner was. Beichtgeheimnis sozusagen.« Er lächelte den Jäger nochmals aufmunternd an. »Aber freut mich ganz besonders, dass Sie endlich auch jemanden gefunden haben. Ist schon nicht leicht, immer ganz so allein.«

Von draußen hupte ungeduldig der Polizei-Mercedes zum Aufbruch, und es war auch alles gesagt. Tapfer stürzte sich der Meininger zurück in den kalten Regen und rannte über den Hof auf das Auto zu. Der Simeon wartete schon mit laufendem Motor und hatte von der Fragerei scheinbar genauso die Nase voll wie der Leitner. Nur den

Pfarrer freute das kleine, aber doch so menschliche Geheimnis, das er nun mit dem Karl teilte. Mit einem Lächeln auf den Lippen stieg er ins Auto und blickte ein letztes Mal auf das alte Bauernhaus, während der Simeon aus dem Hof auf die Straße fuhr. Genau konnte der Meininger es vor lauter Regen und angelaufener Scheiben nicht erkennen, aber kurz war es ihm, als würde eine kleine, schlanke Person aus der alten Scheune in Richtung Kühlhaus huschen. Ging alles furchtbar schnell, und womöglich hatten ihm Dunkelheit und Unwetter auch einen Streich gespielt, aber vielleicht war es ja auch das Schatzi aus dem Telefon, und der Leitner musste heute Abend nicht ganz allein im Kühlhaus um den Hirsch trauern. »Weine nicht, wenn der Regen fällt ... dam, dam«, summte der Pfarrer leise vor sich hin und freute sich für den braven Karli.

VI
Passau

Wie es eben meistens so ist im ganz normalen Leben, dachte man beim Hinfahren noch, jetzt wird bestimmt gleich alles einfacher, und dann beim Wegfahren war plötzlich doch alles viel komplizierter als vorher. Wahrscheinlich waren die beiden Ermittler deswegen so schweigsam auf der Heimfahrt, weil es in den Köpfen nur so ratterte vor lauter Überlegen und Nachdenken. Der Meininger jedenfalls fühlte sich wie im Kettenkarussell, so wild drehten sich die Fragen in seinem Kopf im Kreis: Todesfall Hirsch, recht eindeutige Angelegenheit. Ein paar dumme Studenten, ein bisserl nervöser Finger, und schon, rumms, wars geschehen um das Prachtstück. Aber dann ging es auch schon los mit dem Drehkreisel der Verzwicktheiten. Der Karl hatte das Viech mit zu sich nach Hause genommen, so weit, so gut. Von dort war es wieder entwendet worden. Vermutlich, um irgendwo in einem Passauer Studentenzimmer die Wand zu schmücken und stiller Zeuge von allerhand Blödsinn zu werden. Dieses Schicksal war dem Hirsch dann aber doch erspart geblieben, weil er sich, durch welche Umstände auch immer, dazu entschlossen hatte, seine letzte Ruhestätte mit dem Hauptbrandmeister zu teilen.

Keinen Schritt weiter waren sie gekommen im Rätsel um den aufgespießten Wimmer. Ganz im Gegenteil. Immer komplizierter wurde die ganze Angelegenheit. Denn sosehr der Meininger auch die Abscheu gegen das Studentenpack vom Leitner teilte, dass die Deppen aus lauter Jux und Tollerei einen Mord begehen würden, das mochte er dann doch nicht glauben. Vielleicht Berufskrankheit, vielleicht auch nur gesunder Menschenverstand, aber so viel Schlechtes, das durfte man nicht einmal dem gemeinen Verbindungsjuristen unterstellen, so ganz ohne vorher ein bisserl mehr nachgeforscht zu haben wenigstens.

»Also ein wenig mehr Mühe müssen Sie sich da schon geben«, fand auch die Maria, als der Meininger zum täglichen Update in Sachen Mordermittlung in das heimische Hauptquartier einbestellt wurde. Donnerstagfrüh, der Kaffee war so schwarz wie der Himmel draußen vorm Fenster und die Laune vom Meininger innen drin. Die dritte Nacht in Folge hatte er vor lauter Nachdenken wieder kaum geschlafen, und überhaupt waren ihm dieses düstere Herbstwetter und die finsteren Stunden in der Früh ein Graus. Die viele Fragerei und das ewige Besserwissen von der Maria trugen auch nicht gerade zur Hebung der

Grundstimmung bei. Lustlos zupfte er an seinem Frühstückswecken herum.

»Das ist doch klar, dass sich so ein Mord nicht von selber klärt.« Die Maria nahm keine Rücksicht auf die Launen ihres Chefs, ganz egal war ihr seine Brummeligkeit.

»Stellt sich doch keiner daneben und sagt: ›Da, schauts alle her, ich wars.‹ Drum heißt das ja ›Mordermittlung‹, weil man erst mal ermitteln muss, was eigentlich passiert ist.« Sie legte den Kopf schief und blickte den Meininger streng an. »Sie werden doch jetzt nicht schon aufgeben, Herr Pfarrer?«

»Genau, ›Herr Pfarrer‹«, zitierte der Meininger. »Herr Pfarrer‹, und nicht ›Herr Privatdetektiv‹. Ich bin hier für das Seelenleben der Bürger zuständig und nicht fürs wilde Herumschnüffeln. Das ist überhaupt gar nicht meine Art. Da gibt es andere, die können das viel besser.«

Er versuchte, die Maria besonders intensiv und zaunpfahlschwingend anzuschauen, aber die blieb völlig ungerührt.

»Herr Pfarrer, das ist ein furchtbarer Krampf, den Sie da erzählen. Bloß weil Sie und der Herr Simeon nicht gleich an Tag eins über den Täter gestolpert sind, heißt das noch lange nicht, dass Sie nicht vorwärtskommen. Und außerdem ist das schon auch irgendwie wichtig für die christliche Stimmung hier im Dorf, dass Sie sich da einsetzen. Und noch außerdem haben Sie dem Herrn Simeon versprochen, ihm zu helfen, und mir haben Sie das auch versprochen.«

Und jetzt, ganz gemein, schaute sie ihn mit so großen

blauen Augen ganz dackelig an, dass der Meininger fast gleich wieder den Sherlock-Mantel anziehen und die Lupe holen wollte. Aber dann war der Grant an diesem kalten Morgen doch zu groß.

»Maria, ich würd ja gern, wenn ich Zeit hätte. Aber ich bin nun mal eben Pfarrer von Hauptberuf, und als solcher habe ich eben auch noch andere Dinge zu tun, als Hirschen hinterherzulaufen. Ob jetzt toten oder lebendigen.«

»Ach ja, Herr Pfarrer? Und was, wenn ich fragen darf, haben Sie heut so furchtbar Wichtiges zu tun, dass das gleich auch noch wichtiger ist, als einen echten Mörder zu finden?«

Schnippisch konnte dieses Weibsbild werden, wenn es sein musste. Nix mehr zu sehen von lieben Rehaugen, ganz schmale Schlitze blitzten ihn böse an. Der Meininger wollte sich gerade eine furchtbar wichtige Aufgabe zurechtstottern, als diese ganz von alleine an die Küchentür klopfte.

Normalerweise reagierte der Meininger eher empfindlich auf Besucher, die bereits vor Tagesanbruch und mitten im Frühstück ins Pfarrhaus platzten, aber in diesem Fall war er gleich doppelt ausgesöhnt. Erstens, Rettung vor Marias penetranten Ermittlungsbedrängungen, und zweitens handelte es sich bei der Besucherin um Erna Hasleitner.

Ganz verschüchtert stand sie in der Tür, als wäre es ihr selber furchtbar unangenehm, so früh schon zu stören. Um ihren schmalen, fast zerbrechlich wirkenden Körper hatte sie einen bodenlangen alten Wollmantel gewickelt, der ihr viel zu groß war. Wahrscheinlich aus dem Kleiderschrank von ihrem Mann übrig geblieben. So knapp schien es mit dem Geld also schon zu sein, die arme Frau. Die dunklen und leicht grau durchzogenen Haare waren in einem strengen Dutt nach hinten zusammengebunden, das Gesicht wie immer völlig ohne Lippenstift oder Make-up oder was sich die Frauen sonst alles zur Verschönerung draufschmieren. In ganz Eichenberg erzählte man sich bis heute, was für eine schöne Frau die Erna einst gewesen war. Viel war davon heute nicht mehr zu erkennen, aber wundern brauchte man sich auch nicht, kannte man ihre tragische Geschichte.

Der Meininger räumte sofort seinen Platz am Tisch und bat die Erna in die Küche, weil bei dem Anblick, da musste man nicht unbedingt Pfarrer sein, um Mitleid zu verspüren.

»Frau Hasleitner, kommens rein, kommens rein. Setzen Sie sich doch. Was für eine schöne Überraschung so zeitig in der Früh. Wollens einen Kaffee? Oder einen Tee?« Die Erna schüttelte stumm den Kopf, aber der Meininger war jetzt hundert Prozent im Kümmer-Modus.

»Die Maria macht Ihnen gern was, ein kleines Frühstück? Geh, Maria, seins doch so nett und machens der Frau Hasleitner einen Tee, gell? Und vielleicht einen Wecken.«

Die Köchin bekam zu den schmalen Augenschlitzen plötzlich auch ganz schmale Lippen, setzte aber trotzdem brav den Wasserkessel auf, während der Meininger die Besucherin in seinen Stuhl drückte.

»Was beschert uns denn so früh schon die Ehre, Frau Hasleitner?«

»Herr Pfarrer, ich wollt Sie überhaupt nicht stören.« Fast brach der Hasleitnerin die Stimme. »Aber ich muss noch mal mit Ihnen sprechen wegen dem Pfarrfest am Wochenende, wenns recht ist?«

»Aber freilich, Frau Hasleitner, freilich ist mir das recht.« Er drückte ihr die knöchrige, furchtbar kalte Hand. »Das läuft alles wie besprochen, das wird eine tolle Sache, ich bin mir sicher, auf die Eichenberger können wir zählen, die lassen uns nicht hängen.«

Er konnte den Stolz in der Stimme nicht ganz unterdrücken. Aber das war auch ein Haufen Arbeit gewesen, die er in den letzten Tagen in die Organisation der Spendentombola gesteckt hatte. Das war mal ordentlich selbstlose Pfarrersarbeit, wie sie in der Bibel stehen könnte, dafür sollte die Maria ihn mal loben, anstatt immer nur zu schimpfen. Und vor allem war es wohl entscheidend wichtiger, der armen Erna Hasleitner mit ihrem schweren Schicksal zu helfen als dem toten Wimmer. Für den konnte keiner mehr was tun, für die Erna vielleicht schon.

Obwohl der Meininger als Geistlicher fast tagtäglich die kleinen und großen Sorgen und Nöte seiner Kirchgänger und noch öfter auch die der Nichtkirchgänger geklagt bekam, hatte er selten so viel Unglück auf einer Person lasten sehen wie bei der Erna. Kein Wunder, dass sie im zu großen Mantel an seinem Küchentisch saß wie ein Häufchen Elend. Hatte sie doch in den letzten Jahren alles verloren, was ihr lieb und teuer gewesen war, nix war ihr geblieben. Und das letzte und größte Unglück lag gerade einmal ein paar Monate zurück.

Die Details der Vergangenheit kannte der Meininger eher vom Hörensagen, hauptsächlich vom Zuhören, was die Maria sagte. Aber auch das restliche Eichenberg wusste um die traurige Geschichte von der schönen Erna leider nur zu gut. Einen jeden hätte sie haben können im Dorf früher, als sie noch jung war, zum Heiraten und zum ein bisserl dies und ein bisserl das. Kaum einer, ob alt oder jung, ob verheiratet oder ledig, der damals nicht ein wenig verliebt war in das Eichenberger Schneewittchen, wie sie oft genannt wurde. Dass sie sich am Ende für den Hasleitner Werner entschieden hatte, wo der doch weit und breit als Säufer und brutaler Wirtshausschläger bekannt gewesen war, das konnte dann wiederum niemand so genau verstehen. Ganz schnell ging das, von heut auf morgen, sozusagen über Nacht, dass die beiden vom Meininger-Vorgänger zu Mann und Frau getraut worden waren und die schöne Erna auf das alte Gehöfterl vom Werner gezogen war.

Noch ein wenig schneller ging es dann auch mit dem kleinen Robert. Auch der kam fast über Nacht und erklärte ein bisschen die gedrängelte Hochzeit. Aber, mei, wo die Liebe eben hinfällt, dachten sich recht schnell die enttäuschten Verehrer und freuten sich die nicht ganz so hübschen Eichenbergerinnen, und das Leben ging für alle weiter. Für die Erna ging es ziemlich schnell bergab.

Wie genau das Baby wirklich ums Leben gekommen war, das wusste niemand. Im ersten Jahr passiert so was ja immer mal, und keiner forscht dann so genau nach dem Warum und Weshalb. Da lag es eines Morgens tot in seinem Bettchen, und das Unglück hätte wer weiß wie passiert sein können. Ein bisschen zu wenig atmen, ein bisschen zu viel schütteln vielleicht. Aus den Eltern war nix rauszukriegen, weil die Mutter zu viel weinte und der Vater vor lauter Rausch nichts mehr wusste. Plötzlicher Kindstod erklärte sich einfach, und damit war der Fall dann auch erledigt.

Von dieser Nacht an wurde das schöne Schneewittchen dann jeden Tag ein wenig blasser. Ein paar Jahre lang passierte nix außer einer tragischen Fehlgeburt, bis irgendwann endlich das Bäuchlein wieder runder und die Wangen ein wenig röter wurden. Selbst dem Herrgott schien die Erna so leidgetan zu haben, dass er ihr am Ende als Trost für das verlorene Baby einen Mensch gewordenen Sonnenschein schenkte. Und ein kleines Wunder war die Bianca wirklich. Das hätte keiner geglaubt, dass der versoffene Vater überhaupt noch ein Kind zustande bringen würde, und schon gar kein so bezauberndes. Von den blonden Locken über die blauen Augen bis zum immer frech lächelnden Mund war das kleine Mädchen fast noch hübscher als die Mutter und wirklich mit jedem Tag liebreizender geworden.

Wäre die Sache am Ende so ausgegangen, dann hätte man schon von göttlicher Gerechtigkeit sprechen können, irgendwie. Sicherlich, furchtbar tragisch mit dem kleinen Robert, aber so was passierte eben. Aber manchmal scheint es auch der liebe Gott nicht so genau zu verstehen mit der Gerechtigkeit oder hat vielleicht gerade andere Sachen zu tun. Das Unglück der Hasleitners hatte nämlich gerade erst begonnen. Irgendwie war jedes Jahr eine schlimme Sache passiert, mit dem Teufel musste das zugehen, so sehr konnte man sich drauf verlassen. Im ersten Jahr nach Biancas Geburt wurde das Futtersilo am Hof undicht, und das ganze Schweinefutter schimmelte über Nacht weg. Das Jahr drauf stürzte die Scheune ein, und der Bulldog wie Anhänger waren hinüber. So ging es weiter und hörte einfach nicht auf. Mal waren die Unfälle kleiner, mal größer, bis das halbe Dorf hinter vorgehaltener Hand vom Fluch der Hasleitners zu reden begann. Als die Bianca gerade sechzehn geworden war, traf es dann ihren Vater, den Werner.

Nun konnte man sich streiten, ob das ein weiteres Unglück war für die Familie oder eher doch ein Glück, aber dramatisch war es in jedem Fall. Auf dem Heimweg vom Wirtshaus hatte er wahrscheinlich die Abkürzung durch den Eichenbacher Wald nehmen wollen. Bei zügigem Schritt und zwei-, dreimal Bierausleeren sparte er sich auf dieser Route trotz wackeligem Schritt ungefähr zwanzig Minuten. Einen Haufen Bäume zum Festhalten gab es außerdem. Mitten durch den Wald schlängelte sich auf dieser Strecke der Eichenbach. Im Sommer ein eher dürftiges Rinnsal, im Herbst etwa knietief, zog sich das kleine Flüsschen zwischen Ober- und Untereichenberg durch Wald und Wiese. Queren konnte man das Flüsschen an manchen Stellen mit einem sportlichen Sprung, an anderen über kleine Holzbrückchen. Über ein solches wollte auch der Hasleitner Werner nach Hause kreuzen und hatte wohl leider vor lauter Rausch und dunkler Nacht nicht gesehen, dass mittendrin eine Holzlatte durchgebrochen war. Ganz deppert muss er mit dem Fuß da mittenrein getreten und hängen geblieben sein, hilflos kopfüber beziehungsweise Kopf unter Wasser.

Ganz schlecht wurde dem Meininger immer noch, wenn er heute daran dachte. Weil einfach ein furchtbar gemeiner und ekelhafter Tod. Im zwanzig Zentimeter tiefen Wasser ersaufen und nur der dunkelblaue Kopf im Rinnsal, der Rest trocken und heil am Brückerl hängend. Die Hände hatte er sich im Todeskampf ganz blutig gescheuert beim verzweifelten Graben im Kies. Gezappelt und gerudert, dass ihm Hose und Hemd zerrissen waren, aber geholfen hatte es am Ende nichts. Nur noch tot konnte er aus seiner Falle befreit werden.

Dass die Erna nicht ganz so traurig war wie auf der Beerdigung vom Robert, das konnte jeder verstehen. All die Jahre über hatte sie immer wieder mal den ein oder anderen blauen Fleck und oft ganz rot geweinte Augen vor den Nachbarn versteckt. Aber am Hof, da fehlte der Mann dann eben doch. Wenn er auch viel Geld versoffen und oft seinem Ärger daheim Luft gemacht hatte, die Landwirtschaft, die konnte die Erna nicht alleine weiterführen. Obwohl es immer noch eine ganze Reihe an willigen Werner-Nachfolgern gegeben hätte, dazu konnte sich die Erna nicht noch einmal durchringen. Zu groß vermutlich die Angst, sich einen weiteren Tyrannen ins Haus zu holen. Einen, der diesmal vielleicht nicht aus Vaterliebe wenigstens die Bianca verschonen würde. Und so blieb sie am Ende mit ihrer Tochter allein, auch wenn das zur Folge hatte, dass der Geldbeutel jeden Monat ein wenig leerer und das Leben etwas härter wurde. Nie mehr hatte es ein Mann in das Herz einer Hasleitner Frau geschafft. Nicht bei der Mutter, nicht bei der Tochter, obwohl die Bianca wie die Mutter damals freie Wahl gehabt hätte, vor lauter Feschsein. Die schlimme Ehe der Mutter, die Erinnerung an den furchtbaren Vater fest im Gedächtnis eingebrannt, war die Tochter auch mit Ende zwanzig immer noch allein.

Und die traurige Geschichte war damit längst noch nicht zu Ende, schrieb sich fort bis zu der tragischen Nacht in diesem Sommer, in der die Erna schließlich auch die Bianca hatte verabschieden müssen.

Furchtbar heiß und trocken waren der Juni und der August gewesen. Jahrhundertsommer, so hatten es die Radiosprecher über Wochen ausgelobt. Jeden dritten Nachmittag hitzefrei, im Schwimmbad hatte man sich über die vollen Wiesen so furchtbar gefreut, dass es auch ganz egal war, wie braun und staubig die vor lauter Dürre unter den bunten Handtüchern schon waren. Hauptsache, Kasse voll. Aber die Bauern, die hatten schon sehr gejammert, weil viel zu wenig Wasser, alles eingegangen auf den Feldern. Der Leitner hatte in einer Tour gewarnt vor Waldbrand, bitte bloß keine Zigaretten oder offenes Feuer irgendwo im Unterholz. Und die Feuerwehr war ständig auf Habacht.

Am Ende war es dann auch nicht der Eichenberger

Forst, der gebrannt hatte, sondern der Hasleitner Hof. Alles weg, bis auf die Grundmauern. Die letzte Nacht im Juli war es passiert. Irgendwo im Heustadel musste sich ein Funken entzündet haben, man konnte es aus der Ruine heraus einfach nicht mehr so genau erkennen. Jedenfalls hatte sich das Feuer rasend schnell vom Stall auf das angrenzende Wohnhaus ausgebreitet, ein leichter Wind das Ganze noch beschleunigt. Binnen weniger Minuten hatten die Flammen das gesamte Haus samt Hab und Gut und der schlafenden Bianca verschlungen. Alles gegeben hatte die Feuerwehr, die Schweine, die hatten sie noch aus dem Stall befreien können, für die Tochter kam jede Rettung zu spät. Die Erna Hasleitner, die gerade zu Besuch bei irgendeiner Erbtante gewesen war, konnte nach ihrer Rückkehr nur noch auf die Asche blicken.

Im ganzen Dorf gab es keinen, der nicht mit der armen Witwe und plötzlich wieder kinderlosen Mutter fühlte. Ganz allein, von jetzt auf gleich. Grausam, wirklich grausam. Und so hatte der Meininger zusammen mit dem Pfarrgemeinderat von Eichenberg beschlossen, dass die diesjährige Spendentombola zugunsten der Erna abgehalten werden sollte. Schon klar, das konnte die Bianca nicht mehr zurückbringen und auch der Erna ihren Schmerz nicht nehmen. Aber zumindest ein bisschen helfen beim Neuanfang, ein klein wenig Existenzsicherung in der ganz großen Not.

»Herr Pfarrer, ich kann die Spende nicht annehmen.«

Den Kopf tief nach unten gesenkt, hielt die Erna den Blick fest auf ihre ineinander verschränkten Hände gerichtet. So entgingen ihr gleich zwei erstaunt, schockiert blickende Augenpaare vom Meininger und der Maria.

»Aber, aber, Frau Hasleitner …«

Der Pfarrer legte seine Hand beruhigend auf den Arm seiner offensichtlich vollkommenen verschreckten Besucherin.

»… natürlich können Sie das. Ist doch so ausgemacht gewesen. Keine Sorge, da brauchen Sie sich jetzt nicht zu genieren. Ein jeder hier will Ihnen gern helfen in Ihrer Not.«

Ohne den Blick zu heben, schüttelte die Erna vehement den Kopf. »Nein, nein, ich will das nicht. Herr Pfarrer, Sie müssen sich was einfallen lassen. Bitte.«

Jetzt klang sie fast ein wenig verzweifelt. Das arme Ding. »Bitte. Ich kann das Geld nicht nehmen.« Sie hob den Kopf und sah ihn mit fast panisch aufgerissenen Augen an. Der Meininger verstand die Welt nicht mehr. Was sollte das denn jetzt? Hoch verschuldet, keine Versicherung, kein Dach über dem Kopf. Warum wollte die Hasleitnerin keine Unterstützung?

»Aber, liebe Erna, jetzt bleiben Sie doch vernünftig. Lassen Sie sich doch helfen von Ihren Mitmenschen. Sie sind nicht allein.«

Aber sie ließ ihn gar nicht ausreden, sondern packte ihn fest am Arm.

»Herr Meininger, ich sag es Ihnen, ich will das Geld nicht, und ich will auch nicht der Grund für die Tombola sein auf dem Fest. Geben Sie es an jemand anderen und lassen Sie mich in Ruhe. Ich bitt Sie inständig.«

Ohne ein weiteres Wort oder eine Antwort abzuwarten, sprang sie vom Stuhl hoch und verschwand aus der Küche wie der Blitz.

Mit weit offenem Mund starrte der Meininger auf die offene Tür und wusste gar nicht so recht, wie ihm geschehen war. Fragend blickte er die Maria an. Die zuckte nur mit den Achseln.

»Mei, ein Lampenfieber wirds halt haben, die arme Frau. Wer will das schon, wegen so einer schlimmen Sache im Mittelpunkt stehen. Die Beerdigung von der Bianca ist gerade mal ein paar Monate her, und dann wird alles wieder aufgewühlt mit dieser depperten Tombola.« Missbilligend schüttelte sie den Kopf. »Ein bisserl Mitgefühl, Herr Pfarrer, ein bisserl. Aber das ist von den Männern anscheinend zu viel verlangt. Egal, was für ein Gwand sie anhaben.«

Sie schüttete das ungebrauchte Teewasser in den Ausguss und räumte das Männerfrühstück vom Tisch. Der Meininger wusste jetzt gar nicht mehr so recht, wo oben und unten war. Da hatte man die besten Absichten und konnte es anscheinend immer nur falsch machen.

»Und was machen wir jetzt?«, fragte er ganz verunsichert die Allwissende.

»Na nix.« Die Maria stemmte die Arme in die Hüften. »Die Hasleitnerin braucht das Geld und soll es auch bekommen. Was soll sie denn sonst machen, das dumme Drum? Wenn erst einmal eine neue Wohnung bezahlt ist, dann sind die kalten Füße schnell vergessen. Alles bleibt wie geplant, und ich kümmere mich um die ganzen Sachen fürs Pfarrfest.« So viel Hilfsbreitschaft und Einsatz von der Maria, das konnte nichts Gutes bedeuten. »Dann haben Sie auch wieder Zeit, um sich der Wimmer-Angelegenheit anzunehmen.«

Aha. Daher wehte der Wind. Hätte er sich auch gleich denken können.

»Der Herr Hirsch hat heut ganz früh schon angerufen. Der ist gerade auf dem Weg und holt sie gleich ab, nach Passau will der heute mit Ihnen fahren.«

Dem Meininger schwante Übles, am liebsten wäre er gleich wieder ins Bett. Ein jeder Albtraum wäre besser, als bei dem Sauwetter raus und in Passau mit dem Hirsch die hirschjagenden Studenten jagen.

»Das war am Ende doch gar nicht schwer, die Namen und Adressen rauszufinden.«

Dem Simeon schienen weder das Wetter noch die Rückschläge der letzten Tage etwas auszumachen. Wasserfallartig und bei bester Laune plapperte er dem Meininger die neuesten Informationen herunter, während er den Mercedes durch den Regen auf die Autobahn Richtung Passau lenkte.

»Ich hab einfach bei der Jagdbehörde in München angerufen. Die haben noch nicht einmal einen offiziellen Schrieb angefordert. Eigentlich auch nicht ganz korrekt, wenn man es genau nimmt. Aber in unserem Fall gerade sehr praktisch.« Er grinste spitzbübisch und ganz Simeonuntypisch. »Eine sehr nette Sekretärin, die hatte alles parat. Zehn Minuten, länger hat das nicht gedauert.« Auswendig zitierte der Polizist die Teilnehmerliste.

»Constantin Sebastian Heberlein, Ferdinand von Pfuehling, Anton Pertenstein, Karl-Theodor Rieming, Moritz
Pichler. Der Moritz ist gebürtig aus Passau, der Rest allesamt mit Zweitwohnsitz dort gemeldet. Alle Anfang
zwanzig, studieren gemeinsam Jura. Keiner hat den Jagdschein länger als ein halbes Jahr. Wir haben es also tatsächlich mit richtigen Dilettanten zu tun. Genau wie der Herr
Leitner das geschildert hat.«

Der Meininger kratzte sich den Kopf und seufzte. Ferdinand von Pfuehling, Constantin Heberlein, nur zu gut
konnte er sich die Gesichter zu den klanghaften Namen
vorstellen. Und auch ziemlich genau, wie eine Befragung
der arroganten Söhnchen ablaufen würde. Aber nun waren sie schon mal unterwegs und der Hirsch eh nicht mehr
zu bremsen.

»Mitten im Semester, ich bin sehr optimistisch, dass wir
die Verdächtigen antreffen werden. Und außerdem können wir auch gleich noch den Kollegen bei der Kripo einen
Besuch abstatten.«

Der Pfarrer hoffte nur, dass man bei den Profis die Ma-
gen-Darm-Pest mittlerweile wieder im Griff hatte und ihnen wenigstens dieses Elend erspart bleiben würde. Vielleicht hatte der liebe Gott ja sogar Erbarmen, und sie
konnten den Fall samt Schrot und Studenten an Ort und
Stelle abgeben. Ein kleines Stoßgebet zum grauen Himmel hoch konnte jedenfalls nicht schaden.

Unter der ersten Adresse auf Simeons Liste waren praktischerweise Constantin Sebastian Heberlein und Ferdinand von Pfuehling gleich gemeinsam gemeldet. Wie hätte es auch anders sein können, residierten die beiden Herren in herrschaftlicher Umgebung, Dom-Nähe und alle Kneipen und Bars fußläufig wunderbar zu erreichen, im Steinweg auf der Altstadtinsel. Studenten-WG vom Feinsten. Nach mehrmaligem Klingeln und Klopfen regte sich endlich etwas im Inneren der Wohnung. Aber anstatt eines schmierigen Studentenkopfs in bunter Cordhose öffnete ihnen eine offensichtlich eben aus dem Schlaf hochgeschreckte junge Dame, der die Mittagszeit immer noch deutlich zu früh zum Aufstehen war.

Die blonden Haare standen wild in alle Himmelsrichtungen vom Kopf ab, die müden Augen waren immer noch schwarz umrandet vom Make-up der letzten Nacht. Ihre nackten Beine ragten aus einem viel zu großen Herren-T-shirt mit dem Logo der Passauer Universität auf der Brust. Aha, dachte der Meininger. Sie hatten es also im wahrsten Sinne des Wortes mit Trophäenjägern zu tun.

»Guten Tag, junge Dame, wir sind auf der Suche nach den Herrn Heberlein und von Pfuehling.« Der Hirsch ließ sich von dem leichten Mädchen überhaupt nicht irritieren. »Sind die beiden anwesend?«

Das junge Ding rieb sich müde die Augen und gähnte. Sie roch nach Schnaps und kaltem Rauch. Seit seiner Vereidigung vor vielen Jahren hatte der Meininger in regelmäßigen Abständen Momente erleben müssen, in denen er doch schwer mit dem katholischen Zölibat gehadert hatte. Dieser gehörte nicht dazu.

Entweder hatte der zum Gestank gehörende Alkohol größere Schäden bei dem Mädchen hinterlassen, oder sie war einfach generell schwer von Begriff. »Hä?« war erst mal alles, was sie rausbrachte.

Auch der Simeon realisierte, dass es hier ein wenig Nachdruck brauchte, und zog seinen Dienstausweis aus der Jackentasche.

»Unter dieser Adresse sind ein gewisser Herr Constantin Sebastian Heberlein und ein Herr Ferdinand von Pfuehling gemeldet, ist das richtig? Wohnen diese beiden Herren hier?«

Wie so oft zeigte der Dienstausweis Wirkung, und das Mädel wurde zusehends wacher. Erst gewann das rechte Auge, dann auch das linke den Kampf gegen die verklebten schwarzen Wimpern, und irgendwie schaffte es tatsächlich auch das Hirn, eine Verbindung zwischen Simeons Uniform, dem Ausweis und der Situation herzustellen. Die junge Dame wurde plötzlich ziemlich lebendig und fing an, das T-Shirt nach unten zu ziehen.

»Bitte, ich dachte, die Anna hätte für uns beide bezahlt. Ganz ehrlich. Das hat sie gesagt. Ich kann Ihnen auch ihre Adresse geben.«

Nach dreißig Jahren immer noch dieselbe alte Tour. Die reichsten Leute waren die unverschämtesten Zechpreller. Damals wie heute. Und dann auch noch die Freundin hinhängen. Na, danke schön. Der Meininger überlegte kurz, ob eine priesterliche Standpauke vielleicht angebracht wäre, mit einem Blick auf die gefallene Schöne und einem weiteren Blick in die eigene Vergangenheit beschloss er, in diesem Fall die Umerziehung dem Schicksal zu überlassen und sich auf das Wesentliche zu konzentrieren.

»Junges Fräulein, Ihre persönlichen Schulden und Schuldzuweisungen interessieren hier heute ausnahmsweise nicht. Wir sind lediglich auf der Suche nach Ihren Herbergswirten, oder sind Sie hier ebenfalls zu Hause?«

Eine sich schnell ausbreitende Röte auf den Wangen des Mädchens ließ darauf schließen, dass sie unter dieser Adresse nicht dauerhaft, sondern vermutlich nur für diese eine Nacht Unterschlupf gefunden hatte. Ein kurzer Blick über die Schulter und sie schüttelte den Kopf.

»Nein, ich wohne hier nicht. Consti und Ferdinand sind in der Uni. Vielleicht in der Bib, ich weiß es aber auch nicht so genau. Später um drei dann beim Hockey, da finden Sie die beiden sicher.« Ihr Blick wanderte kritisch, dann erstaunt von der Polizistenuniform zum Talar. »Haben die was ausgefressen, die zwei?«

»Da bin ich mir ziemlich sicher, ziemlich sicher. Die Frage ist nur: was?«

Staubtrocken manchmal, der Hirsch, musste man ihm lassen.

Keiner der beiden Ermittler hatte große Lust, die Passauer Universität nach ihren Verdächtigen abzuklappern, und so beschlossen die zwei, zunächst einen kurzen Abstecher zum Hauptamt der Kripo Passau einzuschieben. Der Hirsch war ziemlich scharf drauf, den Kollegen aus der Stadt zu beweisen, dass er den Fall voll und ganz im Griff hatte, und der Meininger, dem fiel sonst auch nix Besseres ein, um die paar Stunden totzuschlagen.

Als er dann vor dem riesigen grauen Bunker in der Nibelungenstraße stand, wären ihm aber doch jedes Oma-Café und jede Sahnetorte lieber gewesen. Als hätte das schlimmste Provinzkrankenhaus ein altes Gefängnis verschluckt, so sah die Dienststelle von außen aus, und man mochte überhaupt nicht hineingehen, egal, ob man nun etwas angestellt hatte oder nur jemanden anzeigen wollte. Drinnen war es nicht viel besser. Kotzegrüner Linoleumboden und graue Asbestwände, wohin man nur schaute. Es roch seltsam modrig nach Schimmel und Urinstein. Kein Wunder, dass die halbe Belegschaft dauerkrank war. Von Büro zu Büro kämpften sie sich tapfer durch die Etagen, bis sie im letzten Winkel des Polizistenbienenstocks endlich den zuständigen Hauptkommissar Erich Weingärtner aufgestöbert hatten.

Dem Verbrechen eher gemütlich auf der Spur, saß er an seinem Schreibtisch, blätterte in der *Bild*-Zeitung und stopfte sich genüsslich eine Nussschnecke in den wohlgerundeten Wanst. Dass das gelb-beige Hemd schon gefährlich spannte, schien ihm nichts auszumachen, eine zweite Schnecke lag parat. Auch von der Magen-Darm-Grippe war ihm so gar nichts anzumerken. Vielleicht hätte er doch lieber Polizist werden sollen, dachte sich der Meininger bei dem Anblick der göttlichen Ruhe und Gelassenheit. Simeon Hirsch klopfte gegen den Türstock und räusperte sich höflich.

»Ähm, guten Tag, Herr Hauptkommissar. Simeon Hirsch mein Name. Ich bin der zuständige Polizeiobermeister in der Gemeinde Eichenberg und zusammen mit meinem Kollegen Leopold Meininger zum Mordfall Ludwig Wimmer unterwegs.«

Der Hauptkommissar trennte sich sichtlich ungern von seiner Zeitungslektüre und blickte fragend auf.

»Ja und?«

»Uns wurde von Ihren Kollegen mitgeteilt, dass Sie in dieser Sache die oberste Zuständigkeit halten.«

Um gleich mal klarzustellen, dass ein einfaches Abwimmeln gar nicht infrage kam, machte der Simeon einen Schritt in das kleine Büro hinein, der Meininger folgte ihm auf dem Fuß.

»Wir hätten da noch ein, zwei Fragen an die Spurensicherung bezüglich kürzlich eingesandter Beweismaterialien und würden Ihnen auch gern den aktuellen Stand der Ermittlungen persönlich darlegen.«

»Ermittlungen?«, brummte der Weingärtner, legte aber die Schnecke weg und faltete seine Zeitung sorgfältig zusammen.

Mit dem Hemdsärmel wischte er sich routiniert die Zuckerbrösel aus dem Gesicht. Aber seine Kommissarinstinkte waren wohl doch noch nicht ganz eingeschlafen, und er spürte, dass es nun an der Zeit war, ein klein wenig zu arbeiten. Seelenruhig zog er die oberste Schreibtischschublade auf und verstaute zuerst die Zeitung, dann den

Teller mit dem Süßkram darin. Für bessere Zeiten vermutlich, wenn die Eindringlinge wieder weg waren.

»Na dann, die Herrschaften, nehmen Sie Platz und lassen Sie uns mal nachschauen, was wir da für Sie tun können.«

Für seinen Umfang und seine Statur überraschend flink rollerte er auf seinem Schreibtischstuhl sitzend ans andere Eck des L-förmigen Tisches und erweckte mit einem Klopfen auf die PC-Tastatur den Bildschirm aus dem Wachkoma.

»Worum geht es gleich noch mal, sagten Sie?«

»Ludwig Wimmer, Eichenberg. Todesursache ungeklärt.«

»Wimmer ... Wimmer ... Wimmer ...« Der dicke Kommissar zwickte die Schweinsäugerl zusammen und dachte angestrengt nach.

»Wimmer? Das kommt mir irgendwie bekannt vor. Was ist denn da gleich noch einmal passiert?«

Ohne eine Antwort abzuwarten, klopfte er mit den dicken Wurstfingern in seine Tastatur. Ein leises Bling, ein kurzer Tastenklick auf der Maus und die Technik half der Erinnerung des Polizistenhirns prompt auf die Sprünge.

»Jessas, jetzt. Jetzt fällt es mir wieder ein. Das war die Sache mit dem Hirsch.« Dann fing er laut an zu lachen. »Hä, hä, hä ... und Sie, Sie sind dann wohl der andere Hirsch, hä, hä, hä.« Er klopfte sich mit der Hand auf den dicken Oberschenkel, so lustig fand er das Doppelwild.

»Was es nicht alles gibt. Und da denkt man immer, in der Großstadt geht es wild zu. Wild, hä, hä, hä. Verstanden, hä?« Vergeblich wartete er auf die Lacher seiner Besucher. »Dabei passieren die wirklich grausigen Sachen bei euch auf dem Land. Ich sage es ja immer. Die Bauern, die haben noch Fantasie beim Morden. Die lassen sich was einfallen. Nix mit Raubmord oder einfach im Affekt jemand erschlagen. Da hat eine jede Leiche noch ihre Geschichte. Wie im Krimi geht es zu bei euch, wie im Krimi. Hä, hä, hä.«

Er klopfte noch einmal auf den Tasten herum, und plötzlich begann es, unterm Tisch zwischen seinen Beinen zu piepsen und zu rattern. Angestrengt schnaufend beugte sich der Weingärtner zum gut versteckten Office-Drucker hinunter und zog ein paar Seiten Aktenpapier hervor. Er schob sich eine viel zu kleine Lesebrille auf die Nase und begann, die druckfrischen Zeilen zu studieren.

»Ludwig Wimmer ... dreiundsechzig Jahre alt, Todestag ... aha, aha ... Todeszeitpunkt vermutlich zwischen zwei und vier Uhr morgens. Todesursache ... aha, aha ... Stichverletzung durch den Rücken direkt ins Herz. Aha, aha ... und dann diese Sache mit dem Hirsch ...« Er hob den Blick von seinem Papier und blickte über den Brillenrand auf seine beiden Gäste.

»Sie haben eine Klinge eingeschickt? Am Tatort gefunden?«

»Ja, leider erst Stunden nach dem Leichenfund bei einer zweiten Begehung gefunden und vermutlich keine verwertbaren Spuren, aber sicher ist sicher.«

Der Weingärtner nickte.

»Das Beweisstück ist erst heute Morgen in die Spusi gegangen, dazu kann ich hier noch nichts lesen, da müssen Sie nachher direkt mit den Kollegen unten sprechen.«
Er blickte wieder in seine Unterlagen. »Ich kann hier leider überhaupt nicht viel helfen. Wie sieht es denn bei Ihnen an der Front aus? Gibt es schon einen Tatverdächtigen? Konnten Sie was rausfinden zum Hirsch? Gibt es eine heiße Spur?«
Jetzt rutschte der Simeon ein wenig nervös auf seinem Stuhl hin und her. Ganz sicher hätte er gern ein paar Erfolge aufgezählt, aber wo es nix zu erzählen gab …
»Ganz nach Protokoll haben wir mit den Ermittlungen und Befragungen im engsten Familienkreis begonnen, aber noch keine konkreten Hinweise gefunden. Die Alibis sind stimmig, der Sohn war unter Zeugen mit dem Opfer auf einem Dorffest und ist auf direktem Weg nach Hause, was die Mutter und der Großvater bestätigt haben, beide waren in der Tatnacht zusammen auf dem Hof und konnten ihn hören. Motive gab es in der Familie keine. Die Sache mit dem Hirsch scheint der Schlüssel zum Täter zu sein, und diese Spur verfolgen wir aktuell hier in der Stadt. Das tote Tier wurde illegal aus der Kühlkammer des örtlichen Jägers gestohlen und vermutlich von ebendieser Person oder Personengruppe an den Tatort gebracht. Dazu erhoffen wir uns noch heute Nachmittag neue Informationen, die maßgeblich zur weiteren Klärung beitragen sollten.«
Der Polizeikommissar nickte in sein Papier hinein und schielte auf die Zuckerschublade.

»Also wissen Sie auch noch überhaupt nichts.«

Ganz dunkelrot wurde der Simeon um die Nase rum und hustete nervös. Bei all der Arbeit, die sie in den letzten Tagen gehabt hatten, da hustete auch der Meininger.

»Nun ja, immerhin sind wir heute schon dem Hirsch auf der Spur, haben eine mögliche Mordwaffe gefunden und prüfen weiterhin das nähere Umfeld des Toten.«

Mutig, er kam sich gleich wieder ein wenig detektivisch vor. Der Kommissar sah ihn zum ersten Mal direkt an. Der prüfende Blick blieb am Meininger-Hals hängen? Der verräterische Kollar.

»Sind Sie ein Pfarrer?« Blitzgescheit, diese Polizisten, denen machte so schnell keiner was vor.

Der Meininger nickte. »Ja, Hochwürden Leopold Meininger aus Eichenberg.«

»Aha. Und was, wenn ich vorsichtig fragen darf, macht ein Pfarrer so bei einer laufenden Mordermittlung?«

Jetzt schwitzte der Meininger selbst ein wenig unter seinem Gewand und hatte tatsächlich plötzlich Angst, dass das Ermitteln für ihn hier zu Ende sein könnte.

»Vieraugenprinzip, Herr Hauptkommissar«, fuhr da der Simeon dazwischen. »Hochwürden Meininger ist als kirchliche Instanz ein unparteiischer und gut informierter Beobachter im Dorf. Nachdem Ihre Dienststelle mir aus gesundheitlichen Gründen jegliche Unterstützung personeller Art verweigert hat, musste ich mich anderweitig nach einem Partner umsehen, um die Objektivität meiner Arbeit zu gewährleisten, Sie verstehen?«

So. Punkt. Ausrufezeichen. Der Meininger hatte zwar

kein Wort verstanden, aber furchtbar polizeilich und korrekt hatte sich das angehört.

Der Dienststellenleiter zuckte nur die Schultern.

»Meinetwegen, meinetwegen, wenn Sie meinen, Herr Hirsch. Dann nehmens Ihren Pfarrer eben mit. Solange Sie nur befragen«, hob er drohend den Zeigefinger in Richtung Hochwürden. »Aber halten Sie mir, Pfarrer hin, Pfarrer her, den Zivilisten aus allen aktiven Einsätzen raus. Dass Sie mir den bloß nicht in Gefahr bringen, haben Sie mich da verstanden?« Der Zeigefinger wackelte von rechts nach links und wieder zurück. »Das ist eine Schlagzeile, die ich hier auf keinen Fall lesen will.« Er zog die *Bild* aus der Schublade. »Priestermord während laufender Ermittlung. Das ersparen Sie mir bitte.«

Dem Meininger zog sich der Magen zusammen. Priestermord?!?!? Das sollte, bitte schön, auch ihm erspart bleiben.

»Aber selbstverständlich, Herr Kommissar, selbstverständlich«, nickte der Hirsch. »Herr Meininger wird sich im Hintergrund halten und zu keiner Zeit in Gefahr sein.«

»Sollten Sie auf eine heiße Spur stoßen, und sollte es zum Einsatz kommen, werden Sie unverzüglich die Kollegen anfordern, ist das klar?«

Der Meininger dachte an die circa anderthalbstündige Autofahrt, die Passau von Eichenberg trennte, und an die bettlägerige Durchfall-Sturmtruppe, biss sich aber auf die Zunge, als der Simeon brav versprach, natürlich sofort an die Profis zu übergeben, sollte es zum Äußersten kommen. Die aktuelle Ermittlungslage im Blick, bestand dazu ohnehin keine Gefahr.

»Nun gut.« Der Weingartner warf einen sehnsüchtigen Blick auf die Nussschnecke in der Schublade. »Dann weiterhin gutes Vorankommen. Die Spurensicherung müsste jetzt auch vom Mittag zurück sein, schauen Sie bei denen doch noch mal vorbei wegen dem Messer. Und hier habe ich noch die Akte vom Opfer.« Er zog einen ordentlich dicken Umschlag aus seinem Rollcontainer und drückte ihn dem Simeon in die Hand. »Ganz schön was zusammengekommen, vor allem in Jugendjahren, wenn man sich das so anschaut. Aber das wissen Sie sicher längst schon alles. Nun ja. Wünschen tut man so einen Tod natürlich niemandem, aber bei so einer Akte … Ich sags mal so: Zu sehr leidtun, das muss es einem auch nicht.«

Und damit beugte sich der Kommissar wieder über seine Zeitung und die wirklich wichtigen Dinge des Lebens.

»Warum sitzt die Spurensicherung eigentlich immer im Keller?«, fragte Simeon, als sich die beiden auf den Weg zu den Kollegen machten. »Ist doch an sich schon unheimlich genug, mit Leichen und Mordwaffen herumzuhocken. Könnte man sich wenigstens das tiefe Loch sparen.«

Der Meininger hörte seinem Partner nur mit halbem Ohr zu. Fasziniert und trotz der Geschichten von der Maria recht entsetzt, blätterte er durch die dicke Wimmer-Akte. Anzeige über Anzeige, Beleidigung, Betrug, Bedrohung und was man sich nur so vorstellen konnte. Der kriminelle Lebenslauf von ihrem Opfer las sich wie das A bis Z des Bundesstrafregisters. Der dickste Packen Papiere war knapp vierzig Jahre alt. Kein Wunder, die Sturm-und-Drang-Zeit des jungen Ludwig. Nur was dann wieder recht komisch war: Kaum eine der vielen Anzeigen hatte es tatsächlich vor Gericht geschafft. Zurückgezogen, Ermittlungen eingestellt, unschuldig, Einigung. Entweder sehr viel Lärm um einen Haufen Nichts oder die größte Ansammlung saudummer Missverständnisse, die es je gegeben hatte.

»Jetzt lassen Sie doch mal diese alten Ordner, wir wissen doch, dass der Herr Wimmer bei Weitem kein Unschuldiger war. Aber da drin finden wir den Mörder garantiert nicht.« Der Simeon klingelte an einer dicken Eisentür und drückte sie nach Ertönen des Summers auf. »Aber vielleicht hier.«

Die Spurensicherung, bei Insidern auch als Spusi bekannt, bestand in Passau aus zwei mageren Herren. Ungefähr gleich alt, gleich blass und mit identischen Brillengestellen ausgerüstet, wirkten sie auf den Meininger wie Zwillinge aus der Unterwelt. Zu allem Überfluss trugen sie auch noch die gleiche Dienstkleidung, gummierte beige Kittel. Ein intensiver Geruch nach Moder und Formaldehyd schlug ihnen beim Betreten des eiskalten Kellerraums entgegen. Kein Wunder, dass an Hanni und Nanni der Totenkammer kein Gramm Fett zu erkennen war. Hier unten hätte auch der Meininger den letzten Rest Appetit verloren. Und die Gesellschaft? Er warf einen Blick auf die Wände mit langen Reihen stählerner

Leichenkammern. Die lud auch nicht unbedingt zum Verweilen ein.

»Herr Hirsch. Fein, fein, dass Sie uns einen Besuch abstatten.« Einer der beiden Zwillinge streifte sich die Gummihandschuhe ab und schüttelte erst dem Simeon, dann dem, wirklich nur kurz zuckenden, Meininger die Hände.

»Der Herr Weingärtner hat Sie beide schon angekündigt. Sie kommen wegen der Klinge, die uns gestern Abend noch zugestellt worden ist. Mein Name ist Karl Wichert, Karl mit K und hier …« Er deutete auf den anderen dürren Wicht. »… mein Kollege Carl Gruner. Carl mit C.«

Das war jetzt nicht ihr Ernst. Karl und Carl, die Leichenschänder? Langsam kam sich der Meininger tatsächlich vor wie in einem schlechten Krimi.

»Wir haben uns die Klinge heute Morgen gleich angesehen, und ich muss Ihnen leider sagen, viel war da nicht mehr zu holen. Waldboden, Regen, das sind halt denkbar schlechte Voraussetzungen. Aber …« Er rieb sich freudig die Hände. »Wir haben trotzdem nicht aufgegeben und das ganze Stück doppelt und dreifach geprüft.« Karl mit K grinste verschwörerisch. »Gerade die aussichtslosen Fälle, die mögen wir besonders gern, stimmts, Carl?«

Carl mit C nickte weiter hinten im Raum zustimmend und trat mit dem eingesandten Beweisstück zu ihnen. Die Klinge war wieder feinst säuberlich in eine Plastiktüte verpackt, an der ein dicht beschriebener Befundzettel klebte.

»Es handelt sich, wie Sie sicher wissen, um die Klinge eines Jagdmessers«, berichtete Carl mit C, während Karl mit K zustimmend nickte. »Ein sogenannter Hirschfän-

ger. Einst in der Jagdpraxis weitverbreitet und als Stoß-
waffe genutzt, trägt man ihn heute eigentlich nur noch zu
repräsentativen Anlässen. Wir haben hier eine beidseitig
geschliffene, dolchartige Klinge aus rostfreiem Stahl von
knapp dreißig Zentimetern Länge.«

Er überreichte dem Simeon den Plastikbeutel, während
sein Kollege fortfuhr.

»Auch wenn wir es aufgrund der extremen Wundver-
stümmelung durch das Geweih nicht mehr zu hundert
Prozent sagen können, so würde diese Klinge doch hervorragend zur Verletzung am Rücken des Opfers passen.
Das sind die guten Nachrichten. Die überdurchschnittlich
lange Klinge, Schärfe und Spitze, das alles fügt sich wunderbar zusammen. Mit so einem Messer ließe sich auch
ein erwachsener Mann relativ problemlos von hinten erstechen.«

Ohne Pause übernahm Carl wieder das Wort. »Das Messer ist zwar nicht neuwertig, aber gut gepflegt und in ab-
solut tadellosem Zustand, was vermuten lässt, dass es von
einem Experten stammt. Ein Jäger oder vielleicht auch
ein Metzger … in jedem Fall jemand, der sich mit Waffen-
handhabung gut auskennt. Umso interessanter, dass der
Griff fehlt. Wer eine Klinge so sorgfältig sauber hält, der
achtet in der Regel auch darauf, dass das gesamte Messer
in Ordnung ist. Den Griff konnte man nicht mehr finden?«

Der Simeon schüttelte den Kopf.

»Zu schade, zu schade. Mit den Fingerspuren sieht es an
der Klinge leider ganz schlecht aus. Da war kaum mehr
was zu finden. Fragmentartig am unteren Teil. Wir ver-

muten zwei unterschiedliche Hände. Aber sicher sagen kann man das einfach nicht mehr.«

»Und …« Jetzt wieder der andere Karl. »… vor Gericht würde das auf keinen Fall gelten, wenn der Täter einen guten Anwalt hat. Das sagen wir lieber gleich.«

»Also, wenn Sie uns fragen …« Der eine Carl.

»Wir würden sagen …« Der andere Karl.

»Mindestens ein Täter, vielleicht zwei.«

Aha, mindestens ein Täter. Sprachlos staunend über so viel Weisheit lauschten die beiden Eichenberger Ermittler den weiteren Vermutungen.

»Sieht alles ganz danach aus, dass man das Opfer mit dem Hirschfänger erstochen hat. Dabei hat sich vermutlich irgendwie der Griff gelöst, aber das ist wirklich reine Spekulation, kann auch vorher schon gefehlt haben.«

Jetzt wieder der erste Karl. »Vielleicht um die Spuren zur Waffe zu verwischen, vielleicht aber auch aus persönlichen Gründen haben die Täter dann die Leiche so dekorativ am Hochstand platziert und ihr den toten Hirsch in den Rücken gebohrt. Dazu braucht es schon recht viel Kraft. Da muss man entweder wirklich ordentlich zupacken können oder mindestens einen, wenn nicht mehrere Helfer haben. Zum Motiv sind wir hier aber ganz klar überfragt, das ist dann Ihre Baustelle. Auf der Leiche selbst haben wir eine Unmenge verschiedenster Fingerabdrücke und DNA-Spuren gefunden, das wundert einen aber auch nicht. Sie sagten, das Opfer war vorher auf einem Fest?«

Meininger und Simeon nickten, die Karls ebenso. Der mit C bestätigte.

»Ja, da ist dann wirklich fast nichts mehr zum Analysieren. Händeschütteln, Schulterklopfen, enges Nebeneinandersitzen. Mindestens fünf bis sechs unterschiedliche Personen hatten mit dem Opfer kurz vor seinem Tod noch direkten Körperkontakt.«

»Jegliche sexuellen Aktivitäten können wir aber komplett ausschließen.«

Na, das wunderte nun wirklich niemanden, dachte sich der Meininger und erinnerte sich schaudernd an die gelb gefärbte Unterhose.

»Wie auch immer«, schlossen Karl und Carl ihre Analyse. »Der oder die Täter mussten deutlich Kraft aufwenden, um das Todesszenario so aufzubauen wie vorgefunden. Ganz schöne Arbeit, so was. Aber anhand der nachweisbaren Spuren lässt sich leider kein gerichtlich überführendes Urteil erstellen. Sie brauchen also in jedem Fall ein Geständnis oder eine eindeutige Zeugenaussage, um Ihren Messerstecher zu überführen. Es tut uns sehr leid, dass wir an dieser Stelle nicht mehr Unterstützung leisten können. Sollten allerdings noch weitere Beweisstücke oder gar der Messergriff auftauchen, uns beide finden Sie immer hier.«

Na bravo.

Kaum hatten sie den Keller von Klaus und Claus hinter sich gelassen und in den Lungen den Leichengeruch gegen Passauer Frischluft getauscht, hatte der Simeon den Fall auch schon gelöst.

»Diese Studenten, ich habe es mir gleich gedacht. So ist es eben mit der Jugend von heute. Abgebrüht und eiskalt. Da wird ein brutaler Mord schnell mal zum Jungenstreich. Aber ich sags Ihnen, Herr Meininger, die schnappen wir uns jetzt. Damit kommen die auf keinen Fall davon.«

Auch wenn die Beweise eine deutliche Richtung vorgaben und obwohl der Simeon als Profi so überzeugt war, ganz glauben wollte der Meininger es trotzdem nicht, dass ein paar Studenten aus Jux und Tollerei so mir nichts, dir nichts einen Mord begehen würden. Das Christliche in ihm wehrte sich einfach gegen solch pure Bosheit. Darum und weil er immer noch ein bisschen mit den Erinnerungen an die eigene Studentenzeit zu kämpfen hatte, hielt er sich auch erst einmal deutlich zurück, als der Hirsch, am Sportplatz angekommen, sofort strammen Schrittes auf die hockeyspielende Studententruppe zumarschierte.

»Sofort aufhören! Training abbrechen! Polizei! Polizei!« Diesmal meinte sein Partner es wirklich ernst und plärrte aus vollem Halse über das Spielfeld.

Überraschenderweise stoppte tatsächlich jedes Geschehen, und zweiundzwanzig Köpfe drehten sich zu ihnen um.

»Heberlein? Pfuehling?«

Keine Reaktion.

»Heberlein? Pfuehling? Sofort vortreten!«

Ein ziemlich verschwitzter Spieler löste sich aus der Gruppe und kam, den Schläger lässig über die Schulter geschwungen, aber ohne viel Eile, auf sie zugeschlendert. Der Rest beobachtete das Schauspiel aus sicherer Entfernung. Ein gemeiner Wind pfiff über das Feld, und obwohl der Meininger vorsorglich seine Winterwollstrumpfhose unter den Talar gezogen hatte, fror er ganz erbärmlich. Wie konnten diese Burschen nur in kurzen Hosen herumlaufen? Darum war es nie was geworden mit ihm und dem Mannschaftssport. Kalte Füße, immer schon sein größtes Problem.

»Ja, bitte?«

Der Meininger schätzte den jungen Kerl auf Anfang, Mitte zwanzig, auf keinen Fall älter. Groß gewachsen, sportliche Figur und bei den Damen sicher nicht unerfolgreich, so wie er aussah. Ob ein Arschloch oder nicht, das ließ sich auf den ersten Blick noch nicht erkennen, aber nach kaltblütigem Mörder sah das Bürschlein auf keinen Fall aus. So gar nicht.

»Name und Ausweispapiere«, verlangte der Simeon mit gezücktem Dienstausweis. »Polizeiermittlung.«

»Constantin Heberlein.« Ihr Verdächtiger Nummer eins klopfte sich mit den Händen das verschwitzte Trikot ab. »Ausweis habe ich leider gerade nicht bei mir, aber meine Kollegen können Ihnen gern bestätigen, wer ich bin.«

Leuchtete auch dem Hirsch ein, dass das eine recht plausible Erklärung war, und er ließ es erst einmal darauf beruhen.

»Schon gut, schon gut. Ihren Kollegen Pfuehling, den bräuchten wir ebenfalls.«

Constantin Heberlein schüttelte den Kopf. »Der ist gerade vor ein paar Minuten los. Hat zu Hause noch ein paar unerledigte Dinge rumliegen.« Das dreckige Grinsen in seinem Gesicht konnte nur auf das blonde Gift im Uni-T-Shirt anspielen.

»Aha, aha. Na, dann können Sie uns sicher ein paar Fragen beantworten?«

»Das kommt ganz darauf an.«

Diese blöden Juristen, dachte sich der Meininger. Das Nichtantworten wurde denen vermutlich gleich in der ersten Vorlesung beigebracht.

»Und auf was, wenn ich fragen darf, kommt das an?«

»Na, was Sie wissen wollen? Fragen kann man ja viel. Antworten hab ich auch, aber ob das am Ende zusammenpasst?«

Frecher Rotzlöffel, frecher. Doch der Simeon Hirsch blieb vorbildlich friedlich und ließ die Fakten sprechen.

»Da bin ich mir ziemlich sicher, Herr Heberlein. Es handelt sich um Ihre Teilnahme an der Treibjagd in Eichenberg vor ein paar Wochen. Sie erinnern sich? Da waren Sie doch dabei, oder etwa nicht?«

Der rot geschwitzte Jungspund wurde etwas blass, ob Sport- oder Angstschweiß auf der Stirn, das ließ sich leider ohne Karl und Carl nur sehr schwer feststellen. Im Juristenhirn ratterte es sichtbar nach einer passenden, möglichst unverfänglichen Antwort.

»Wer sagt denn das?«

Aha, da war sie schon. Frage, Gegenfrage, Klassiker.

»Herr Heberlein, bevor wir hier weitermachen, sag ich Ihnen eines. Wir sind hier nicht zum Spaß und Sie, wie es aussieht, auch nicht. Das kann jetzt also alles ganz einfach und schnell gehen, und Sie geben uns vernünftige Antworten auf die gestellten Fragen, oder wir packen sie ein und ab aufs Revier. Da sitzen sie dann erst einmal in einer kalten kleinen Zelle, bis wir den Rest Ihrer Kollegen – das wären, warten sie: Pfuehling, Pertenstein, Rieming und Pichler, stimmts? – alle zusammengetrommelt haben, und dann gehen wir getrennt in die Einzelverhöre. Alle Informationen, die wir brauchen, haben wir dann ein paar Stunden später, Sie aber bis dahin eine ordentliche Blasenentzündung und Erkältung, so wie Sie angezogen sind. Und Ihre Freunde werden es Ihnen auch nicht unbedingt danken, wenn wir Sie von den noch zu erledigenden ›Sachen‹ polizeilich runterziehen. Die Entscheidung, die liegt dann jetzt ganz bei Ihnen, was soll es sein?«

Der Meininger war sprachlos und schwerst beeindruckt. Simeon, reif fürs BKA. Der Consti scheinbar auch ordentlich eingeschüchtert.

»Schon gut, schon gut. Ja, wir waren dabei in Eichenberg. Aber alles ganz ordentlich gemeldet. Ganz nach Vorschrift.«

»Ja, ganz nach Vorschrift einen Hirsch mit Schrot erschossen. Soweit ich informiert bin, war das eine Drückjagd auf Niederwild, und Schrot auf Großwild ist laut Jagdbehörde nicht erlaubt.«

Noch ein bisschen käsiger wurde der Jungjäger.

»Das war ein Unfall.«

Er bohrte mit dem Hockeyschläger im Wiesenboden und sah plötzlich gar nicht mehr nach tapferem Juristen aus.

»Das haben wir aber auch alles dem Jäger gemeldet. Das war ein dummes Versehen, und keiner konnte was dafür.«

»Haben Sie geschossen?«

»Nein, geschossen hat der Ferdinand, aber wir beide dachten, das wären Hasen im Gebüsch. Ganz ehrlich, das war ein Riesenversehen. Verlieren wir jetzt den Jagdschein?«

»Ihr Jagdschein interessiert uns gerade nicht besonders, Herr Heberlein. Sagen Sie mir lieber, wessen Idee es dann war, den toten Hirsch aus der Jagdkammer von Karl Leitner zu stehlen.«

Entweder war der Junge ein besserer Schauspieler als Jurist oder aber der Diebstahl wirklich eine komplett neue Information. Aus aufgerissenen Augen starrte er sie an.

»Gestohlen? Den Hirsch? Wie denn das?«

»Jetzt tun Sie nicht so unschuldig. Oder müssen wir doch auf die Wache mit Ihnen?«

»Ehrlich, Herr Kommissar, ich weiß nicht, wovon Sie reden. Wir haben das Tier ordnungsgemäß der Jagdleitung übergeben, und es wurde abtransportiert. Keine Ahnung, was danach damit passiert ist. Wir sind am selben Tag nach Hause und nicht mehr dort gewesen seitdem, ganz ehrlich. War peinlich genug vor den ganzen alten Jägern.«

Für den Meininger klang das recht glaubwürdig. Aber der Simeon hatte sich scheinbar an seiner Geschichte festgebissen.

»Es gibt Zeugen, Herr Heberlein, die eindeutig aussagen, dass Sie und Ihre Kameraden das Tier entwendet haben. Und, Herr Heberlein, weiterhin wissen wir mittlerweile auch Bescheid, dass der Diebstahl nicht etwa ein harmloser Jugendstreich war, sondern Sie den toten Hirsch zur Vertuschung des Mordes an Ludwig Wimmer benutzt haben. Sie brauchen gar nicht erst zu versuchen, das abzustreiten. Mittlerweile ...« Er wedelte mit der Plastiktüte und der Hirschfängerklinge vor den immer entsetzter dreinblickenden Augen des armen Studenten.»... mittlerweile haben wir auch die Mordwaffe mit Fingerabdrücken von Ihnen und Ihren Kameraden gefunden und analysieren lassen. So sieht es aus. Geben Sie es endlich zu!«

Auch wenn Karl und Carl zur Täterüberführung per Geständnis geraten hatten, dieses Theater hatten sie dabei sicher nicht im Sinn gehabt. Selbst der Meininger war ein wenig befremdet von dem Verhalten seines leicht übergeschnappten Kollegen. Was zu viel war, war zu viel. So konnte das auf keinen Fall klappen. Und das tat es auch nicht. Zu einem falschen Schuldgeständnis ließ sich selbst der dümmste Junganwalt der Welt nicht hinreißen, und Constantin Heberlein kam endlich zur Besinnung.

»Jetzt hören aber Sie mir mal zu, Sie Schmierenpolizist. Erstens, wir haben diesen Hirsch nicht gestohlen. Meinetwegen, der Schuss war wirklich saublöd, aber danach haben wir uns im Ort nicht mehr blicken lassen. Weder beim Jäger noch sonst wo. Zweitens, ich habe wirklich überhaupt keine Ahnung, wovon Sie hier reden. Wer zum Teufel ist dieser Ludwig Wimmer, und was soll mit dem passiert sein? Mord? Jetzt passen Sie aber auf, bevor ich Sie wegen Falschanschuldigung auf Ihre Dienststelle schleife und Sie selbst in der kalten Befragungskammer hocken, verstanden? Und drittens, Tatwaffe? Noch mal, keine Ahnung, von welcher Tat Sie sprechen, aber die Klinge da in der Tüte, die gehört nicht uns, sondern Karl Leitner, dem Jagdführer vor ein paar Wochen. Zumindest hatte der so ein Messer dabei, damals im Wald. Vielleicht bohren Sie lieber mal bei dem nach einem Geständnis, wenn Sie so dringend eines suchen. Oder überlegen zumindest noch einmal, wer genau uns den Diebstahl von dem Hirsch in die Schuhe schieben will. Aber die Entscheidung, die liegt da natürlich ganz bei Ihnen. Und ich geh jetzt duschen, oder gibt es noch Fragen?«

Nein. Keine Fragen. Alles beantwortet. Der Simeon drehte sich um und stapfte ohne ein weiteres Wort am Meininger vorbei in Richtung Auto. Eingezogener Schwanz. Doch nix BKA.

Und der Meininger hatte, ganz ohne direkt selber fragen zu müssen, die Antwort auf Arschloch oder Nichtarschloch bekommen. Aber furchtbar übel nehmen konnte er es dem Consti nicht, das Austeilen nach so viel Einstecken und höchstwahrscheinlich falscher Mordbeschuldigung. Eigentlich war es dem Pfarrer aber auch egal, denn die viel entscheidendere Frage war doch, ob man nicht jetzt direkt den Leitner beschuldigen müsste.

VII
Saudumm

»Das kommt überhaupt nicht infrage, ich will dieses Viech nicht in meiner Küche haben! Raus damit, aber sofort!«

Endlich zu Hause war leider für den Meininger trotz anstrengendem Ermittlertag in Passau immer noch kein Ende in Sicht. Schon im Hausflur hörte er das hysterische Geschrei von der Maria.

»Raus damit, hab ich gesagt, Xaver, ich warn dich!«

Herrschaftszeiten, Gnade war für seinen Chef auch ein Fremdwort. Die dicke Wimmer-Akte unterm Arm, hatte er jetzt auf den Sohn so überhaupt keine Lust. Aber half ja nix. Er schob den Papierstapel unter einen Haufen Werbeblätter und Zeitungen, die auf dem Kasterl im Flur lagen. Musste der Xaver jetzt nicht unbedingt sehen, den Liveblick hinunter in den Abgrund der väterlichen Vergangenheit. Einmal tief ein- und wieder ausatmen, dann schlüpfte er aus Mantel und Schal und betrat die Küche, bevor er es sich doch noch anders überlegen konnte.

»Der Vater hätte das so gewollt«, erklärte der Xaver der Maria gerade die wirklich mehr als bizarre Situation. Mit offenem Mund stand der Meininger in der Tür und konnte kaum fassen, was er sah, noch weniger glauben, dass der tote Wimmer das so gewollt haben sollte. Am Küchentisch saß der wirklich finster dreinblickende Xaver, die Hände zu Fäusten geballt, die buschigen Augenbrauen bockig zusammengeschoben. Es war aber mehr der Sitznachbar vom Wimmer-Sohn, der den Meininger an seiner Sehfähigkeit zweifeln ließ. Auf der Eckbank hockte, dick in schwarze Mülltüten eingewickelt und gut verpackt, neben dem Xaver, eine tote Sau.

In einem der rosa Ohrwaschel zwickte noch das gelbe Plastikschild mit der Seriennummer drauf, die fleischigen Backen hingen müde nach unten, sodass die untere Zahnreihe gut zu sehen war. Unheimlich grinsend starrte das Viech aus leblosen Augen knapp am Meininger vorbei irgendwo hinter ihm ins Leere. Schon wieder eine vierbeinige Leiche, die ihm das Leben schwer machte. Langsam hatte er die Schnauze wirklich gestrichen voll. Auf was musste er sich denn als Nächstes gefasst machen? Tote Kuh im Wohnzimmersessel?

Ganz brüderlich hatte der Xaver den Arm um die Sau gelegt, damit sie ihm nicht vom Bankerl kippte vor lauter Todesstarre. Machte das Gesamtbild jetzt auch nicht unbedingt besser, aber den Zorn der Maria gut verständlich.

»Herr Pfarrer! Gut, dass Sie endlich da sind. Bitte schön, sagen Sie dem Xaver, dass er seine Sau wieder mitnehmen soll. Auf mich hört hier ja keiner, ich hab ja nichts zu melden in diesem Haushalt.«

Wütend stürmte sie aus der Küche und knallte die Tür hinter sich zu. Der Meininger, auf sich alleine gestellt, blickte von der Sau zum Xaver und vom Xaver zur Sau. Der eine ziemlich grantig, die andere eher emotionslos. Ansonsten eigentlich gar kein so schlechtes Paar, die beiden. Er seufzte, nun gut.

»Also, Xaver, was soll denn das jetzt schon wieder? Was ist denn das? Das geht doch nicht. Du kannst doch der armen Maria nicht einfach ein Schwein in die Küche schleppen. Was hast du dir denn dabei nur gedacht?«

Mit der freien Hand schlug der Xaver auf den Küchentisch.

»Aber, Herr Pfarrer, was hätte ich denn machen sollen? Der Vater hat die Sau schon vor Wochen bestellt. Der Schlachter hat mich heut Mittag angerufen, dass sie da ist und abgeholt werden muss. Ja, und das hab ich dann eben gemacht.«

»Xaver, ich versteh nicht, warum du sie hierhergebracht hast. Was haben denn wir damit zu tun?«

»Na, Hochwürden, das ist doch das Spanferkel fürs Pfarrfest. Das hat der Vater doch jedes Jahr spendiert. Jedes Jahr und auch dieses Jahr. Das wissen Sie doch.«

Jetzt war auch beim Meininger der Groschen gefallen. Natürlich. Das Spanferkel. Er betrachtete den rosa Schweinskopf in seinem Plastikmantel gleich ein wenig liebevoller. So grob ausschauen und dann doch so gut schmecken. Schon komisch irgendwie. Aber er hatte die Sau sonst auch nie nackert und sozusagen im Urzustand gesehen. Tatsächlich war das immer eine großzügige Spende vom Wimmer Ludwig gewesen. Der hatte das Ferkel aber auch gleich verzehrfertig, knusprig braun und mit einem Apfel im Mund direkt in die Turnhalle geliefert. Keine Spur mehr vom gelben Markerl im Ohr und auch keine grausig menschlichen Haare mehr auf der fleischigen Stirn. All-inclusive-Service sozusagen. Auf das Schweinderl im Plastiksack war er jetzt nicht wirklich vorbereitet.

»Aber freilich, freilich, Xaver. Das Spanferkel, natürlich.« Er nickte so freundlich wie möglich. »Das ist wirklich eine feine Sache, dass du da die Wünsche von deinem Vater post mortem ausführst. Das wird ihn sicherlich sehr freuen.«

Er blickte nach oben zur Küchendecke, symbolisch für das ewige Himmelreich, und hoffte, dass der Ludwig von oben nach unten blicken durfte und nicht eher von unten nach oben. »Eine sehr gute Tat, lieber Xaver. Bringst es dann am Samstag einfach in die Turnhalle, gell. So auf elfe, die Senioren, die machen immer recht früh schon Mittag. Gell?«

Jetzt schüttelte der Xaver wild den Kopf.

»Nein, Herr Pfarrer, das geht nicht. Ich hab es Ihrer Köchin schon erklärt, aber die wollt einfach nicht zuhören. Ich hab die Sau nur geholt und bezahlt. Den Rest, den müssen Sie dieses Jahr leider selber machen. Ich hab der Mutter versprochen, dass ich endlich die Sachen vom Vater wegbringe. Die hält das nicht mehr aus, keine Nacht kann sie durchschlafen, sagt sie, mit seinem Gwand im Schrank und überall der Erinnerung und so. Das hilft nix. Ich muss. Und hab einfach keine Zeit.« Damit rutschte er ums kurze Eck aus der Bank, Aufbruch. Die Sau blieb brav sitzen und verfolgte weiterhin recht unbeteiligt die Diskussion um ihr Schicksal. Der Meininger wurde jetzt ein wenig nervös. Er hatte keine Ahnung, wie aus dem nackerten Tütenschinken ein fertiges Spanferkel werden sollte, stellte sich das Prozedere auch eher aufwendig vor. »Aber, Xaver, was soll ich denn hier im Pfarrhaus mit dem Schwein anfangen?«

Der Xaver zuckte nur mit den Schultern. »Na, grillen müssens es halt. Ist so schwer nicht. Brauchens nur ein wenig Zeit und ein gescheites Feuer, mehr nicht.«

Mehr nicht. Aktuell hatte der Meininger weder das eine noch das andere, und der Laune von der Maria nach zu urteilen, war auch aus dieser Ecke nicht wirklich auf Hilfe zu hoffen. Eine Königin am Herd, wenn sie wollte, aber eine ganze Sau verzehrfertig zuzubereiten, das traute er sich nicht einmal zu fragen.

»Und wenn wir ein bisserl mithelfen, Xaver?« Der Meininger war wirklich verzweifelt. »Vielleicht könnte die Maria helfen beim Sachenaussortieren … und du die Sau?«

»Na, na, auf keinen Fall, Herr Pfarrer. Die Mutter ist da sehr empfindlich und eh grad ein einziges Nervenbündel. Tag und Nacht weint sie, und nicht mal vom Großvater lässt sie sich zureden. Da kann jetzt wirklich niemand Fremdes dazu, auf keinen Fall. Also dann, habe die Ehre …«

»Aber wohin denn bloß mit dem Ding? Die passt ja nicht einmal in den Kühlschrank?!?« Er wusste nicht mehr ein noch aus.

»Fragens doch einfach mal bei der Feuerwehr, Herr Pfarrer. Vielleicht hat da jemand Zeit und hilft Ihnen. Sozusagen in Gedenken an meinen Vater. Ich muss jetzt aber wirklich, Herr Pfarrer. Wiederschauen.«

Und draußen war er. Weg.

Ratlos drehte der Meininger sich um und blickte auf den zurückgelassenen Kameraden am Tisch. Traurig über den Verlust des stützenden Xavers, müde oder erschöpft, konnte man bei dem toten Viech nicht so genau sagen, jedenfalls hatte die Sau jetzt genug vom Rumsitzen. Langsam, fast wie in Zeitlupe, senkte sich der schlaffe Kopf nach rechts. Erst die Waschel, dann der Schädel und schließlich der Rest, kippte das Viech samt Sackerl von der Bank und schlug mit einem fleischig dumpfen Klatscher auf den Boden. Was zu viel war für einen Tag, das war einfach zu viel. Der Meininger räumte das Feld und überließ dem Schwein die Küche. Sollte sich irgendjemand anderes um die Sauerei kümmern.

»MARIA!«

In der Not war auf die Frauen eben Verlass. Da konnten der Herrgott und die katholische Kirche hundertmal abraten vom schönen Geschlecht, am Ende machte es doch Sinn, ein pragmatisches Weib parat zu haben, wenn einem das Durcheinander auf der Welt zu viel wurde.

Als die Maria endlich verstanden hatte, warum das Ferkel bei ihnen in der Stube saß, hatte sie gar nicht lange gefackelt, den Meininger ins Bett geschickt und kurzerhand den Schneider Basti samt Feuerwehrkollegen für eine Sau-Abholung im Morgengrauen einbestellt. Wie von Wimmer junior und senior – Gott hab ihn selig – gewünscht, sollte sich die Jugend um das Grillgut kümmern und sozusagen als Gruß aus dem Jenseits das Schweinderl pünktlich und kross zum Samstag anliefern.

Diese Last von den Schultern, hätte der Pfarrer nun eigentlich auch endlich den Kopf aufs weiche Kissen betten und ein wenig Ruhe finden können, aber der Tag spukte ihm weiter im Hirn herum. Der Besuch auf dem Revier in Passau, die Klinge mit den Fingerabdrücken, der besessene Simeon und diese ziemlich ahnungslosen Passauer Burschen … das passte doch alles hinten und vorne nicht zusammen. Das war wie diese Drehwürfel von früher, mit den vielen bunten Fleckerln, wo man alle Farben zusammensortieren sollte und am Ende nur alles immer bunter wurde, bis man das Plastikspielzeug auseinanderbrach vor lauter Wut. Genau so war es auch hier. Egal, wohin der Meininger die paar Fakten drehte, es stimmte einfach nicht, das Chaos wurde immer größer.

Schlaflos und mit einem furchtbaren Durst schlich er im Nachthemd und auf leisen Sohlen in die Küche. Ein Tee oder wenigstens ein Glas Wasser, das würde schon mal helfen. Aber bloß nicht die Maria aufwecken, die würde ihm glatt wieder eine Flasche Melissengeist den Hals hinunterzwingen. Vor lauter Vorsicht und Aufpassen rannte er im stockfinsteren Flur dann auch gleich den gesamten Poststapel vom Kasterl und stieß sich furchtbar den großen Zeh.

Mit zusammengebissenen Zähnen den Schmerz wegschnaufend und lautlos fluchend, räumte er den Papierhaufen zusammen und hatte plötzlich wieder die Wimmer-Akte in den Händen. Na ja, wenn er eh schon wach war. Eine kleine Nachtlektüre konnte nicht schaden.

Beim zweiten Mal erschrak er auch gar nicht mehr ganz so sehr über die eingewickelte Sau, die es irgendwie wieder zurück an ihren angestammten Platz am Tisch geschafft hatte. Da hockte sie, wie bestellt und nicht abgeholt. Man konnte sich beinahe an den Anblick gewöhnen, und ein bisserl Gesellschaft in der einsamen Nacht war eh nicht verkehrt. Zu faul, um Tee zu kochen, goss er sich ein Glas Wasser ein und hockte sich mit seinen Unterlagen zum Grillgut. Die müden Augen vertrugen so früh oder so spät noch keine große Helligkeit, und so knipste er sich nur die kleine Tischlampe im Fensterbankerl an, zum Lesen allemal ausreichend.

Rein faktisch betrachtet war der Wimmer Ludwig ein wirklicher Saukerl gewesen. Das musste selbst der Menschen liebende und immer nachsichtige Meininger nach ein paar Seiten Nachtlektüre zugeben. Es war, wie seine Köchin gesagt hatte, eine Gemeinheit nach der anderen. Und auch wenn wirklich das meiste davon schließlich ins Leere gelaufen war, bei so vielen Anschuldigungen, da glaubte selbst der naivste Leser irgendwann nicht mehr an die Unschuld des Angeklagten, sondern eher an seinen dicken Geldbeutel.

Da gab es zum Beispiel die Sache mit der falschen Grundstücksgrenze. Der Wimmer war, damals noch zusammen mit seinem Vater, von den Nachbarn beschuldigt worden, seine Felder weit über den eigenen Besitz hinaus zu bestellen und auch zu ernten. Über ein Jahr zogen sich die verschiedenen Anhörungen und Prozesse hin, dann plötzlich: außergerichtliche Einigung. Wenn der Meininger sich recht erinnerte, dann gehörte der besagte Grund heute fest zum Wimmer-Hof.

Oder: Kaum achtzehn Jahre alt, wahrscheinlich recht frisch mit dem Führerschein unterwegs, gab es ein paar Unfälle, die sich alle wie von Zauberhand erledigt hatten. Sogar eine Karambolage mit Körperverletzung war dabei, aber lediglich eine Verwarnung stand als Strafe in der Akte. Und so ging es weiter, der Meininger konnte dem Wimmer beim Älterwerden zusehen, so regelmäßig und dicht beschrieben war die Chronologie der kleineren und größeren Vergehen. Ein paar der Klägernamen kannte er aus Eichenberg und Umgebung, viele aber waren ihm völlig unbekannt. Vor allem die Körperverletzungen waren meist von Fremden angezeigt worden, und der Pfarrer konnte sich die wilden Nächte im Wirtshaus oder der Disco dazu ganz gut vorstellen.

Er seufzte tief, trank sein Wasserglas aus und drehte sich fragend zu seinem kalten Küchenferkel. Das war genauso ratlos wie er. Ja, schien es zu sagen, der Wimmer, der war eine Sau, schlimmer noch wie ich, aber wer ihn auf dem Gewissen hat? Keine Ahnung.

Der Meininger gähnte, vier Uhr in der Früh. Das viele

Aktenlesen hatte ihn jetzt doch recht müde gemacht. Anstrengend eben, was die Leut so alles anstellen. Er wollte gerade die losen Blätter wieder zurück in den Umschlag stopfen, als ihm ein sehr bekannter Name ins Auge stach. Neugierig fischte er sich den Zettel aus dem Stapel heraus. Und was er dann las, das ließ ihm wirklich einen eiskalten Schauer den Rücken hinunterlaufen. Kälter noch als die tote Sau.

Das Wasserglas fiel ihm mit einem lauten Scheppern aus der Hand und rollte über den Küchenboden davon. Der Meininger plumpste neben dem Schwein zurück auf die Bank und starrte mit offenem Mund auf die Anklageschrift in seinen Händen.

Fast auf den Tag dreißig Jahre war er alt, der Akteneintrag. Oktober 1987, der Wimmer musste gerade Anfang dreißig gewesen sein, der Meininger war damals noch nicht in Eichenberg tätig. Die Zeiten der Jugendstreiche und Kleindelikte hatte der Großbauernsohn scheinbar hinter sich gelassen, denn diese Sache, das war kein Spaß mehr. Mit zitternden Händen hielt der Pfarrer sich das Papier vors Auge, um sicherzugehen, dass er auch wirklich richtig las. Aber, kein Zweifel, da stand es, schwarz auf weiß. Angeklagt der mehrfachen sexuellen Belästigung, Körperverletzung und Vergewaltigung. Und beim Namen des Opfers wurde dem Meininger noch in der dunklen Küche schwarz vor Augen. Die Hasleitner Erna war die Klägerin und das Opfer.

»Maria Mutter Gottes, steh uns bei in unserer Not«, flüsterte der Meininger leise und legte den Zettel weg.

»Ahhhh!« Fast blieb ihm das Herz stehen vor lauter Schreck über die weiß gewandete Frau, die stockstill im trüben Morgengrauen in der Küchentür stand. Eine Erscheinung! Der Pfarrer griff Schutz suchend nach seinem schweinischen Lesepartner. Hatte der Herrgott seine Gebete erhört? »Mutter Gottes?«, fragte er ehrfürchtig.

»Nicht dass ich wüsste«, sprach die Maria, trat in die Küche und machte das große Deckenlicht an.

Nachtblind blinzelte der Meininger in die grelle Beleuchtung. Ein wenig erleichtert über die falsche Maria oder eben genau die richtige. Die konnte ihm sicher an dieser Stelle besser weiterhelfen als eine jede göttliche Erscheinung.

»Was scheppern Sie denn hier so rum in aller Herrgottsfrühe?« Sie bückte sich nach dem Wasserglas und schaute ihren Chef misstrauisch aus hellwachen Augen an. »Und was haben Sie denn mit dem Ferkel vor? Sind Sie so einsam?«

Etwas verschämt entließ der Meininger die arme Sau aus der Schreckensumarmung und schob das Aktenblatt über den Tisch.

»Maria, ich glaub, ich hab unseren Mörder gefunden. Oder besser gesagt, unsere Mörderin. Schauen Sie sich das einmal an.«

Und mehr brauchte es nicht, um endlich einmal die ungeteilte Aufmerksamkeit seiner Köchin ganz für sich zu haben.

Wie sie so dasaß am Küchentisch, die offenen Haare über dem langen weißen Nachthemd, den Blick konzentriert auf das Papier gerichtet, musste der Meininger schon zugeben, dass sie eine für ihr Alter immer noch sehr attraktive Frau war. So im täglichen Zusammenleben, da vergaß man solche Dinge ja oft, über die kleinen Streitereien, wer jetzt mal wieder nicht das Licht ausgestellt oder den dreckigen Teller am Schreibtisch vergessen hatte. Nicht dass jetzt solche Oberflächlichkeiten in ihrer Beziehung groß eine Rolle spielten, nur auffallen tat es ihm halt in diesem Moment, wie schön ihr die Haare ins Gesicht fielen und wie weich wohl die Haut auf der Wange sein würde. Er selber, er durfte ja schon aus beruflichen Gründen gleich doppelt nicht hinstreicheln, Vorgesetzter und dann noch die Sache mit dem Zölibat. Aber ein bisschen wunderte es ihn, warum es da sonst keinen gab im Leben seiner Köchin. Fast ein wenig schlecht fühlte er sich dann, dass ihn das auch noch so freute.

»So eine Sauerei!«, riss ihn die Maria aus seinen Überlegungen. »Ach, so eine gemeine Sauerei! Hat es also doch gestimmt.« Vor lauter Wut knüllte sie den Wisch in ihrer Faust zusammen, um ihn gleich wieder ganz erschrocken mit beiden Händen glatt zu streichen.

»Wir haben das damals alle geahnt.« Ihre Stimme zitterte, so böse war sie über das Gelesene. »Monatelang ist der Wimmer ihr hinterhergestiegen, der Erna. Obwohl sie ihn nie wollte, kein bisschen. Auch das wussten alle. Aber für den Wimmer gab es einfach kein Nein, nie, das konnte der einfach nicht akzeptieren. Am Anfang, da hat er ihr richtig den Hof gemacht. Blumen, Pralinen und so, besoffen ist er dann oft nachts bei ihren Eltern am Haus herumgeschlichen. Und hat nach ihr gerufen. Das halbe Dorf hat das mitbekommen.«

Sie schüttelte den Kopf.

»Dabei war der doch längst schon der Kreszenz versprochen, fest ausgemacht zwischen den Eltern war das. Und gegen den alten Wimmer, also den ganz alten, den Barthel, da hatte auch der Ludwig nie was zu melden. Selbst wenn die Erna ihn gewollt hätte, und das hat sie nicht.« Die Maria klopfte zur Betonung auf die Tischplatte. »Selbst wenn, die Familie von der Erna, die hatte ja nix. Der Vater war Maurer, die Mutter hat immer irgendwo beim Putzen ausgeholfen. Nix hatten die, nur die eine schöne Tochter. Und Schönheit, das war keine Währung, die bei den Wimmer-Leuten hoch im Kurs stand, das können Sie mir glauben, Herr Pfarrer.«

Der Meininger nickte stumm und hörte weiter zu, auch er war jetzt hellwach.

»Jedenfalls war das eine furchtbar unangenehme Sache für alle. Die Kreszenz, noch vor der Ehe so gedemütigt im ganzen Dorf, hat freilich brav den Mund gehalten. Dafür haben die Eltern schon gesorgt. Aber gelitten hat sie furchtbar, das hat man gemerkt. In der Kirch am Sonntag saß sie immer hinten drin und konnte kaum den Blick von der Erna lassen. Der Ludwig, genau das Gleiche. Wo immer er die Erna getroffen hat, hat er sie angestiert, als wäre sie wer weiß welche Erscheinung. Ja mei, die war schon nicht grob ... aber so schön, so schön war sie nun auch wieder nicht, dass man gleich den Kopf hätte verlieren müssen.«

So waren sie halt, die Frauen, dachte sich der Meininger. Auch wenn er nicht ganz so viel verstand vom weiblichen Geschlecht, die Neiderei, die war selbst der Maria nicht fremd, das hatte sogar der Pfarrer mitbekommen.

»Jedenfalls konnte der alte Wimmer wettern, wie er wollte, der Ludwig hat einfach keine Ruhe gegeben, und ein jeder hat sich gedacht, dass das noch schlimm ausgehen wird.«

»Warum?«

»Na, weil die Wimmer-Männer sich immer schon genommen haben, was sie wollten. Egal wie und egal um welchen Preis. Manchmal hatte man eher das Gefühl, umso schwerer was hergeht, umso mehr muss es auch.«

»Und was ist dann passiert?« Der Meininger musste aufpassen, dass er nicht an den Fingernägeln kaute vor Spannung – oder wieder die Sau packte. War ja wirklich wie im Krimi.

»Also, das war dann damals wirklich ein bisserl komisch. Gerade als sich alle dachten, dass, wenn die Erna nicht bald nachgibt, der Ludwig sie entweder auf offener Straße bespringt oder total narrisch wird und weggesperrt werden muss, da hat die dann mir nix, dir nix den Hasleitner Werner geheiratet. Hätte keiner gedacht, dass die sich überhaupt kannten vorher. Vom Anbandeln miteinander gar keine Rede. Und dann auf einmal heiraten, Baby, und den Rest der Geschichte kennen Sie ja.«

»Und der Ludwig? Der hat da nichts dagegen gesagt?«

»O doch!« Die Maria riss die Augen auf. »Und wie! Der hat getobt und ein-, zweimal haben sich die beiden verliebten Ochsen auch fast tot geprügelt im Wirtshaus. Aber was sollte er denn am Ende machen? Der Hasleitner war einer der wenigen im Ort, der sich überhaupt nix geschissen hat vor den Wimmers. Rein körperlich war er dem Ludwig sowieso überlegen. Die Erna wollt ihn nicht, den Ludwig, und auch dem alten Barthel war es ja nur recht, dass sie endlich weg war vom Markt. Bahn frei für die Kreszenz und die Riesenmitgift. Fast verdoppelt hat das den Wimmer-Grund. Die Hochzeit war dann sofort im Winter, nur ein paar Wochen nach der Hasleitner-Hochzeit. Und der Xaver kam dann auch direkt auf den kleinen Robert gefolgt. Damit war die Sache dann erledigt. Nicht schön, aber mei.«

Sie schüttelte traurig den Kopf und blickte auf das ramponierte Papier.

»Aber wenn das stimmt, was hier steht, dann hat sich der Ludwig am Ende doch einfach genommen, was er wollte. Vergewaltigung.« Sie seufzte. »Die arme Erna, das arme Ding. Bleibt der denn auch wirklich gar nichts erspart?« Fragend blickte sie den Meininger an. »Das kann der liebe Gott doch nicht zulassen, oder?«

Der Meininger tat sich in solchen Situationen immer ein bisschen schwer, für seinen Chef zu sprechen, und schüttelte nur den Kopf. Er deutete auf die Akte.

»Die Anzeige ist nur ein paar Wochen später wieder zurückgezogen worden. Vielleicht ist da gar nichts passiert? Vielleicht wollte die Erna einfach nur für Ruhe sorgen?«

»Herr Pfarrer ...« Die Maria bekam gleich wieder die bösen Augenschlitze. »Ich sag Ihnen jetzt mal eines. Die

Erna mag vieles sein, aber eine Lügnerin ist sie nicht. Und eine Anzeige gegen einen Wimmer zu erstatten, da gehört schon was dazu, das macht man nicht einfach so mir nix, dir nix. Das überlegt man sich zweimal, glauben Sie mir. Irgendwas muss da passiert sein, dass die Arme eingeknickt ist, und es war sicher nichts Schönes, das sag ich Ihnen. Irgendwas haben die der armen Frau angetan noch zusätzlich zu den furchtbaren Dingen. Und Sie, Herr Pfarrer …« Sie griff über den Tisch nach seinem Arm. Mit aller Kraft krallten sich ihre Finger durch sein Nachthemd. »Sie müssen rausfinden, was das war und warum die Erna keine Gerechtigkeit erfahren durfte. Das ist Ihre Pflicht, versprechen Sies!«

Wie sie ihn so anblickte, seine irdische Maria, sah sie in ihrem göttlichen Zorn wirklich aus wie eine halbe Erscheinung, und er konnte nur nicken. »Ja, versprech ich.«

»Und wissen Sie was, Herr Pfarrer? Wenn die Hasleitnerin es wirklich war und den Ludwig nach all den Jahren doch noch selbst für diese Sauerei bestraft hat. Also verdenken könnte ich es ihr nicht. Wirklich nicht.«

Das mit dem Rausfinden, das hatte die Maria so ernst gemeint, dass sie ihn nur ein paar Stunden später gleich abkommandierte, um mit der Hasleitner Erna über die alte Anzeige zu sprechen. Nicht eine Minute Schlaf war ihm mehr vergönnt gewesen, und nicht einmal den Simeon Hirsch hatte er noch einsammeln dürfen. So sehr lag der Maria diese Sache am Herzen. Aber auch der Meininger wollte nun wirklich rausfinden, was damals passiert war und ob das am Ende der Grund sein könnte, warum die Erna in letzter Minute keine Hilfe aus der Gemeindespende annehmen wollte. Und so schwang er sich trotz eisiger Kälte und müder Knochen in aller Herrgottsfrühe aufs Radl. Zur Hofeinfahrt raus kamen ihm auch brav der Feuerwehr-Basti und drei seiner Kameraden entgegen.

»Guten Morgen, Herr Pfarrer, Sie sind ja früh unterwegs. Wir würden die Sau holen, wenns recht ist?«

»Wunderbar, Basti, ganz wunderbar. Einfach rein, die sitzt in der Küche und wartet auf euch. Vielen Dank!«, sprach er und sauste an den etwas verdutzt dreinblickenden Burschen vorbei Richtung Eichenberger Dorfplatz. Eines, das musste man der irdischen Maria wirklich lassen, die hatte ihre Männer sogar noch besser im Griff als die Mutter Gottes.

Nach dem Hofbrand war die heim- und obdachlose Erna Hasleitner von heute auf morgen völlig mittellos auf der Straße gestanden. Erbarmt hatte sich sofort die Apothekerin Liebig und ihre Einliegerwohnung, die in der Apotheke eigentlich für den Nachtdienst vorgesehen war, als Übergangsbleibe angeboten. Auch wenn ihr da von den Mitbürgern viel Neugier und Skandalsucht als treibende Motive unterstellt worden waren, der Meininger war fest davon überzeugt, dass auch die Liebig am Ende das Herz am rechten Fleck hatte. Aus der Notlösung war aus Mangel an Geld zum Wiederaufbau des Hofes dann auch erst mal eine Dauerlösung geworden, und so kam es, dass der Pfarrer an diesem Morgen erst einmal bei der Frau Liebig in die Apotheke marschierte, um zur Erna Hasleitner vorgelassen zu werden.

Kaum hatte das kleine Glöckchen über der Eingangstür zu bimmeln aufgehört, kam die Apothekerin schon an die Theke geschossen. Service wurde hier noch ganz großgeschrieben.

»Einen wunderschönen guten Morgen, Herr Pfarrer. Meine Güte, was verschafft mir denn so früh schon die Ehre? Haben Sie sich was eingefangen? An Husten? Schnupfen? Grippe? Geht ja gerade überall um, gell, kann man fast nix machen dagegen, und bei dem Wetter die ganze Zeit. Ich sags ja immer, die Leute arbeiten einfach zu viel, vor lauter Hin und Her und dies noch und das noch kommt ja keiner mehr zur Ruhe. Und was passiert? Krank. Am Ende werden immer alle krank. Und jetzt hat es auch noch Sie erwischt, Sie Ärmster, aber wartens, ich such Ihnen gleich was zusammen. Das kriegen wir schon hin, gell, wir zwei?«

So einen Redewasserfall wie bei der Liebig, den musste man auch erst ein zweites Mal finden. Da konnte nicht einmal die Sonntagspredigt vom Meininger mithalten, so einen Sermon hatte die Gute immer parat. Kaum möglich, in diesen Monolog den eigentlichen Grund seines Besuchs zwischenzuquetschen. Eifrig stapelten sich wie von Zauberhand bereits die rettenden Packerl auf der Theke.

So schnell konnte der Meininger gar nicht schauen, da hatte Frau Liebig schon das Wick für den Tag und die

Nacht zusammengesucht, eine Packung Aspirin, Vitamin C und was man halt sonst noch so alles brauchte, um die gemeine Grippe in Schach zu halten. Bevor die Liebig mit Nasenspray zum Direktangriff übergehen konnte, unterbrach der Pfarrer den dynamischen Heilungs- und Verkaufsprozess.

»Vielen Dank, Frau Liebig, wirklich sehr nett. Sehr nett. Aber ich bin, Gott sei Dank, noch kerngesund. Mir fehlt überhaupt nichts. Ich wollte auch eigentlich gar nicht bei Ihnen stören. Ich müsst nur dringend mit der Frau Hasleitner sprechen, deswegen bin ich hier. Ist die schon aufgestanden? Könnten Sie mich netterweise ankündigen?«

Die Apothekerin stoppte mitten im Tablettenautopiloten und schaute den Meininger erstaunt an.

»Die Erna? Zur Erna wollen Sie? Aber, Hochwürden, wissen Sie das nicht? Die Erna, die wohnt schon seit Wochen nicht mehr bei mir oben. Die ist längst ausgezogen.«

»Ach?« Jetzt schaute der Meininger recht verdutzt aus der Wäsche. »Und wo ist sie hin, die Frau Hasleitner?«

Die Liebig wurde recht säuerlich. »Tja, Herr Pfarrer, das kann ich Ihnen leider auch nicht sagen. Weil, das weiß ich nämlich nicht. Das wollte die Erna mir nicht verraten. Da meint man, nach so viel Nächstenliebe und Hilfsbereitschaft, da wäre es das Mindeste, ein bisschen Freundschaft entstehen zu lassen. Ein wenig Vertrauen und Offenheit, aber nein, Undank. Undank ist der Welten Lohn. Glauben Sies mir. Nichts hat sie gesagt, überhaupt nix. Nicht, wie es ihr geht, nicht, warum sie plötzlich von heut auf morgen auf und davon ist, und auch nicht, wo sie hinwollte.

Aber mei, dann ist das eben so. Was soll man machen, hm, Herr Pfarrer? Ich kann sie ja nicht zwingen zum Reden und zu sonst auch nichts. Sie wird schon sehen, wo sie hinkommt, so ganz ohne Freunde und mit dieser Verschlossenheit und Geheimniskrämerei.«

Ohne Punkt und Komma ging es weiter. Der Meininger konnte gar nicht dazwischenfragen, musste er aber auch nicht. Kam eh alles von allein. Die Frau Liebig, die wäre eine super Täterin gewesen. Die hätte gleich alles von selbst gestanden, ganz ohne Ermittlung und den ganzen Schmarrn.

»Vor ein paar Wochen, da hat es angefangen. Da war sie immer mal wieder die eine oder andere Nacht nicht in der Wohnung oben. Nicht dass ich da nachspionieren würde, nein, nein, auf keinen Fall, Herr Pfarrer. Aber ich seh das ja an der Stechuhr, wissens. Wir haben da eine Uhr, so eine elektronische, die zeichnet auf, wann wer auf- und zuschließt, falls wir Nachtdienst haben. Und da seh ich dann ganz automatisch, wann die Erna kommt und wann sie geht. Ich bräuchte das ja nicht, aber ich kann ja auch nicht einfach die teure Elektrik wieder ausbauen, nur weil die Wohnung jetzt mal kurz privat genutzt wird. Verstehen Sie?«

Ja. Verstand er. Praktisch, so eine dienstliche Überwachung.

»Und dann sind die Nächte auf einmal immer mehr geworden, und eigentlich war die Erna nur noch kurz zum Sachenwechseln oben. Ungefähr drei Wochen ist das jetzt her, dass sie dann alles abgeholt hat. Und meinen Sie, die hätte sich wenigstens verabschiedet. Von Dank will ich ja gar nicht reden, aber ›Auf Wiederschauen, es war nett‹, das hätte man schon einmal sagen können, oder nicht? Tut ja nicht weh so was. Aber nix. Den Schlüssel hat sie mir in einem Umschlag hier auf die Theke gelegt. Genau hierhin.« Die Liebig klopfte mit dem Finger auf die Ablage.»Und das wars. Weg war sie. Seitdem hab ich sie auch nicht wiedergesehen. Verstehen Sie mich nicht falsch, Herr Pfarrer. Ich bin nicht beleidigt oder so. Man hilft ja nicht wegen dem Lohn, sondern aus reiner Selbstlosigkeit heraus, gell. Aber eines, eines das muss ich mir jetzt schon gut überlegen. Soll ich da jetzt morgen dann noch groß spenden für die Erna? Wenn sie ja die Hilfe, die man anbietet, eh nicht will?«

In diesen inneren Konflikt der Apothekerin wollte der Meininger sich jetzt auf keinen Fall einmischen. Bis zum Sanktnimmerleinstag würde er sonst hier festsitzen. Und dringend musste er doch die Hasleitnerin finden. Vor allem, da ihr Verhalten mit jeder Minute verdächtiger wurde.

»Ja, das mit der Dankbarkeit, das ist eben so eine Sache, das muss am Ende ein jeder für sich entscheiden. Und Sie wissen wirklich nicht, wo die Frau Hasleitner jetzt ist?«

»Nein. Das weiß ich wirklich nicht, Herr Pfarrer. Hab ich doch schon gesagt. Woher auch? Ich kann ja nicht hellsehen.«

»Nun gut, dann vielen Dank auch, Frau Liebig, und ich zähle dennoch auf Sie morgen«, wollte sich der Meininger schnell verabschieden.

»Und Ihre Medikamente, Herr Pfarrer? Was ist jetzt nachher mit den Tabletten? Extra rausgesucht habe ich alles für Sie.« Ihr vorwurfsvoller Blick bohrte sich in die geistliche Brust.

Fünf Minuten später und dreißig Euro ärmer saß der kerngesunde Meininger wieder auf seinem Radl. Am Lenker baumelte das Apothekensackerl mit genügend Grippemedizin, um auf jeden Fall bis zum Frühjahr durchzuhalten. So war das eben mit der Dankbarkeit. Bei den einen zu wenig, bei den anderen zu viel.

»Ich glaub, ich weiß, wer es war!«

»Ich glaub, ich weiß, wer es war!«

Gleichzeitig platzte es aus dem Meininger und dem Simeon heraus, kaum dass der Pfarrer in das kleine Bürokabuff vom Hirsch gestürmt war.

Weil er auch nicht so genau wusste, wo er jetzt anfangen sollte, nach der Hasleitnerin zu suchen, und außerdem mit dem Radl nicht wirklich weit herumkam, hatte er sich auf den Weg zu seinem Partner und dessen motorisiertem Untersatz gemacht. Die Polizeiinspektion Eichenberg, bestehend aus Simeon Hirsch und sonst niemandem, hatte ihr Hauptquartier im Rathaus. Aus Platzgründen und um der personellen Wichtigkeit gerecht zu werden, saß er im kleinen Hinterzimmer vom Büro der Bürgermeistersekretärin Elfi Hintermeier. Die bewachte wie ein Schießhund das Reich ihres Chefs, des Bürgermeisters Adolf Munzinger. Auf diesem Doppelposten entging somit nichts, aber auch gar nichts, den Augen und Ohren der obersten Dame von Eichenberg. Dem Meininger gelang es auch einzig und allein aufgrund seiner göttlichen Sonderstellung, so ganz ohne Anmeldung und höfischen Bückling an ihr vorbei zum Simeon durchzurauschen. Der ungnädige Blick im Nacken blieb ihm trotzdem nicht erspart, aber war jetzt so in der Eile auch egal.

»Der Leitner!«, rief der Simeon Hirsch.

»Die Hasleitnerin!«, platzte es aus dem Meininger heraus.

»Hasleitner? Erna Hasleitner? Herr Meininger, das ist aber jetzt nicht Ihr Ernst? Wie soll denn so eine arme gebrochene Frau zu so einer grausamen Tat fähig sein? Nein, nein, da liegen Sie leider völlig falsch, glauben Sie mir. Ich bin immerhin der Profi von uns beiden. Karl Leitner, das ist unser Mann, ich werd es Ihnen beweisen.« Er schnappte sich seine Jacke und den Mercedes-Schlüssel. »Los. Auf gehts!«

Nun gut. Er war der Profi. Auch wenn der Meininger der festen Überzeugung war, dass man gerade die gebrochenen Frauen nicht unterschätzen durfte. Vom Leben enttäuschte Opfer, da musste man besonders aufpassen. Dann sollte der Simeon erst mal machen. Aber weil er dann doch ein bisschen beleidigt war, dass der Polizist ihn gleich gar so abgewürgt hatte mit seiner Theorie, darum erzählte er auch erst einmal nichts von den Entdeckungen in der Wimmer-Akte.

Mit dem Leutefinden hatte der Meininger heute irgendwie kein Glück, denn auch der Leitner war nicht zu Hause, und alles Klingeln, Klopfen und Rufen änderten daran nichts. Totenstill war es hinter der Haustür. Also, Rückzug. Aber der Simeon dachte gar nicht daran, so schnell schon aufzugeben, und marschierte schnurstracks am Polizeiauto vorbei in Richtung Scheune und Hinterhaus. An jedem Fenster machte er kurz halt und versuchte, auf Zehenspitzen hüpfend einen Blick nach drinnen zu erhaschen. Dem Pfarrer war gar nicht wohl bei der Sache. Ermittlung hin oder her, das Schnüffeln, das lag ihm einfach nicht im Blut.

»He …«, rief er flüsternd krächzend dem Hirsch hinterher. »He, was machen Sie denn da?«

Der Kollege war schon lang rum ums Hauseck, und dem Meininger blieb nix anderes übrig, als hinterherzustiefeln. So ganz allein beim Auto warten an dem immer noch düsteren Morgen, das war ihm viel zu unheimlich.

Aber auf dem Hinterhof stand er genauso allein herum, keine Spur vom Simeon Hirsch. Wie vom Erdboden verschluckt, wohin der Meininger auch blickte. Plötzlich ein Rumpeln aus der Kühlkammer vom Leitner, und beim genaueren Hinschauen entdeckte der Meininger auch, dass die Tür einen kleinen Spalt offen stand. So viel also zum vertrauensvollen Miteinander und den offenen Türen in Eichenberg. Einmal nicht zugesperrt, und die Hirsche laufen raus und rein, wie es ihnen passt.

Obwohl noch nicht mal drin im Hirschkühlschrank, fröstelte es den Meininger schon draußen. Trotzdem folgte er tapfer den Geräuschen und hoffte inständig, dass der Simeon die Ursache war und nicht das mörderische Wild oder etwas noch Schlimmeres. Wie im besten Horrorfilm quietschte die schwere Eisentür in den Angeln, und der Meininger zuckte unwillkürlich zusammen bei dem Krach, den sie beide hier veranstalteten. Spätestens jetzt hätte ein jeder anwesende Hausherr senkrecht im Bett stehen müssen. Ob der Hirsch einen Durchsuchungsbefehl für die Hirschkammer hatte? Wohl eher nicht …

Es war noch viel zu duster, um an dem grauen Morgen gut was zu sehen, aber der Simeon, ganz praktisch, hatte einfach sein Telefon zu Hilfe genommen. Der Lichtkegel der kleinen Taschenlampe sauste wild an den Wänden von links nach rechts, dass einem ganz schwindelig werden wollte. Drinnen, hinter der Glastür in der Kühlung, hingen noch immer die zwei Böcke, die der Leitner während ihres letzten Besuchs bearbeitet hatte. Mittlerweile ganz sauber ohne Fell und Haut, und nicht einmal mehr den Kopf hatten sie behalten dürfen. Wirklich, kein schöner Anblick, selbst wenn man ansonsten an einem Sonntag ein Rehragout nicht verschmähte. Im Vorraum, wo der Simeon schon ganz wild umherschnüffelte, stapelten sich das Werkzeug, Kisten und ein Haufen Zeugs. Neben der Tür, ordentlich am Haken, hing die weiße Plastikschürze vom Leitner, trotz Saubermachen in der Mitte mit einem braunroten Fleck. Vom vielen Tiereaufschneiden hatte hier das Blut auf immer und ewig seine Spuren hinterlassen. Man konnte eben nichts gänzlich abwaschen, alles blieb irgendwie hängen.

Beinah wäre der Pfarrer auch gleich rückwärts wieder rausgestolpert aus dem Schuppen, so sehr erschrak er sich über die dunkle Gestalt, die gleich neben der Schürze an der Wand lehnte. Der Leitner! Das Herz klopfte ihm bis zum Hals. Als sich die Augen etwas besser an die Umgebung gewöhnt hatten, erkannte er in dem Schatten einen dunklen Wollmantel, der, ganz ohne Leitner drin, am Haken baumelte. Zur Sicherheit klopfte er das Ding einmal ab. Glück gehabt. Keiner drin.

Weiter hinten im Raum rumpelte der Hirsch in ein paar Plastikwannen herum und störte sich so gar nicht an der Eins-a-Halloween-Kulisse. An der Wand neben dem Simeon, säuberlich im Regal, ein Haufen erschreckend langer und scharfer Messer und recht fantasievolles Tötungswerkzeug, von der Knochensäge bis hin zu ein paar Zangerl, wo der Meininger auch nicht so recht wusste, was man damit anstellen sollte. Die Kollegen der katholischen Inquisition im Vatikan könnten dazu sicher was erzählen. Über ihnen baumelten von der Decke zwei tote Fasane und drei ordentlich große Hasen. Zwei der Eisenhaken waren noch leer. Perfekt geeignet für einen Pfarrer und einen Polizisten, musste der Meininger unwillkürlich denken, bis ihm wieder einfiel, dass der Leitner Karl ja gar nicht der Mörder war und sie hier im schönsten Hausfriedensbruch in den Privatsachen eines Unschuldigen herumwühlten.

»He, hallo, Herr Hirsch!«, rief er, so leise es eben ging, seinem übermotivierten Partner zu. »Hallo, aufhören, ich sag es Ihnen, der Leitner, der war es nicht.«

Aber der Polizist hörte ihm gar nicht zu vor lauter heißer Spur. Wie ein Bluthund steckte er kopfüber grabend und schnaufend in den Kisten. In dubio pro reo war im wahrsten Sinne des Wortes ein Fremdwort für den Hirsch. Hier gab es kein ›im Zweifel für den Angeklagten‹.

»Herr Meininger, jetzt kommen Sie endlich und helfen Sie mir.« Ohne sich umzublicken, winkte der Simeon ihn zu sich heran. »Halten Sie mir doch mal das Licht, damit ich besser was sehen kann.«

Dem Pfarrer war überhaupt nicht wohl dabei, erstens zum Mithelfer bei dieser Sache zu werden und zweitens noch tiefer in dieses finstere Loch hineinzumüssen. Aber rauskommen würde er sowieso nicht, und vielleicht konnte er das ganze Theater ein wenig beschleunigen. Mit einem tiefen Seufzer ließ er die Tür los und trat zum Hirsch, der ihm sofort die Telefontaschenlampe in die Hand drückte.

»Da hineinleuchten, bitte!«

Das grelle Licht, auf die Plastikwannen gerichtet, zeigte allerhand Sammelsurium. Für den Meininger überhaupt nix, was einen Mord beweisen könnte, sondern lediglich auf einen gschlamperten Mann hindeutete, der das mit dem Wegschmeißen noch nicht so ganz verstanden hatte. Der Maria würden sich die Haare aufstellen bei dem Anblick.

»Herr Hirsch, ich sag es Ihnen noch einmal. Wir sind hier auf der völlig falschen Spur. Der Leitner ist unschuldig. So sicher wie das Amen in der Kirche. Ich wollte Ihnen schon die ganze Zeit …«

»Herr Meininger, und ich sage Ihnen jetzt noch einmal und in aller Freundschaft, dass ich in dieser Angelegenheit der Profi und Sie nur der Helfer sind. Alle Indizien sprechen für unseren Jäger als Täter. Mit dieser unangenehmen Geschichte in Passau, die mir im Übrigen eine Beschwerde bei der Dienstaufsichtsbehörde eingebracht hat, von unserem Freund dem Constantin, wollte uns der gar nicht unschuldige Herr Leitner nur auf eine falsche Fährte locken.« Simeon Hirsch blickte kurz von den roten Plastikwannen hoch in den Lichtkegel des Telefons und kniff die Augen zusammen. »Eine sehr kurzsichtige Aktion in jedem Fall, aber wahrscheinlich hat er sich auch nur ein wenig Zeit verschaffen wollen, um weitere Beweise zu beseitigen. Vermutlich ist er gerade in diesem Augenblick am Tatort unterwegs, um nach der Klinge zu suchen, die natürlich aus seinem Besitz stammt. Er weiß schließlich nicht, dass wir ihm schon längst zwei Schritte voraus sind.«

Der Meininger konnte sich mit diesem Verdacht nicht wirklich anfreunden. »Aber was hätte denn der Leitner überhaupt für ein Motiv? Und ist das nicht wirklich recht blöd, den Wimmer erst mit dem eigenen Messer zu erstechen und ihm dann den Hirsch aus dem heimischen Kühlschrank in den Rücken zu bohren?«, fragte er recht skeptisch. »Da hätte er ja auch gleich neben dem Wimmer auf Sie warten können und nur zu sagen brauchen, ›Ich wars‹, oder nicht?«

Aber Ausfahrten und Umwege waren auf der Verdachtsautobahn vom Hirsch nicht eingeplant. Er winkte unwillig ab und raste weiter mit hundertachtzig Sachen auf die Verdachtsperson Leitner zu.

»Diese Fragen werden wir alle klären, wenn wir den Mörder erst einmal in Gewahrsam genommen haben. Im Kreuzverhör hat am Ende noch jeder sein Verbrechen gestanden.«

Ja, selbst wenn man sie nicht einmal begangen hat, dachte der Meininger und leuchtete auf die grausamen Werkzeuge zu seiner Linken. Vielleicht hätte der Hirsch sich ganz gut verstanden mit den Kollegen aus dem Vatikan.

»Herr Meininger, jetzt halten Sie bitte das Licht still, ich seh ja gar nichts. *Aua.* Mist! So eine Schei…«

Sofort richtete der Pfarrer die kleine Lampe wieder auf den Simeon und die Rumpelkisten. An irgendetwas tief unten in der Wanne hatte der Polizist sich den Finger blutig geritzt. Mit schmerzverzerrtem Gesicht lutschte er an der Wunde. Wehleidiger Kerl. Ein kleiner Kratzer, eigentlich gar nicht der Rede wert.

»Weil Sie auch nicht aufpassen, ich hab doch gleich gesagt, wir sollen hier nicht rumschnüffeln«, rügte der Pfarrer.

»Weil Sie nicht richtig leuchten!«, schimpfte der verletzte Simeon. »Was ist denn hier drin? Jetzt halten Sie doch endlich das Licht.«

Mit beiden Händen schob er den Krempel in der Kiste zur Seite, eine halbe Rolle alter Draht, ein paar rostige Nägel, einen Hammer, ausgebrannte Glühbirnen, ein Stück stumpfes Schleifpapier. Keine Ahnung, woran der Hirsch sich geschnitten hatte, aber hoffentlich war er tetanusgeimpft, dachte der Meininger und auch gleich, dass es ihm recht geschah. Das kommt eben vom Zu-neugierig-Sein.

»Aha, hier ist es! Was sagen Sie jetzt, Herr Meininger, was sagen Sie jetzt? Schuldig oder nicht? Haben wir unseren Mörder, oder was?«

Triumphierend riss der Simeon seinen Arm aus der Kiste und streckte die Hand samt Fundstück hoch über den Kopf. In dieser Siegerpose konnte der Meininger gar nicht erkennen, was sein Kollege da als Beweis gefunden hatte. Er hielt die Handylampe nach oben und starrte mit offenem Mund auf Simeons Faust. Mit den blutigen Fingern fest umklammert hielt der Polizist einen leeren Messergriff.

Ein wunderschöner Hirschfänger aus Horn, poliert, glänzend, nicht neu, aber sicherlich gut in Schuss. Nur leider, es fehlte die Klinge. Ausgezeichnet dazu passen würde wahrscheinlich eine etwa dreißig Zentimeter lange, beidseitig geschliffene aus Stahl. Und sowohl der Meininger als auch der Simeon wussten ganz genau, wo es eine solche gab.

»Das glaub ich nicht …«, flüsterte der Pfarrer.

»Ich habe es Ihnen gesagt«, triumphierte der Kollege Polizist mit einem breiten Grinsen im Gesicht. »Die andere Hälfte der Mordwaffe, das sollte als Beweis erst einmal reichen.« Er verpackte den Messergriff in einer kleinen Plastiktüte. »Und jetzt, Herr Meininger, jetzt lassen Sie uns den zugehörigen Mörder schnappen. Na los.«

Sprachlos drückte der Meininger das Taschenlampenlicht aus und folgte dem Simeon aus der Kammer. Ja, wer hätte das gedacht. Er sicherlich nicht. Aber die Beweise, die schienen eine deutliche Sprache zu sprechen. Seine inneren Zweifel hin oder her. Und eigentlich, eigentlich sah das hier ja schon nach schönster Mördergruft aus, mit den vielen grausigen Messern und Haken, da konnte man sich irgendwie dann doch mit der Theorie vom Hirsch anfreunden.

Sein Blick schweifte ein letztes Mal durch den Raum, und es schauderte ihn. Ja, würd schon passen, das Ganze. Vielleicht hatte er doch unrecht, konnte dem besten Pfarrer passieren. Am End würden sie sogar ein Motiv finden beim Leitner. Wenn sie nur erst mal den Leitner selber finden würden. Wo waren denn bloß die ganzen Leut hinverschwunden?

Ungeduldiges Hupen vom Hof riss den Meininger aus seinen Gedanken, und ihm fiel plötzlich auf, dass er ganz allein war in dem unheimlichen Kammerl. Bloß raus hier, bevor der Mantel an der Tür doch noch zum Leben erwachen würde, dachte er und machte sich davon. Der Mantel, der Mantel, irgendwo hatte er diesen Mantel schon einmal gesehen, irgendwie kam der ihm so bekannt vor. Aber viel wichtiger als ein alter Wollmantel war jetzt erst einmal der Messergriff und vor allem, dass sie schnellstmöglich den Besitzer dazu zur Rede stellten.

Auf dem Weg vom Leitnerhof zurück nach Eichenberg lag praktischerweise die örtliche Feuerwehrdienststelle. Wachstube, Spritzenhaus und die alte Lagerhalle, in der die Feuerwehrler immer ihre Feste abhielten. Dorthin hatten der Basti und seine Kollegen die Pfarrfestsau auf ihre letzte Reise gebracht, und der Meininger wollte kurz nach dem Rechten schauen. Außerdem konnte man da auch immer eine Handvoll Eichenberger Herren antreffen und gleich mal ein bisschen nach dem Leitner herumfragen, selbst der Simeon hatte ausnahmsweise nichts gegen den Plan vom Pfarrer einzuwenden.

Wie vermutet standen am Parkplatz auch tatsächlich ein paar Autos herum. Volltreffer. Der Hirsch parkte den Mercedes direkt vor dem Eingang zur Wache. Auf dem Weg ins Haus stieg ihnen plötzlich ein unglaublich appetitlicher Geruch in die Nase. Es roch so verführerisch nach krosser Ferkelschwarte, dass ihnen das Wasser richtig im Mund zusammenlief. Hier war die Sau wirklich in allerbesten Händen. Am liebsten wäre der Meininger direkt hinters Haus gelaufen, um sich eine kleine Kostprobe zu gönnen. Aber erstens, auch wenn das Schweinderl jetzt schon roch wie fast fertig, so ein Spanferkel muss Stunden um Stunden über dem Feuer gedreht werden, um wirklich gleichmäßig knusprig seine volle Köstlichkeit zu entfalten, das dauerte also sicher noch den ganzen Tag. Und zweitens war die Sau wie jedes Jahr das Highlight auf dem Pfarrfest. Feierlich wurde es am Vormittag auf den Parkplatz gefahren, vom Meininger und dem Bürgermeister angeschnitten und dann unter den ehrfürchtig wartenden Eichenbergern aufgeteilt. Da konnte es gar nicht angehen, dass schon am Anfang ein Pfarrermundgroßes Stück fehlte. Da musste sich auch ein Heiliger zusammenreißen und

noch ein wenig gedulden. Aber: Vorfreude war ja bekanntlich die schönste Freude, und so wie es hier am Parkplatz
schon köstlichst duftete, musste das dieses Jahr besonders
freudig werden. Auch der Simeon warf einen sehnsüchtigen Blick aufs Hauseck, blieb aber ebenfalls standhaft, und
schnell huschten die beiden ins Wachhaus.

Gleich an der Tür schlug ihnen glockenhelles Frauen-
lachen entgegen, und der Polizist blieb wie zur Salzsäu-
le erstarrt stehen, dass ihm der Meininger richtig in den
Buckel rumpelte vor lauter Überraschung. Unverkennbar
war es das Fräulein Beierlein, welches hier so einen rechten Spaß zu haben schien. Dieses Lachen, damit machte
sie nicht nur ihre Schüler verliebt, sondern gern auch mal
die halbe Feuerwehr und, da hatte der Pfarrer sich also
nicht getäuscht letztens am Marktplatz, auch den Herrn
Polizeiobermeister Simeon Hirsch. Mit knallrotem Kopf
stand er da wie angewurzelt und knetete ganz nervös die
Finger ineinander.

»Herr ... Herr Meininger, vielleicht wäre ... äh ... wäre
es vielleicht besser, wenn wir doch ... doch ... gleich nach
dem Leitner suchen. Und ... und ... dann ein andermal
wieder... wiederkommen?«

Ach, die Liebe. Der Pfarrer musste ganz schön aufpassen, dass er nicht aus Versehen loslachte, so verschüchtert
tippelte sein Kollege plötzlich von links nach rechts und
sah dabei nicht viel älter aus als die Gymnasiasten von der
Sandra Beierlein.

»Aber geh, Herr Hirsch. Was haben Sie denn auf
einmal?« Nicht zu lachen, das schaffte der Meininger ge-

rade noch so, aber ein kleines bisschen Boshaftigkeit, das musste selbst einem Pfarrer ab und an einmal erlaubt sein. Er war halt auch nur ein Mann. Langes Gewand hin oder her.

»Stimmt was nicht mit Ihnen? Sie haben ja auf einmal einen ganz roten Kopf? Fehlt Ihnen was?«

Gemein, so was von gemein.

»Nein, nein! Alles ... alles in Ordnung. Ich ... ich dachte nur ... vielleicht, vielleicht stören wir gerade bei irgendwas?«

»Aber geh, Simeon, wobei sollen wir denn stören? Hören Sie nicht? Das ist doch das Fräulein Beierlein, was da so nett lacht. Wobei sollen wir da denn stören, grad recht kommen wir, würd ich sagen.«

Und damit drängelte sich der Meininger am Hirsch vorbei, rein in die Wachstube. Vielleicht würden sie nicht nur erfahren, wo sie den Leitner finden konnten, am Ende ergab sich sogar noch eine Gelegenheit, dem Simeon in Sachen Liebesglück ein wenig unter die Arme zu greifen. Bei allem Spaß am Ärgern und Aufziehen war der Meininger ja kein Unmensch und sah es als seine Berufsaufgabe, Nächstenliebe zu verbreiten, wann immer sich eine Gelegenheit bot. Außerdem, ein nettes Paar würden die beiden Münchner abgeben, der Polizist und die Lehrerin, da konnte man nix sagen. Und der Meininger hätte nicht wenig Lust, auch einmal wieder eine Hochzeit zu feiern in Eichenberg. Nicht immer nur diese ewigen Beerdigungen.

»Grüß Gott, beieinander«, begrüßte er die kleine Zusammenkunft in der Wachstube, den stummen Simeon im Rücken stehend. Der schaffte es gerade mal so, sich nicht hinterm Rockzipfel vom Meininger zu verstecken.

»Habe die Ehre, Herr Pfarrer.« Der Basti sprang sofort von seinem Stuhl auf und streckte die Hand aus. Gut erzogen war der Bursche einfach, da gab es nix, der wusste eben, was sich gehörte. »Und der Herr Hirsch. Kommen Sie rein, kommen Sie. Mögens eine Tasse Kaffe? Oder vielleicht schon ein Bier? Ein Stückerl Eierlikörkuchen von der Sandra? Der ist furchtbar gut. Setzen Sie sich.«

Er deutete an den Tisch und in die fröhliche Runde. Um die halb aufgegessene Torte hatte sich der Großteil der Eichenberger Feuerwehrjugend versammelt, und die bis auf ein paar Krümel leer geräumten Teller bestätigten das Kuchenlob vom Basti. In der Mitte, ziemlich eingequetscht zwischen den breiten Burschenschultern, saß die Kuchenstifterin und war wie immer bester Laune.

»Hochwürden, was für eine Freude, und der Herr Hirsch …« Sie lugte am Meininger vorbei und lächelte ganz bezaubernd. »… das ist ja eine schöne Überraschung. Sie kommen grad recht. Setzen Sie sich, nehmens ein Stückerl. Ich hab unserer so netten und hilfsbereiten Feuerwehr einen Kuchen gebracht. Nur ein kleines Dankeschön, weil wir vor zwei Wochen mit der Mittelstufe beim Manöver dabei sein durften. Ein ganz spannender Tag, das sag ich Ihnen. So interessiert, so würd ich mir meine Schüler auch in der Klasse wünschen.« Sie zwinkerte einmal in die Runde. »Das nächste Mal bestell ich euch einfach direkt in die Schule.«

Allgemeine Begeisterung unter den Feuerwehrmännern.

»Selbstverständlich!«

»Aber freilich.«

»Jederzeit.«

So einfach war das also, vielleicht sollte der Meininger dem Kultusministerium einen dezenten Hinweis geben. Einfach eine junge hübsche Lehrerin hinstellen, und plötzlich war das Schulbankdrücken eine Freude für Jung und Alt. Selbst er wäre nicht abgeneigt, die ein oder andere Lateinlektion bei der Sandra Beierlein noch einmal aufzufrischen.

Die Lehrerin freute sich furchtbar über so viel Engagement, bedankte sich mit wunderbarem Glockenlachen und packte große Kanten der Torte auf zwei Teller.

»Jetzt zieren Sie sich nicht und leisten uns ein wenig Gesellschaft. Morgen haben Sie noch Stress genug. Aber so eine tolle Sache, das Pfarrfest. Herr Pfarrer, ich finde das ganz wunderbar, was Sie da machen für die arme Frau Hasleitner. Ganz bestimmt bin ich gleich in der Früh da und helfe. Und die Herren hier …« Sie klopfte dem jungen Burschen neben sich auf die Schulter. »… die haben ja hinten im Hof schon das Spanferkel überm Feuer. Wahre Grillmeister sind das, das kann ich Ihnen sagen.«

»Ja, wir können nicht nur Feuer ausmachen, wir können auch Feuer anmachen«, grinste der Untermeier Steffen recht deppert in die Runde.

»Also, Herr Pfarrer, Sie können ganz beruhigt sein«, bestätigte der Basti. »Wir haben die Sau total im Griff.

Läuft wie am Schnürchen. Vor zwei, drei Stunden haben wir sie hinten aufgespannt. Bis heut Abend ist die durch. Und morgen früh dann noch eine letzte schnelle Runde für die Kruste. Wollens mal rausschauen, wie sie sich macht?«

So stolz saß der ganze Haufen vor ihm, dass der Meininger gar nicht anders konnte, als zu nicken. Seinen Kuchen hatte er hungrig bereits verschlungen, wirklich wahnsinnig lecker. Gleich würde er sich auch noch das unangetastete Stückerl vom Simeon schnappen, der in einer Tour nur das Fräulein Beierlein anstarrte, als wäre er ein mondsüchtiges Kalb. Dann lieber mal bei der Sau nach dem Rechten sehen.

Es war ein Wunder. Anders konnte sich der Meininger im ersten Moment nicht erklären, was er sah. Beziehungsweise was ihm seine Augen zeigten versus was ihm seine Nase mitteilte. Noch intensiver als vorne auf dem Parkplatz roch es hier hinten im Garten ganz unverkennbar und speicheltreibend nach frittiertem Schweinefett. Um ihn herum schmatzten fünf Feuerwehrmänner und ein Polizist hörbar mit ihm zusammen, er konnte sich also gar nicht irren. Aber sehen, sehen konnte er nix vom krossen Braten. Völlig verdutzt schauten sie alle auf das eingespannte Schwein. Käsig-rosa und ganz und gar nicht knusprig hing es über der glühenden Kohle. Total immun gegen die Hitze, von göttlicher Hand geschützt vor den Flammen. Ein Omen vielleicht, dass es so kurz nach dem Wimmer-Mord und dem dramatischen Auftritt der Hasleitner Erna nicht der richtige Zeitpunkt für ein Fest war?

Der Meininger sah fragend zum Himmel und warf dann einen genaueren Blick auf den Feuerwehrgrill.

Weil es bei der großen Mannschaft immer eine ordentliche Personenzahl zu verköstigen galt, hatte der Wimmer Ludwig damals, sozusagen in Eigenregie, einen Grill gebaut, eigens für ebensolche festlichen Anlässe. Als Bastler und Hobbytüftler allererster Güte war ihm das ganz gut gelungen.

Eine alte gusseiserne Badewanne diente als Kohlebecken. Darüber konnte man nun wahlweise ein individuell angefertigtes schmiedeeisernes Gitter für Würstel, Nackensteaks und dergleichen legen oder aber links und rechts zwei Stangen in den Boden treiben, um auf die stählerne Querverbindung ein grillgeeignetes Tier, zum Beispiel ein Spanferkel, zu spannen. Über eine Autobatterie wurde der Spieß dann völlig automatisch gedreht, bis der gewünschte Gargrad erreicht war. Die niederbayerische Variante des Dönerspießes, wie man in Eichenberg oft, aber sehr anerkennend witzelte. Nicht wenige Mitbürger, die dem Ludwig für diese Erfindung gern den Nobelpreis samt Michelin-Stern verliehen hätten. Kein Dorffest, das ohne den Wimmer-Grill ausgekommen wäre, und selbst die Besucher der Bergpredigt hätte er damit vermutlich gut verpflegen können. So stolz war er auf seine Supermaschine gewesen, dass er sich als alleinigen Herrscher darüber ausgerufen hatte. So viel Ehre musste sein, der Grillmeister, das war immer der Erfinder selbst. Eine Tradition, die zu Lebzeiten vom Ludwig eine super Sache war, weil tolle Erfindung hin oder her, den ganzen Tag neben der Autobatterie herumhocken, das wollte außer dem alten Hauptbrandmeister eh keiner, Freibier hin oder her. Aber jetzt, posthum, jetzt rächte sich dieser große Wissensverlust über die Handhabung des Feuerofens. Es war als kein Wunder, dass das Schweinderl so jungfräulich aussah, sondern einfach eine zum Himmel schreiende Dummheit. Der Meininger schlug die Hände vors Gesicht, er mochte gar nicht länger hinschauen.

Die Kohle glühte, was das Zeug hielt, es brutzelte und knackste, das hatte die Jugend ganz ordentlich hinbekommen, nur leider war diese Temperatur viel zu heiß für ein stundenlang grillendes Ferkel, so fing es schon mal an. Und dann war ein Kardinalfehler auf den nächsten gefolgt. Offensichtlich hatte sich unter den Burschen kein Freiwilliger finden lassen, der hatte aufpassen wollen, auf Feuer und Sau, und das Schlamassel nahm ungehindert seinen Lauf.

So menschlich nackert und roh fleischig, wie die Sau auf der ihnen zugewandten Seite noch war, musste es wohl schon bei einer der ersten Umdrehungen passiert sein. Das Viech war zu schwer oder die Haltestangen nicht tief genug in die Erde gebohrt, jedenfalls hatte sich die linke leicht nach innen geneigt unter dem Gewicht. In der folgenden Grillrunde hatte sich dann das eine Hinterbein der Sau in der Stange verkeilt und das kulinarische Karussell gestoppt. Verzweifelt surrte der Motor der Autobatterie gegen die Stahlstange an, aber: keine Chance. Die Vorrichtung hielt, und zwar im wahrsten Sinne des Wortes. Denn sie hielt die Sau fest fixiert mit nur einer Seite über dem Feuer.

So eine Scheiße. Um ein Haar wäre dem Meininger ein lauter Fluch über die Lippen gerutscht. Der köstliche Geruch, der beim Pfarrer plötzlich viel mehr Ärger als Hunger verursachte, kam dementsprechend von der dem Feuer zugewandten verkeilten Hälfte der Sau, die mittlerweile mit ziemlicher Sicherheit gut angebräunt war.

»So eine Scheiße!«, rief der Simeon aus, was der Meininger nicht laut hatte sagen wollen, und rannte geistesgegenwärtig ohne Zögern auf den Grill zu. Endlich war der Groschen auch bei den Maulaffen der Feuerwehr gefallen, und die jungen Kerle stürmten hinterher. Dem Meininger und der Lehrerin blieb nichts anderes übrig, als die Notrettung mit entsetzten Blicken aus der Ferne zu beobachten.

»Scheiße, ist das heiß! Aua.«

»Hier, he Robert, halt einmal hier.«

»Zefix, macht mal einer den Motor aus jetzt!«

»Aufpassen, die ist sauglitschig, die Scheißsau!«

Und so ging es hin und her, ohne dass merklich eine Verbesserung der Situation zu beobachten war. Links und rechts zerrten die Burschen abwechselnd an dem Schwein und den Stangen. Wirklich Kraft und Einsatz konnte nicht gezeigt werden, da alles schon ordentlich heiß und somit kaum anzufassen war. Das Ganze sah eher aus wie der wilde Feuertanz einer Truppe Eingeborener, die sich eine ordentliche Portion Giftpilze gegönnt hatten.

Gerade als der Meininger jede Hoffnung aufgeben wollte und in Gedanken schon hochrechnete, wie viele Portionen Krustenbraten die Maria bis zum Samstag noch aus den wütenden Ärmeln schütteln könnte, kam der Simeon Hirsch mit zwei Eimern Wasser um die Ecke geschossen und löschte unter Dampfen und Zischen kurzerhand die Glut.

Entgeistert starrte die gesamte Löschtruppe den Polizisten an.

»Gar keine schlechte Idee«, grinste der Basti. »Löschen. Da hätten wir auch mal drauf kommen können.« Anerkennend klopfte er dem Hirsch auf die Schulter. »Wenn Sie mögen, können Sie gern zu uns rüberwechseln.«

»Der Herr Hirsch …«, flüsterte das Fräulein Beierlein leise, und ein bewunderndes Lächeln schlich über ihr Gesicht. »… wie immer der Retter in der Not.«

Skeptisch runzelte der Pfarrer die Stirn. Ja, Not mit Sicherheit. Retter, großes Fragezeichen, ganz großes. Was sollten sie jetzt bloß anfangen mit einer halb verkohlten Sau für eine ganze hungrige Pfarrgemeinde?

»Auf jeden Fall ist die jetzt erst einmal beschlagnahmt.« Mit stolzgeschwellter Brust stand der Hirsch vor ihnen, sein Blick fest auf die Lehrerin gerichtet. »Damit sicherheitshalber noch größerer Unfug verhindert wird. Um den Rest kümmern wir uns dann schon.« Er nickte dem Pfarrer kurz, aber sehr zuversichtlich zu. Dann aber sofort wieder Blick auf die Sandra. »Die Polizei, dein Freund und Helfer in der Not. Auf die Grünen, auf die kann man sich eben verlassen.«

Sehr bedröppelt und mit gesenkten Köpfen stand die Feuerwehr daneben und zeigte sich durch schuldvolles Schweigen reuig.

»Herr Pfarrer, das tut uns wirklich furchtbar leid ...«, setzte der Basti an, wurde aber sofort vom Helden der Stunde unterbrochen.

»Ja, ja, schon gut, schon gut. Ist ja Gott sei Dank nichts passiert. Noch nicht ...« Er kontrollierte, ob die Sandra auch brav zuhörte. »Glücklicherweise war die Polizei anwesend und Herr der Lage.«

Vielleicht sollte der Meininger noch mal überlegen, ob er hier wirklich den Amor spielen wollte. Schon ein bisserl ekelhaft, diese Angeberei. Aber immerhin, der liebestolle Simeon schien einen Plan zu haben. Was sehr gut war, weil der Meininger, der hatte gerade gar keinen.

»Jetzt alle mal mit anpacken und einpacken, die Sau. Wir nehmen die mit.«

Mit? Wohin? Wozu? Warum? Traute sich der Pfarrer alles nicht zu fragen, weil er dem Hirsch jetzt nicht in die Parade fahren wollte und es ihm ehrlicherweise auch ein wenig vor den Antworten grauste.

Als sie dann eine halbe Stunde später wieder im Auto saßen, grauste es dem Meininger wirklich ein jedes Mal, wenn er in den Rückspiegel schaute. Links und rechts aus dem nur halb geschlossenen Kofferraum streckte die medium gegrillte Sau ihre Beine in den Himmel. Da mochte einem wirklich langsam jeder Appetit auf Spanferkel vergehen. Eingewickelt in drei Meter Feuerwehrrettungsfolie sah das Viech mittlerweile mehr aus wie eine überdimensionale Streichwurst im Golddarm. Appetitlich war anderes, aber den Zweck hatte es erst einmal erfüllt. Gedreht und gewendet in alle Richtungen und mit recht viel Gewalt dazu, wollte das sperrige, fettige Tier einfach nicht ganz hineinpassen in den kleinen Kofferraum vom alten Mercedes. War halt nicht für so einen Schwertransport angelegt, das alte Auto. Aber in gemeinschaftlichem Pragmatismus hatten die Burschen und der Simeon das goldene Schweinderl, die Perversion des Lindt-Osterhasen, dann doch irgendwie halbwegs hineingequetscht und schließlich mit zwei Expandergurten den Kofferraumdeckel festgespannt. Dass die vier Schweinshaxen ins Freie ragten, wurde wohlwollend und voller Freude über die sonst sehr gelungene Verpackung ignoriert. Neben den rosa Schenkeln wirkten die Feuerwehrburschen durch den Rückspiegel betrachtet auch recht erleichtert, als das fürchterliche Ding dann endlich vom Hof fuhr. Zumindest kam es dem Meininger so vor, bei seinem kontrollierenden Blick auf die waghalsige Konstruktion. Würd schon halten bis zum Ziel. Aber wohin wollte der Hirsch eigentlich mit der Sau?

»Und was ist jetzt mit dem Ding?«, hakte der Meininger bei seinem Kollegen nach.

»Zum Metzger. Wohin sonst?« Der Simeon hatte also tatsächlich einen Plan. »Der Herr Hofbauer hat sich erst vor zwei Wochen einen nigelnagelneuen XXL-Grill angeschafft. Seit Monaten will er das Geschäft erweitern. Partyservice. Für große Feste wie für kleine. Lieferung, Abholung, alles ganz nach individuellen Wünschen. ›Ihr Fest ist uns nicht wurscht‹, das ist der Slogan. Haben Sie nicht das Plakat gesehen in der Metzgerei? Oder die Flyer? Den ersten Monat gibt es zehn Prozent Rabatt auf jeden Auftrag.«

Der Meininger schüttelte den Kopf. War das erste Mal, dass er davon hörte.

»Die Maria geht bei uns einkaufen«, erklärte er.

»Ach so, na dann. Aber eben. Der Hofbauer ist bestens ausgerüstet und kann das Ferkel sicher zu Ende grillen. Und zehn Prozent kriegen wir wahrscheinlich auch noch. Wobei ...« Nachdenklich kaute der Polizist auf der Unterlippe. »Bei einer angegrillten Sau, da bin ich mir jetzt auch nicht so sicher, wie die Preise da sind.«

»Einen Partyservice mit XXL-Grill.« Der Meininger runzelte die Stirn. »Da kam dem Hofbauer der Tod vom Ludwig ja gerade recht. Ein Haufen Aufträge, die da jetzt reinkommen, wo keiner mehr den Wimmer-Grill bedienen kann.«

»Aber, aber, Herr Pfarrer, Sie hören sich ja schon an wie ich. Der Hofbauer wird doch nicht zum Mörder wegen einem Partygeschäft. Also, das mag ich jetzt einfach nicht glauben. Ich sag es Ihnen. Karl Leitner, das ist unser Mann. Warum meinen Sie denn, dass der plötzlich wie vom Erdboden verschluckt ist? Die Kameraden von der Feuerwehr haben ihn auch schon zwei Tage nicht mehr gesehen. Spurlos verschwunden, haben sie gesagt. Den müssen wir finden, da wo nix mehr ist, da ist es verdächtig. Den Hofbauer, den brauchen wir nicht lang zu suchen, der steht in der Metzgerei, da bin ich mir sicher.«

Da stand er, der Hofbauer, und grinste auch gleich von einem Ohrwaschel zum anderen, als er nach Erklärung der Sachlage zusammen mit den beiden Ermittlern einen Blick auf den Leichnam im Kofferraum werfen durfte.

»Ihr Pfarrfest ist uns nicht wurscht, Herr Pfarrer, hä, hä, hä.« Er schlug dem Meininger so fest auf die Schulter, dass der beinah vornüber zur Sau gekippt wäre. »Das kriegen wir locker, Hochwürden, das wäre doch gelacht, hä, hä, hä. Perfekte Gelegenheit, um endlich den Grillmeister 2000 in der Praxis zu testen. Eine bessere Werbung für unseren neuen Partyservice, die gibts gar nicht. Ich verspreche Ihnen, ein so ein gutes Spanferkel, so was hat es in Eichenberg noch nicht gegeben, noch niemals nicht. Die Wimmer-Gedenksau, dann hat der alte Depp sogar auch noch was davon. Hä, hä, hä. Und wir auch, hä, hä, hä. Und Sie auch und die Eichenberger erst recht, hä, hä, hä.« Jetzt war der Simeon dran mit Auf-die-Schulter-klopfen. »Na, dann wollen wir mal, Herr Polizeiobermeister. Schaffen die grünen Gummiarme das? Hä, hä, hä.«

Mit vereinten Kräften und unter viel Geächze und Gestöhne hieften die beiden ungleichen Männer die Sau aus dem Auto und schleppten sie durch die Metzgerei, vorbei an der Wursttheke, wo sich schon allerhand schaulustige Eichenbergerinnen versammelt hatten, nach hinten auf den Hof. Der Meininger folgte auf dem Fuß, das Getuschel der Weiber im Nacken.

»Wos ist denn des?«

»Ja, ich weiß auch nicht.«

»Der Herr Pfarrer, wahrscheinlich die Grillsau für morgen.«

»Ich hab mich schon gefragt, obs eine gibt, jetzt wo der Wimmer nicht mehr ist.«

»Apropos Wimmer, gibts da schon was Neues?«

Und so weiter und so fort. Der Meininger versuchte, gar nicht erst hinzuhören, sonst käme gleich wieder das schlechte Gewissen über den sehr zweifelhaften Stand ihrer Ermittlungen. Irgendwie hatte er sich das alles ein wenig leichter vorgestellt. Der Hofbauer-Metzger hingegen witterte in der versammelten Schar Damen die beste Gelegenheit, sich bei den potenziellen Kundinnen vom neuen Partyservice einen Namen zu machen, und donnerte laut los.

»Und, Herr Pfarrer, ganz getreu nach unserem Motto: ›Ihr Fest ist uns nicht wurscht‹ …«, er verteilte munter bunte Flyer an die Damen, »… ist uns natürlich auch das Pfarrfest ganz und gar nicht wurscht. Darum kriegen Sie von uns in dieser Notsituation nicht nur zehn Prozent Rabatt, nein, Sie kriegen sogar …«, er legte angestrengt die Stirn in Falten und rechnete in seinem Kopf herum, »… so viel Prozent Rabatt, dass Sie überhaupt nix zahlen müssen.« Plötzlich fiel es ihm ein. »Also hundert Prozent Rabatt. Der Partyservice Hofbauer schenkt Ihnen dieses Jahr das Spanferkel! Was sagen Sie jetzt dazu, Herr Pfarrer, ha? Ist das was, oder ist das was?«

Eigentlich hätte der Meininger jetzt korrekterweise klarstellen müssen, dass das Spanferkel eine Spende vom toten Wimmer war und sozusagen nur die Grillerei vom

Hofbauer obendrauf gestiftet wurde. Und wenn man es noch genauer nehmen wollte, dann auch die nur zur Hälfte, weil die andere Hälfte ja schon von der Feuerwehr und so. Aber was solls. Mit einem Blick in die Runde der begeistert blinzelnden Damen und auf den Hofbauer, schon die Dollarzeichen in den Augen, beließ er es bei einem anständigen Bedanken.

»Danke, danke, Herr Hofbauer, wirklich vielen Dank. Die Gemeinde Eichenberg ist Ihnen zu …«

Das restliche Danke blieb ihm im Hals stecken, weil sein Blick, der war plötzlich an der Margit Gschwentner hängen geblieben. Mit offenem Mund starrte er sie an. Wie sie da stand, das Tüterl mit dem gemischten Aufschnitt fürs Wochenendfrühstück in der Hand in ihrem dunklen Mantel.

Der Mantel, der Mantel, dem Meininger war, als würde ihm das Hirn gleich aus dem Schädel springen vor lauter Arbeiten.

»Herr Meininger, alles in Ordnung?«, fragte die Wurstverkäuferin hinter der Theke. »Gehts Ihnen nicht gut? Sie sind ja plötzlich kasweiß im Gesicht. Mögens ein Radl Wurst?« Sie streckte den fleischigen Arm mit einer Scheibe Gelbwurst zwischen den Fingern über den Tresen. »Da, schauns her, essens des, dann gehts gleich wieder vorbei.«

Dann gehts gleich wieder vorbei. Alles geht vorbei. Alles, alles geht vorbei. Im Pfarrerschädel trällerte der Ohrwurm plötzlich von ganz alleine los.

Alles, alles geht vorbei, doch wir sind uns treu.

*Marmor, Stein und Eisen bricht, aber unsere Liebe nicht …
alles, alles geht vorbei …*

Das Lied, woher kam das denn jetzt? Und dann plötzlich, ein kleines Zahnrad griff ins nächste, und plötzlich fiel dem Meininger alles so schnell und auf einmal zusammen wieder ein, dass ihm ganz schwindelig wurde. Vom leeren Schädel zum randvollen in zwei Liedzeilen, das war fast zu viel für einen Kopf. Das Lied, der Klingelton vom Leitner Karl. Das »Schatzi« hatte angerufen. Der Mantel in der Kühlung beim Leitner, fast wie der von der Gschwentnerin, aber eben nur fast, weil dort ein Herrenmodell, hier ein Damenmodell. Aber gesehen hatte er trotzdem das Herrenmodell an einer Dame. Und zwar in seiner eigenen Küche, grad erst ein paar Tage war es her. Und getragen hatte ihn niemand anderes als die zweite Verschollene, die Hasleitner Erna.

Die Erna im Mantel vom Leitner, die bei ihm in der Küche saß, die plötzlich kein Geld mehr wollte und die dann von heut auf morgen verschwunden war. Die war das Schatzi vom Jäger, dem die Klinge zu seinem Messer fehlte.

Dem Meininger wurde gleichzeitig heiß und kalt, Schweiß trat ihm auf die Stirn. Er packte den Simeon Hirsch am Arm und flüsterte mit krächzender Stimme.

»Es tut mir leid, Sie hatten recht. Der Leitner wars. Aber er war es nicht alleine.«

Die Pupillen vom Polizisten wurden ganz groß. Geistesgegenwärtig griff der Hirsch ihm stützend unter die Arme und schob den zittrigen Pfarrer aus der Metzgerei.

»Dem Herrn Pfarrer, dem ist es nicht so gut. Ich bring ihn lieber mal nach Hause. Der Stress, Sie verstehen. Aber, Herr Hofbauer, Gott sei Dank konnten Sie ja helfen mit Ihrem wunderbaren Grillmeister 2000. Kann ich Ihnen allen nur empfehlen. Das Ergebnis, das dürfen wir dann ja alle morgen bewundern. In diesem Sinne: einen schönen Tag.«

Und draußen waren sie und zwei Minuten später auch schon wieder im Auto, volle Fahrt Richtung Pfarrhaus.

Zu dritt saßen sie um den Küchentisch beim Meininger zu Hause. In der Mitte, vom vielen Durchblättern und Lesen schon ganz verknittert, die Polizeiakte vom Wimmer Ludwig. Daneben eine fast leere Flasche Melissengeist, weil, ohne wäre das Ganze einfach kaum zu verdauen. Da hatte die Maria schon recht. Nachdem sicher eine Viertelstunde vor lauter Bestürzung keiner was gesagt hatte, machte die Maria irgendwann den Anfang.

»Die Erna und der Karl. Also, das hätte ich jetzt auch nicht gedacht, dass die dann so spät im Leben doch noch zueinandergefunden haben. Ewig schad, dass es dann so tragisch enden muss.«

»Was soll denn das heißen?«, fragte der Meininger. »Doch noch?«

»Na, die waren einmal ein Liebespaar oder zumindest furchtbar verliebt ineinander. Aber das ist wirklich ewig her. In der Schule waren wir damals noch. Richtige Kinder. So eine erste Liebe eben. Ganz genau kann ich mich da nicht erinnern, ich glaub, die Erna hatte damals einfach viel zu viele Verehrer und recht strenge Eltern noch dazu. Jedenfalls, was Festes ist nie geworden draus. Mei, kennt doch jeder, so einen Jugendschwarm, oder?« Sie blickte fragend in die Runde.

»Sie glauben also, dass der Karl Leitner und die Erna Hasleitner heimlich ein Paar sind?«, fragte der Simeon mit grabernster Stimme nach. »Und dass die beiden den Hauptbrandmeister gemeinschaftlich ermordet haben aus später Rache an der, ich will es nur einmal gesagt haben, nicht bewiesenen Vergewaltigung an der Frau Hasleitner in Jugendjahren? Versteh ich Sie richtig?«

Der Meininger nickte. Exakt, das war seine Theorie.

»Und Sie glauben weiter, dass das der Grund war, warum die Frau Hasleitner die Spende aus der morgigen Tombola abgelehnt hat und warum jetzt beide Personen unauffindbar sind?«

Der Meininger nickte weiter. Und dann bewies endlich auch der junge Ermittler etwas Hirn und Verstand. Der Hirsch nickte ebenfalls zustimmend.

»Macht Sinn, Herr Pfarrer. Beide Personen scheinen ein gravierendes Motiv zu haben, die Spuren sprechen eine ähnliche Sprache, und gemeinsam wären sie auch in der Lage gewesen, den Hirsch in den Wald und an den Tatort zu transportieren. Vermutlich ein Ablenkungsversuch, um das Ganze dann doch eher nach Ritualmord oder Dummejungenstreich aussehen zu lassen. Respekt, Herr Meininger, Sie können stolz auf sich sein, Eins-a-Ermittlerarbeit.«

So wirklich wollte sich beim Meininger aber kein Stolz einstellen. Ganz im Gegenteil, fast hatte er ein schlechtes Gewissen, dass er den Simeon auf die jetzt wirklich heiße Spur gebracht hatte. Dabei hatte er sich so sehr gefreut, dass der Leitner endlich nicht mehr ganz so allein war im Leben, als er das »Schatzi« auf dem Handydisplay entdeckt hatte. Und auch der Erna würd er es mehr als gönnen, wenn das Leben endlich wieder mal in Richtung Glück abgehoben wäre. Alte Liebe rostet nicht. Das hätte ein richtig schönes Happy End geben können.

Und jetzt? Gefängnis? Wieder getrennt?

Warum mussten die Leut auch immer so dumm sein?

»Was haben die sich nur dabei gedacht?« Auch die Maria war ganz außer sich. »So eine dumme Sache. Hätten es doch so schön haben können, so schön. Das Geld nehmen, den Hof wiederaufbauen, wäre doch so einfach gewesen. Und jetzt?«

»Jetzt müssen wir sie erst einmal finden. Ich werd gleich nach Passau telefonieren und mir einen Haftbefehl für beide ausstellen lassen, dann große Fahndung, Suchaktion. Aber recht weit dürften die ja noch nicht sein.«

Ganz resolut und nach Vorschrift, der Hirsch. Da wurde einem noch klarer, wie ernst die Lage eigentlich war. So wirklich gut fühlte sich scheinbar keiner der drei dabei, das Liebespaar zu jagen. Schweigend starrten sie sich an.

In die Stille hinein schrillte das Pfarrerstelefon dann gleich doppelt so laut. Der Meininger machte vor Schreck einen richtigen Hüpfer auf der Bank. Die Maria sprang auf und rannte in den Flur zum Apparat.

»Katholisches Pfarramt Eichenberg. Huber spricht.«
Und dann passierte etwas ganz Ungewöhnliches. Der Maria wich alle Farbe aus dem Gesicht, sie umklammerte mit einer Hand das Flurschrankerl und starrte den Meininger durch die Küchentür an. Wortlos kam sie mit dem Telefon auf ihn zu und drückte es ihm in die Hand.

Jetzt wieder ganz gut, dass der Meininger schon auf dem Bankerl saß und den Melissengeist direkt vor der Nase stehen hatte. Denn als ihm dann die verschollene Mordverdächtige Erna Hasleitner am Telefon erzählte, dass sie es sich doch noch einmal anders überlegt hatte und am morgigen Pfarrfest die Spende der Eichenberger gern entgegennehmen wollte. Da zitterten dem Meininger vor Aufregung die Hände und Knie so sehr, dass der Hochprozentige dringend notwendig war. Wer suchet, der findet also auch. Nur, dass es so schnell gehen würde, darauf waren die drei dann doch nicht gefasst gewesen.

VIII
Stunde der Wahrheit

Am nächsten Morgen konnte man schon gleich beim Ein- und Ausschnaufen spüren, dass das kein gewöhnlicher Samstag war in der Pfarrersküche. Die Aufregung von allen lag schwer in der Luft. Zusätzlich hingen da noch allerhand leckere Düfte von den ganzen Kuchen und Torten, vom frisch gebackenen Leberkäs und dem vielen Kaffee in den großen Thermokanistern. Aber ausnahmsweise hatte der Meininger mal so überhaupt keinen Appetit. Viel zu nervös war er, dass auch ja alles glatt laufen würde bei dem nicht ganz unkomplizierten Plan, den der Polizist, der Pfarrer und seine Köchin noch vor dem Morgengrauen gemeinschaftlich ausgeheckt hatten.

Nur für eine Mütze Schlaf und schnell zum Uniformwechseln hatte sich der Simeon von seinen Komplizen verabschiedet und sich brav gleich in aller Herrgottsfrühe zurück zum Dienst gemeldet. Jetzt staunten die beiden nicht schlecht, als er gleich auch noch eine offizielle Vorladung für das tatverdächtige Liebespaar aus der Tasche zauberte.

»Ja, wie haben Sie das bloß geschafft?«, fragte die Maria ganz verblüfft. »Mitten in der Nacht, aus Passau? Das ist ja wie ein Wunder, ist das.«

»Nein, liebe Frau Huber, kein Wunder.«

Er grinste spitzbübisch. »Mehr so eine Art pragmatische Lösung in einer Notsituation.«

Sein Finger zeigte auf den Polizeistempel neben dem Briefkopf und auf die Signatur ganz unten. Gemeindestempel Eichenberg, Unterschrift »Polizeiobermeister Simeon Hirsch«.

Aha. War der Simeon auf dem Weg nach Hause also noch im Gemeindebüro vorbeigelaufen und hatte sich den schönen Schein einfach selber ausgestellt. Manchmal auch ganz praktisch, wenn man so in Personalunion eine ganze Abteilung war.

»Und das ist rechtens?«, fragte die Maria, skeptisch wie immer.

»Wo kein Kläger, da kein Richter«, verteidigte sich der Hirsch. »Für den Anfang muss es genügen. Und wenn wir dann erst ein Geständnis haben, dann kommen die Kollegen schon in die Gänge. Ich habe dem Hauptkommissar Weingärtner bereits auf Band gesprochen. Alles nur noch eine Frage der Zeit.«

Na hoffentlich behielt der Simeon Hirsch recht. Mit den Geständnissen hatten sie bisher ja eher weniger Glück gehabt, dachte der Meininger bei sich, wollte aber jetzt auch nicht der Spielverderber sein, wo sie sich das so schön überlegt hatten.

Freilich hing alles erst mal davon ab, dass die Hasleitner Erna auch wirklich kommen tät zum Fest, so wie sie es dem Pfarrer am Telefon versprochen hatte. Und dann weiter, dass auch der Leitner Karl wieder aus der Versenkung auftauchen würde. Das waren die beiden entscheidenden Weichen in ihrem Plan. Und dann konnte es losgehen mit dem Undercover-Ausfragen.

Weil der Leitner in ihren Augen eher das starke Glied in der Zweierkette war, sollte die Maria erst mal die Erna in Beschlag nehmen und ein wenig mürbe ratschen. Quasi von Frau zu Frau, mit ganz furchtbar viel Mitgefühl und »Ich versteh ja, wie's Ihnen geht, Sie Arme« und so. Das, was die Frauen halt so besonders gut können, auch wenn sie es eigentlich fast nie so meinen. Vielleicht noch den ein oder anderen Schnaps gegen die Aufregung. In Wahrheit aber natürlich mehr, um die Zunge ein wenig zu lockern und der Erna das Geheimnis um den Leitner Karl aus der Nase zu ziehen.

In dieses so geschaffene Vertrauensverhältnis zwischen den beiden Damen würde sich der Meininger dann als irdische Repräsentanz Gottes einschalten. Insgeheim hoffte der Pfarrer, dass allein schon seine Anwesenheit und sein Amt ausreichen würden, um die Erna zu einer Spontanbeichte zu bewegen. Sollte das aber nicht der Fall sein, so würde der Pfarrer das Gespräch unauffällig auf den Wimmer Ludwig lenken und ganz unschuldig in Richtung Vergangenheit fragen.

Aus sicherer Entfernung, aber möglichst in Hörweite sollte wiederum der Herr Hirsch alles mit professionellem kriminalistischem Auge beobachten. Vor allem die Gesichtsausdrücke und die Körpersprache der Verdächtigen wären dabei von entscheidender Bedeutung, erklärte ihnen die Maria fachmännisch. Gestik und Mimik der Erna sozusagen ein eingebauter Lügendetektor, und daran würden sie genau erkennen können, ob die Erna nun den Wimmer umgebracht hatte oder nicht.

An dieser Stelle hätte der Meininger gern den ein oder anderen zweifelnden Gedanken geäußert, aber da war wieder die Sache mit dem Spielverderber. Außerdem, so viel Selbst- oder wenigstens Gottvertrauen musste sein. In seiner Version der Befragung würde sich die Erna ohnehin der väterlichen Gnade seines Amtes anvertrauen. Da musste der Hirsch dann gar nicht mehr irgendwelche Stirnfalten oder Ausweichblicke beobachten. Da würde die Hasleitnerin alles ganz von selber zugeben, fast so, wie es die Maria aus ihren Krimis erzählte. Gewissenserleichterung eben.

Und dann, da waren sie sich jetzt nicht ganz einig, würde der Leitner entweder, ganz galanter Liebhaber, seiner Herzensdame zu Hilfe eilen und alle Schuld auf sich nehmen, oder eben die Erna würde ihn als Mittäter entlarven. Oder, dritte Alternative, irgendwas dazwischen.

Das war aber am Ende auch gar nicht so wichtig, weil Hauptsache, erst einmal Liebesbeziehung gestehen, dann Mord und am Ende den ganzen Rest erzählen. Da konnte man sich dann auch wieder Zeit lassen dafür. Und dass die beiden zusammen unter einer Täterdecke steckten, daran bestand im Grunde sowieso kein Zweifel. So viel also zu dem Wimmer-Mord-Aufklärungsprojekt.

Dass es neben dem ganzen Detektivspielen auch noch ein Pfarrfest zu organisieren gab, das hätten die drei im Eifer des Gefechts beinah völlig vergessen. Der Anruf vom Hofbauer, was denn jetzt wäre mit der Sau, der kam also genau zum richtigen Zeitpunkt. Todesfall Wimmer hin oder her, es gab schließlich auch noch ungefähr vierhundert hungrige Eichenberger, die an diesem Wochenende nicht zu kurz kommen wollten.

»Herr Pfarrer, melde gehorsamst, die Sau ist durch. Hä, hä, hä. Ganz einfach war es nicht, hä, hä, hä. Dafür haben die Burschen von der Feuerwehr gesorgt, hä, hä, hä. Aber nix, was der Grillmeister 2000 nicht schaffen würde, gell. Hä, hä, hä. Wir habens dann schon hingekriegt, wie gewünscht.«

Erleichtert atmete der Meininger auf. Wenigstens an dieser Front zeigte der Herr sich gnädig.

»Jetzt wäre meine Frage, Herr Pfarrer, wann und wo sollen wir es anliefern, das Wimmer-Gedenkspanferkel?«

So recht einverstanden war der Meininger nicht mit der kulinarischen Titelei des Hauptganges, vor allem vor dem Hintergrund ihrer laufenden Ermittlungen, aber was solls. Hauptsache, das Ding schaffte es rechtzeitig zum Fest.

»So gegen elf, das wäre großartig, Herr Hofbauer. Wenn das machbar wäre? Direkt zur Turnhalle vom Gymnasium, wenns passt?«

»Aber freilich, Herr Pfarrer, freilich. Das passt ganz wunderbar.« Der Meininger hörte den Hofbauer durch den Hörer nicken. »Eine Sache, Herr Pfarrer, eine Sache, die wollt ich noch fragen.«

»Ja, bitte, was denn?«

»Herr Pfarrer, nun ja, nun weil wir die Sau ja quasi gratis und ganz für umsonst hergerichtet haben, gell …«

Der Meininger verkniff sich seine Kommentare dazu und hörte weiter. »Ja?«

»Ja, da haben wir gedacht, also ich und meine Frau, wir haben gedacht … ob es recht wäre, wenn wir sozusagen als Werbung für den Partyservice Hofbauer, also, damit die Leut auch gleich sehen, wie das Ferkel so super geworden ist, also …«

»Jetzt spucken Sie's schon aus, Herr Hofbauer.«

»Also, wir würden das Spanferkel gern direkt samt dem Grill hochfahren, wenns genehm ist. Eine Ehrenrunde, wenn die Leut alle schön versammelt sind vor der Schule. Das wäre eine super Sache. Wenn ihnen dann schon allen das Wasser im Mund zamläuft und sie gleichzeitig dazu unseren Grill sehen. Also, damit würden Sie uns wirklich einen Riesengefallen tun, Herr Pfarrer, dann wären wir quasi quitt.«

Wenn es weiter nichts war. Dem Meininger sollte es nur recht sein. »Herr Hofbauer, mir ist das doch völlig wurscht, wie Sie die Sau herbringen. Von mir aus fahren Sie die in der Kutsche vor. Hauptsache, um elf gibts ein Fleisch.«

»Super, Herr Pfarrer. Super. Und dank schön.«

Wie für alle hohen Tage im Kirchenkalender hatte die Maria dem Meininger auch fürs Pfarrfest sein schönstes Messgewand rausgelegt. Frisch gewaschen und feinst säuberlich aufgebügelt, hing es in seiner Bürostube bereit. Auch nach so vielen Jahren im Dienst der Kirche überkam ihn immer noch ein ganz wunderbares Gefühl, wenn er den prächtigen Talar betrachtete. Der grüne Seidenbrokat schimmerte festlich warm unter seinen Händen, und die aufwendigen Goldstickereien auf Brust und Rücken zeugten von viel Liebe zum Detail und meisterlicher Handarbeit. Sollten die Protestanten ruhig in Schlichtheit beten und andächtig sein. Für ihn gehörte in eine anständige Kirche, neben reihenweise geschnitzter Heiligen, bunter Votivtafeln und ein paar sagenumwobener Reliquien eben auch ein richtig aufgebrezelter Pfarrer. Das machte es auch gleich so viel leichter mit der Ehrfurcht vor der göttlichen Macht. Und schöner zum Anschauen während des faden Gottesdienstes war es obendrein. Freilich, für Anlässe wie ein Pfarrfest war es laut Kirchenstatute eigentlich nicht erlaubt, sich so zu schmücken, nur für den Gottesdienst ins feine Gewand, bitte schön. Aber, wie hatte der Hirsch so schön gesagt: Wo kein Kläger, da kein Richter, und sein göttlicher Richter hatte sich zu diesem Thema auch noch nie bei ihm beschwert.

Wie immer, wenn er die Robe überwarf, fühlte er sich gleich noch ein wenig mehr als Pfarrer. Irgendwie würdiger, und es kam ihm so vor, als wäre der Draht nach oben doch ein wenig intensiver. Die Verantwortung seiner Aufgabe drückte fester auf die Schultern. Aber vielleicht war es auch einfach nur die schwere Stickerei, immerhin, echte Goldfäden waren das.

»Mei, Hochwürden, Sie sehen immer so festlich aus in Ihrem schönen Gwand«, seufzte die Maria und schlug vor lauter Ergriffenheit die Hände vor der Brust in ein »Amen« zusammen.

»Ich wünscht, ich könnt es Ihnen jeden Tag anziehen.« Vom Priester zum Fatschenkindl in zwei Sekunden. Das war dem Meininger auch noch nicht passiert. Vielleicht musste er mit der Maria mal das ein oder andere Wörtchen reden in puncto Bemutterung. Aber wem machte er da was vor, eigentlich war es ihm gerade recht, so wie es war.

Aber auch die Maria hatte sich ganz ordentlich herausgeputzt für den festlichen Anlass. Keine Spur mehr von der alten Kittelschürze, die sonst tagein, tagaus ihre Dienstuniform war. Heimlich freute sich der Meininger immer ganz besonders auf den Sonntag oder auf die Feiertage. Weil, das waren die Tage, da verwandelte sich seine Köchin jedes Mal in einen ganz besonders feschen Schmetterling.

Ein knielanges dunkelblaues Kleid hatte sie an, mit lauter bunten Blumen drauf, die Haare geflochten und zu einem schönen Kranz um den Kopf gesteckt. In den selten getragenen Stöckelschuhen war sie fast genauso groß wie der Meininger selbst. Eine immer wieder ungewohnte Perspektive, so Auge in Auge mit ihrem stechend blauen Blick. Aber heute, da lächelte sie ja Gott sei Dank recht wohlwollend und strich dem Meininger das Gwand auf der Schulter glatt.

»Wird schon werden, Leopold. Wird schon alles gut gehen. Keine Sorge.«

Und draußen war sie wieder zur Tür.

Sprachlos blieb der Meininger zurück. *Leopold.* So hatte
die Maria ihn noch nie genannt, wirklich noch überhaupt
nie.

In gemeinschaftlicher Arbeitsleistung der Eichenberger
Landfrauen und unter Oberaufsicht von Margit Gschwentner, ihres Zeichens Vorsitzende des katholischen Frauen-
bundes, war der Aufbau des Tortenbüfetts in der Turnhalle schon in vollem Gange. Der Meininger kam gerade
recht zur Abnahme der ordentlich aufgereihten Back-
waren. Bergeweise türmten sich Kringel und Krapfen, But-
tercremetorten und Blechkuchen. Man mochte fast eine
Spontandiabetes bekommen bei dem Anblick. Emsig wie
die Bienen im Zuckerrausch schwirrte das Eichenberger
Weibsvolk ganz geschäftig dazwischen herum. Hier noch
eine Tischdecke glatt ziehen, da noch schnell die Kasse
aufbauen, soll ja auch was reinspülen, die ganze Aktion,
und auf keinen Fall Teller und Gabeln vergessen. Eine war
fleißiger als die andere und alle miteinander genauso begeistert vom Meininger-Aufzug wie die Maria.

»Zacksndi, Herr Pfarrer, Sie schaun ja super aus!«

»Mei, ein so ein fesches Gwand, was Sie da heut zum
Pfarrfest anhaben.«

»So eine feine Stickarbeit, sieht man sofort, dass das was
ganz Besonderes ist. Sehr festlich, sehr fein.«

»Wie das Jesulein höchstpersönlich schaun Sie heut aus.«

Es trieb dem Gelobten richtig die Hitze in sein feines Gewand bei so viel Huldigung.

»Aber, meine Damen, meine Damen. Ich bitte Sie.« Beschwichtigend winkte er in die Runde. »So viel Anerkennung für einen bescheidenen Diener Gottes.«

Hoffentlich war die Maria nirgends in der Nähe und hörte ihm zu. »Das Lob gebührt ganz Ihnen, ganz Ihnen. Was Sie hier wieder alles gezaubert haben an Köstlichkeiten. Ein wahres Festmahl, in der Tat. Das übertrifft ja sogar noch das letzte Jahr.«

»Wir haben uns dieses Mal auch ganz besonders Mühe gegeben.«

Die Bienenkönigin alias Margit Gschwentner hatte sich von ihrer Schar abgesondert und die Gelegenheit ergriffen, dem Pfarrer die viele Arbeit in allen Einzelheiten noch einmal zu schildern. Damit der Fleiß der Damen auch ja auf alle Fälle bis ganz nach oben zur himmlischen Dienststelle zu sehen und zu hören war. Und hoffentlich dort auch gleich in einen ordentlichen Bonus umgewandelt werden würde.

»Tag und Nacht haben wir durchgebacken, Hochwürden. Da war sich keine zu schade. Soll ja ordentlich was zamgehen bei der Spendensammlung. Eine kleine Aufgabe für mich, eine große Freude für den anderen, sag ich immer, gell.«

Der Meininger hatte es doch gewusst. Auf seine Schäfchen war Verlass. Vor allem auf die Muttertiere in seiner

Herde. Da würde keine sich nachsagen lassen, sie hätte in der Not nicht geholfen. Stolz blickte er auf die Kuchenberge.

»Ich bin Ihnen zu tiefstem Dank verpflichtet, Frau Gschwentner. Und natürlich auch die Frau Hasleitner, die dankt Ihnen ebenfalls, selbstredend.«

»Ja, die arme Frau, die arme Frau. Mei, ich wüsste nicht aus und nicht ein. So eine schlimme, tragische Geschichte. Und die arme Bianca. So ein hübsches, liebes Mädel. Ach …«

Sie schlug die Hände vor der Brust zusammen und seufzte herzzerreißend. »Da mag man gar nicht dran denken, das geht einem so unter die Haut, vor allem wenn man selber Kinder hat. Nicht vorstellen will man sich das, mitten in der Blüte des Lebens.« Sie seufzte noch einmal. »Mei und erst der Xaver, der arme Bub. Ich weiß, es gibt einen Haufen Leut, die kein gutes Wort für ihn übrig haben, aber trotzdem, das wünscht man doch niemandem, oder?«

Fragend blickte sie den Meininger an und wartete wohl auf eine Antwort. Der konnte aber nur fragend zurückschauen. Der Xaver? Was hatte denn der Xaver jetzt mit der ganzen Sache zu tun?

»Der Xaver? Der Wimmer Xaver?«, fragte er die gschäftige Gschwentnerin.

»Ja freilich, wer denn sonst? Kennen Sie noch einen zweiten Xaver?«

Der Meininger schüttelte den Kopf, verstand aber immer noch nicht, was die alte Ratschn eigentlich meinte.

»Nein, kenn ich keinen, aber warum der jetzt so ein armer Bub sein soll? Ja, den Vater hat er verloren, das ist eine furchtbar schlimme Sache, aber soweit ich das bisher beurteilen konnte, wirklich viel Liebe hat es zwischen dem jungen und dem alten Wimmer eh nicht gegeben.«

Die Gschwentnerin schüttelte wild den Kopf und packte den Meininger am Arm. »Aber, Herr Pfarrer, das mein ich doch gar nicht. Freilich, schon schlimm genug, dass er den Vater verliert, auch wenn die sich wirklich am End überhaupt nicht mehr gut waren. Nein, ich mein doch die Bianca.«

Der Meininger verstand jetzt wirklich nur noch Bahnhof. »Die Bianca?« Jetzt war er dran mit Kopfschütteln. »Frau Gschwentner, ich habe keinen blassen Schimmer, wovon Sie sprechen.«

»Ach geh, Herr Pfarrer, die Bianca und der Xaver, die waren doch ein Paar. Wussten Sie das nicht?«

Ein Paar? Die Bianca und der Xaver? Nein, hatte er nicht gewusst. Woher auch? Wo war bloß die Maria, wenn man sie wirklich mal brauchte? Die hatte das doch mit Sicherheit gewusst. Oder nicht?

»Ganz geheim war das, Herr Pfarrer, weil die Erna und der Ludwig, die wären ja schier ausgerastet. Mit *der* Vergangenheit, Sie wissen schon, oder?«

Der Meininger nickte nur stumm. Da wusste er vielleicht sogar ein bisschen mehr als die eh schon sehr informierte Margit, wollte sich jetzt aber auch nicht aus Versehen verplappern.

»Ein Riesentheater letztes Jahr am Weinfest, als die beiden zum ersten Mal zum Anbandeln angefangen haben. Versteht ja jeder, dass die Eltern nicht miteinander können, selbst nach so vielen Jahren nicht, aber dass man dann gleich so furchtbar spinnen muss? Kann man der Jugend doch auch ein bisserl Spaß gönnen, oder? Das sag ich halt immer. Und am End, am End wären die beiden eh nicht zamgeblieben. Sind ja noch so jung, waren, leider waren ja noch so jung. Aber nix. Da waren der Ludwig und die Erna glaub ich zum ersten Mal in ihrem Leben einer Meinung. Strikt den Umgang haben sie den beiden verboten. Aus, basta, Schluss mit dem Verliebtsein. Ganz dramatisch, das war fast wie in dem Theater, wo die Verliebten sich dann am Schluss umbringen und dann doch nicht tot sind und dann wieder doch, ach, ich weiß gar nicht mehr, wie das eigentlich ausging. Robert und Julia oder wie das heißt. Wissen Sie das, Herr Pfarrer?«

Vom Ast, zum Stock, zum Steckerl rutschte die Gschwentnerin da gerade durch, und bevor der Meininger jetzt den Shakespeare aus dem Ärmel schüttelte, lieber wieder zum Baum zurücklenken.

»Das heißt, die beiden haben sich wieder getrennt, oder wie?«

»Aber geh, Hochwürden, Sie wissen doch, wie das ist. Wenn man was nicht darf, dann will man erst recht. Das haben die Erna und der Ludwig völlig falsch angestellt. Die hätten es lieber mal mit dieser umgedrehten Psychologie probieren sollen, das hilft in der Kindererziehung immer recht gut, das macht meine Schwester mit ihren Buben.«

Vorsicht, dachte sich der Meininger, die Margit war schon wieder auf dem Sprung zum nächsten Ast.

»Also, dann waren die Bianca und der Xaver weiter ein Paar?«

»Ganz genau, ganz genau, heimlich natürlich, keiner durfte es wissen, quasi eine Secret-Love-Affär hatten die beiden hinter dem Rücken der Eltern.«

Jetzt blieb dem Meininger wirklich die Spucke weg. Die Bianca Hasleitner und der Xaver Wimmer. Ein Liebespaar. Und das mit der Vorgeschichte der Eltern. Ganz klar, dass die Erna und der Ludwig im Dreieck gesprungen sind. Die beiden erzverfeindeten Familien vereint durch die Liebe der Kinder. Das war ja wirklich fast wie bei den Montagues und den Capulets. Da hatte der Pfarrer bis vor ein paar Tagen noch geglaubt, in einem friedvollen, idyllischen Dorf zu wohnen, und dann war er plötzlich mitten drin im größten Drama und Theater, das man sich nur vorstellen konnte. Kein Wunder, dass die Erna den Wimmer am End einfach erstochen hatte. So viel Gram und so viel Schmerz, irgendwann ist es einfach zu viel.

Aber der Xaver, der tat dem Meininger jetzt auch ein bisserl leid. Weil der Pfarrer konnte sich noch gut erinnern, die Wimmer-Herren waren damals wie so oft die Allerersten am brennenden Hasleitner-Hof gewesen. Feuerwehrmänner, wie sie im Buche stehen. Und der Xaver, der wäre ja beinah mitverbrannt mitsamt dem ganzen Haus vor lauter Reinwollen und Hausbewohnerretten. Das machte natürlich alles viel mehr Sinn, wenn man wusste, dass seine Liebste im Schlafzimmer gefangen gewesen war. Da wäre auch der Meininger sofort reingerannt und hätt sich nicht aufhalten lassen.

Zu fünft hatten sie den Xaver gepackt gehabt und trotzdem nicht halten können. Rein ist er in die Feuerhölle, und nur weil vor ihm das halbe Treppenhaus eingestürzt war, konnten seine Kameraden ihn in letzter Sekunde rausziehen. Die Brandnarben an den Unterarmen konnte man heute noch sehen, die würde er wahrscheinlich für immer behalten. Die Bianca leider nicht. Da hatten die Erna und der Ludwig ihre Kinder am Ende doch noch unwiderruflich getrennt. Und vielleicht wäre es ihnen später lieber gewesen, man hätte sie beieinandergelassen.

Die Gschwentnerin konnte dem Meininger am Gesicht ablesen, dass der Groschen endlich gefallen war in seinem Hirn.

»Ja, genau, ganz, ganz tragisch war das. Der Xaver hat alles versucht, um das Mädel zu retten, und wäre beinah selbst draufgegangen. Und dann hat ihn die Erna noch nicht einmal zur Beerdigung dazu gelassen.« Sie schnalzte missbilligend mit der Zunge. »Ist ja nicht so, dass ich es nicht verstehen kann, dass sie die Wimmer-Leut nicht ertragen kann, aber der Bub, der kann doch auch nix dafür. Wenigstens verabschieden lassen, das hätte sie ihm doch erlauben müssen. Das hätt die Bianca sicher auch nicht anders gewollt.« Traurig schüttelte sie den Kopf. »Aber war nicht zu reden mit ihr, kein Wort wollt sie drüber verlieren. Als wären die zwei Kinder nie beieinander gewesen, so haben sie getan, die Eltern. Bis heut noch weiß kaum eine Menschenseele um die Geschichte.«

Und gerade weil in Eichenberg eigentlich noch ein jedes Geheimnis recht schnell die Runde machte, wunderte das den Pfarrer ganz besonders.

»Und warum wusste das keiner? Weil, Sie wussten es ja auch, Frau Gschwentner.«

Das sollte zwar gar nicht so böse klingen, aber eine Ratschn fühlt sich halt schnell ertappt. Sauer verzog die Margit ihren Mund.

»Herr Pfarrer, ich weiß nicht, was Sie damit jetzt meinen. Ich schweige wie ein Grab. Wer mir was verzählt, der kann sicher sein, das ist wie bei Ihnen im Beichtstuhl.«

Na hoffentlich nicht, sonst wäre er sein Priesteramt schnell los.

»Margit, aber mir können Sie doch sagen, woher Sie das wissen, das ist ja tatsächlich wie im Beichtstuhl. Und einen Pfarrer anschwindeln, das würden Sie doch auf keinen Fall, oder?«

Die Gschwentnerin zögerte kurz, aber der Talar tat schließlich seine Wirkung.

»Oben am Eichenberg, bei der kleinen Marienkapelle, da haben sie sich immer getroffen, die beiden. Da hab ich sie erwischt, kurz nach dem Riesentamtam mit den Eltern. Beim Schwammerln war ich oben, Herr Pfarrer, das glauben Sie nicht, da gibts Röhrling, das sag ich Ihnen, so was kriegen Sie in keinem Supermarkt nicht. Dazu einen Semmelknödel und Rahmsoße, mei, Hochwürden …«

Auch wenn die Ausführungen der Margit wirklich appetitlich waren, die eigentliche Sache, die schien schon wieder weit nach hinten zu rutschen im Gschwentner-Hirn.

»Sie haben die beiden also gedeckt?«

»Mei, Herr Pfarrer, wir waren doch alle einmal jung, oder? Ich hab da gar nix Böses dabei gemeint, nur nicht verstanden, was so falsch dran sein soll, wenn sich zwei fesche junge Menschen gernhaben. Und ›gedeckt‹, also das wäre jetzt auch ein wenig übertrieben.«

Sie schüttelte den Kopf.

»Gsagt hab ich halt nix. Das war alles, was ich den beiden versprochen hab. Dass ich zu niemandem ein Wort sag. Mehr nicht.« Sie stemmte die Hände in die Hüften.
»Und mehr hab ich auch nicht gemacht, nur einfach nix gesagt.«

Und dass dann genau das einzige Mal, dass die Margit Gschwendtner *nichts* gesagt und weitererzählt hatte, am Ende schlimmer war als das ewige Rumverzählen, das hätte sich ja auch wirklich keiner denken können.

Sobald er den Fängen der Frauenbundchefin endlich entwischt war, machte sich der Meininger auf die Suche nach seiner Maria, die er dringend über die neuesten Erkenntnisse informieren musste. Wo steckte dieses Weibsbild bloß immer? Ein furchtbares Talent, genau dann direkt hinter ihm zu stehen, wenn er irgendwas aus dem Kühlschrank stibitzen wollte, aber unauffindbar immer dann, wenn er zwei passende Socken oder aber ein zweites Hirn für zu viel Mordmotive brauchte.

Mittlerweile hatten sich bereits ein paar Festgäste auf den noch großteils leeren Bierbänken niedergelassen. Unter den Allerersten in der Halle waren natürlich wie jedes Jahr die Eichenberger Veteranen. Taktisch ganz ausgebufft, sicherten sich die Herren immer den Tisch mittig zwischen Bierausschank und Herrenklo. Gleicher Weg zum Bierholen und Bierwiederwegtragen. Da merkte man sofort, die hatten strategisches Lageraufschlagen nicht von irgendwem gelernt. Alte Hasen, Profis eben. Der Meininger grüßte anständig in die Runde, so viel Zeit musste sein, wenn sich knapp fünfhundert Lebensjahre in einer Runde versammelt hatten.

»Guten Morgen, die Herren. Ich hoffe sehr, Sie haben ordentlich Durst und Hunger mitgebracht.«

Allgemein unverständliches Brummen und Gemurmel vom Tisch. Konnte alles bedeuten von »Guten Morgen, Herr Pfarrer, aber freilich, wie freuen uns sehr« bis hin zu »Schleich dich, du depperter Affe«. Der Meininger, menschenfreundlich, wie er nun einmal war, entschied sich spontan für Ersteres und lächelte freundlich in die runzeligen Faltengesichter vom Wimmer Bartholomäus über den Gleixner Alfons bis hin zum Stürmer Max, der gemütlich schlafend im Elektrorollstuhl das Tischende krönte. War der eigentlich überhaupt irgendwann einmal wach?, wunderte sich der Meininger, hatte für die Klärung dieser Frage jetzt aber überhaupt keine Zeit. Und weil aus den versteinerten Grantlern eh überhaupt nix rauszukriegen war, setzte er lieber seine Marienwallfahrt fort.

In der Halle tat sich sonst noch nicht wirklich viel, was aber sicher daran lag, dass das eigentliche »Speck-Takel« immer erst um elf angeliefert wurde. Unter viel Geklatsche und Jubel wurde die Sau vom Bürgermeister Munzinger und dem Pfarrer selbst, sozusagen als Eröffnungsakt, dann nach drinnen begleitet und feierlich die erste Scheibe abgesäbelt. Früher war das Ferkel immer sehr hoheitsvoll im roten Spritzenwagen vorgefahren, wirklich ein Mordsauftritt. Die gesamte freiwillige Feuerwehr von Eichenberg in Festtagsuniform, Hauptbrandmeister Ludwig Wimmer ganz vorn mit dabei, das war eine Ehrengarde, die konnte sich sehen lassen. Es hatte nur so geblitzt und gefunkelt vor lauter Orden und polierten Knöpfen.

Sicherlich waren dieses Jahr alle Schaulustigen besonders gespannt, was passieren würde, jetzt, wo der Wimmer nicht mehr war. Gott sei Dank war der Hofbauer noch eingesprungen, dachte der Meininger. Furchtbar wäre es gewesen, hätten sie die halb verkohlte Sau ankarren müssen. Ein trauriger Start in so einen Tag.

Und wie er durch die großen Hallentore nach draußen auf den Parkplatz schritt, sah er auch schon zwei Drittel vom restlichen Eichenberg, das sich da brav versammelte und an jeder Ecke fleißig am Ratschen war. Ein wirklich schöner Anblick! Wie ein stolzer Vater ließ der Meininger liebevoll seinen Blick über die Menge schweifen. War schon immer ein großes Schaulaufen, so ein Tag mit all den rausgeputzten Männlein und Weiblein. Das ließ sich keiner nehmen. Ehrensache. Ganz elegant in Mänteln, die Damen fast alle mit einem kleinen Hütchen oder einem schönen Halstuch umgebunden, die Männer mit feinen Lederschuhen und Anzug oder eben irgendeiner Uniform. Da freute es den Meininger gleich wieder ganz besonders, dass er in Bayern zu Hause war, wo solche Traditionen eben noch großgeschrieben wurden.

Auf der kleinen Holzbühne hatte das Fräulein Beierlein auch schon den Unterstufenchor vom Maxl-Gymnasium aufgestellt. Die würden ihnen allen schön was singen zum Einzug von der Sau. Und natürlich, auch die Kinderlein ausnahmsweise mal nicht in Jeans und Turnschuhen, sondern schön im Kleidchen, mit Spangerl in den Haaren, und im Anzug. Die Fratzen schienen zwar nicht ganz so glücklich wie ihre Eltern über die Festtagsmontur, aber musste ja keiner so genau hinschauen in die kleinen Gesichter.

Jetzt war es zwar nicht die Maria, aber immerhin der Simeon Hirsch, über den der Meininger stolperte. Der druckte sich da natürlich so nah wie möglich an der jungen Lehrerin herum. Ein Wunder, dass es die Sandra noch gar nicht kapiert hatte, wie furchtbar verschossen der Polizist in sie war. Aber man sagt ja immer: Liebe macht blind. Vielleicht funktionierte das ja auch in die andere Richtung. Was wusste denn der Pfarrer davon.

Furchtbar engagiert und hilfsbereit half der Simeon beim Kinder-nach-Stimmlagen-Sortieren. Sopran ganz rechts, Alt in der Mitte und Tenor dann links daneben. Ob das jetzt für die gesangliche Gesamtleistung der Zehnjährigen so einen großen Unterschied machte, daran zweifelte der Pfarrer. Gerade bei den älteren Buben, da konnte es schon mal passieren, dass einer mitten im Lied von Sopran zum Bariton wechselte vor lauter Stimmbruch. Aber beim Chor, da war das Münchner Fräulein fürchterlich ambitioniert, da merkte man sofort, die kam aus einer Stadt mit

Kultur. Und davon sollten natürlich dann auch die Eichenberger, Jung und Alt, profitieren, ob sie nun wollten oder nicht.

Wie ein junger Bock sprang der Hirsch um die Lehrerin herum, die, schon ganz Chorleiterin, die Kinder mit ihrem Dirigentenstöckerl herumkommandierte.

»Fritz, hörst du jetzt endlich auf, Lena und Anna abzulenken, und gehst du bitte auf deinen Platz. Tenor haben wir gesagt, erinnerst du dich?« Sie fuchtelte das Stäbchen nach links.

»Und Eva, Bettina, wenn ihr nicht auf der Stelle aufhört mit dem Kichern, dann stell ich euch nach hinten in die letzte Reihe. Dann sieht euch keiner beim Auftritt.«

Das hatte gesessen, eine fürchterliche Drohung für die beiden Prinzessinnen in ihren schönen Kleidchen, sofort wurde gefolgt und strammgestanden. Wenigstens für eine halbe Minute.

»Fräulein Sandra, soll ich Ihnen helfen und für Ruhe und Ordnung sorgen? Polizeiliche Anordnung sozusagen? Uniform macht auf Kinder immer großen Eindruck.«

Na, das bezweifelte der Meininger nun wirklich, aber die Dirigentin hatte ihre Truppe auch allein ganz gut im Griff. Soweit das eben möglich war bei vierzig dreistimmigen Gymnasiasten.

»Sehr lieb von Ihnen, Herr Hirsch, sehr lieb. Aber besser nicht. Ich bin der Meinung, mit Vernunft kommt man weiter als mit Zwang. Auch und vor allem bei Kindern.«

Wie gesagt, diese Münchner und ihre komischen Ansichten. Aber einmischen konnte der Pfarrer sich jetzt auch nicht überall. Der Simeon hingegen, der ließ sich gleich ganz brav belehren.

»Ja, Fräulein Sandra, da haben Sie natürlich völlig recht. Das macht Sinn, gerade bei Kindern.«

Fast wünschte der Meininger den beiden recht schnell eigene, damit sie ihre schöne Theorie gleich mal validieren konnten.

»Und bitte, Fräulein Sandra, nennen Sie mich doch Simeon.«

Ganz rot liefen dem Fräulein die Wangen an. Vielleicht ging es schneller als erwartet mit den Kindern.

»Aber gern, Simeon.« Sie griff seine Hand. »Ich bin die Sandra.«

»Und ich bin der Leopold«, mischte sich der Pfarrer in die für seinen Geschmack an dieser Stelle zu wilde Flirterei ein. »Und ich müsste bitte den Herrn Hirsch kurz sprechen, weil der ist nämlich eigentlich im Dienst.«

Mit zusätzlich bohrendem Blick versuchte er, den Polizisten von seinem Liebesrausch auszunüchtern. Aber keine Chance. Hopfen und Malz verloren.

»Herr Meininger, ich bitte Sie. Ich bin doch bereits im Dienst. Ganzer Einsatz für die Kinder unserer Gemeinde. Sozusagen offizieller Chorschutz. Für das kostbarste Gut.« Dümmlich grinsend schmachtete der das Fräulein Beierlein, äh, die Sandra an. Grad dass ihm nicht der Sabber aus den Mundwinkeln lief.

Der Meininger seufzte und gab sich geschlagen. Simeon Hirsch, verloren an die Sirene vom Maxl-Gymnasium, die Maria verschollen zwischen Troja und Ithaka, die Erna und der Karl, wer weiß auf welcher Odyssee die gerade unterwegs waren. Der Meininger, mal wieder allein und völlig auf sich gestellt, Gotteshilfe sein einziger Trumpf im Talarärmel. Und die würde hoffentlich herhalten, denn genau in dem Moment schlug die Kirchturmuhr erst viermal laut, um die volle Stunde anzukündigen, dann elfmal ein wenig dumpfer. Zeit wars für die Sau. Auftritt Hofbauer Mathias.

Wie eine lustige Schar Erdmännchen im bunten Winteroutfit reckten und streckten alle Eichenberger mit dem letzten Glockenschlag ganz erwartungsvoll ihre Hälse in Richtung Hauptstraße. Auch der Meininger wurde jetzt langsam ein wenig nervös. Am Telefon hatte der Hofbauer ja sehr überzeugt von sich und seinem Grillmeister 2000 geprahlt, aber pünktlich liefern, das musste er eben auch.

»Nun, Hochwürden Meininger, was meinen Sie? Wird das was mit dem Spanferkel, so ganz ohne den Wimmer?«

Bürgermeister Munzinger hatte sich zusammen mit seiner Sekretärin Elfi zu ihm gesellt. Und plötzlich, wie vom Himmel gefallen, war auch die Maria an seiner Seite. Die beiden wichtigsten Männer von Eichenberg und ihre First Ladys, bereit zum Anschneiden. Jetzt fehlte also nur noch die Sau.

Und wirklich fast genau letzter Schlag elf Uhr kam sie auch pünktlich angerollt. Ganz wie zu Lebzeiten des Grillguts, schnaufend und grunzend, zuckelte der rote Unimog vom Hofbauer die Straße entlang in Richtung Parkplatz. Ein Raunen ging durch das wartende Publikum.

Der Hofbauer hatte die Freigabe zur Eigenwerbung nämlich mehr als ernst genommen und sein Kraftfahrzeug deutlich aufgemotzt. Quer über der Motorhaube pappte ein grellgelber Aufkleber mit der Aufschrift »Partyservice Hofbauer – Ihr Fest ist uns nicht wurscht«. Dass er das mit der Party auch so meinte, bewiesen die beiden riesigen Lautsprecher oben auf der Fahrerkabine, aus denen ohrenbetäubend die Stimme von der Hofbauerin krächzte.

»Partyservice Hofbauer! Wir sind Ihre erste Adresse für Feste aller Art!« Dem Meininger kippte die Kinnlade nach unten. »Ob Taufe, Hochzeit oder Geburtstag von der Oma – wir unterstützen Sie gern! Ob Büfett oder Gulaschkanone – wir wissen, was schmeckt! Und ganz neu im Sortiment: der Grillmeister 2000! Keine Sau ist ihm zu groß. Also: Rufen Sie uns an und bekommen Sie gleich morgen Ihr unverbindliches Angebot inklusive zehn Prozent Kennenlernrabatt! Das sind die Hofbauers!«

Ja, das waren also die Hofbauers. Und das wars dann auch erst mal mit dem festlichen Auftritt, dachte der Meininger. Aber Rettung kam ja bekanntlich meist unverhofft, in diesem Falle in Form von Sandra Beierlein, die sich den schweinischen Auftritt wahrscheinlich auch ganz anders vorgestellt hatte. Vor allem die tonale Begleitung war ihr offensichtlich ein Dorn in Auge und Ohr.

In der Sekunde, in der die Hofbauerin, um ganz kurz nach Luft zu schnappen, ihr Gekrächze unterbrechen musste, riss die Lehrerin sofort beide Arme samt Dirigentenstecken nach oben und gab den Choreinsatz. Und das musste man der Sandra schon lassen, die Schüler, die parierten aufs Wort.

»Freude, schööner Götterfunken, Tochter aus Elysium, wir betreten feuertrunken, Himmlische, dein Heiligtum!«« In jedem Fall stoppte der Gesang erst einmal das Gequäke aus dem Unimog-Lautsprecher, ob es aber wirklich die bessere Alternative war, das musste halt doch jeder für sich entscheiden. Für die ein oder anderen Eltern wahrscheinlich schon, für die schwerhörige Oma sicher auch. Der Meininger fragte sich aber durchaus, ob sich da nicht ein paar der singenden Schüler falsch gestellt hatten bei der Zuordnung der Tonlagen. Und für ein paar von ihnen hätte man eigentlich gleich eine ganz eigene und noch nie da gewesene Tonart erfinden müssen. Aber mei, was sagte man immer, der Wille ist es, der zählt, und so sehr, wie der Chorhaufen in den Himmel plärrte, war davon auf jeden Fall ordentlich was zu erkennen.

»Brüder, überm Sternenzelt muss ein lieber Vater wohnen.«

Ja, und selbst so weit oben würde er dieses Geschrei noch mitbekommen. Herr im Himmel.

Der Hofbauerin passte diese musikalische Unterbrechung ihrer Werbeansprache nun aber auch überhaupt nicht. Mittlerweile war das Gefährt auf den Hof eingefahren, und der Meininger konnte von seinem Platz in der ersten Reihe der Menschenmenge gut reinschauen ins Fahrerhäusel. Wild diskutierte sie auf dem Beifahrersitz mit ihrem Mann, zwei-, dreimal schlug die alte Hexe ihm mit dem Mikrofon gegen den Schädel, bis der Hof-

bauer schließlich mit den Schultern zuckte und den Unimog nicht einfach abstellte, sondern an den versammelten Eichenbergern vorbei zu der angedrohten Ehrenrunde
über den Hof ansetzte.

Aber so eine verkehrte Idee war das nun nicht, weil jetzt
konnten die ganzen Leut überhaupt erst einen richtigen
Blick auf die Sau und den Grillmeister 2000 werfen.

Der ausgefuchste Metzger hatte doch glatt das Tier
noch im Grill eingespannt gelassen und den mobilen
2000er einfach an seinen Laster gehängt. So konnten die
Eichenberger gleich erkennen, wer oder was für das köst-
lich krosse Ferkel verantwortlich war. Und das Ergebnis, das musste der Meininger zugeben, sah schon nicht
schlecht aus. Hatte der Hofbauer sich nicht lumpen lassen
und auch ausnahmsweise mal nicht zu viel versprochen.
Unter den reichlich schiefen Klängen von Beethovens ge-
quälter Neunten drehte der Grillanhänger seine Kreise.

Aktuell auf volle Höhe ausgefahren, war das stählerne
Gerüst sicher fast zwei Meter hoch und ließ sich, wenn gerade keine Sau drin brutzelte, praktisch in einen kleinen
Anhänger einklappen. So in Bewegung war das aber doch
eine recht wackelige Angelegenheit und der Pfarrer auch
nicht ganz sicher, ob gleichzeitig fahren und Schwein grillen wirklich im Sinne des Erfinders war. Selbst im Schritttempo wackelte das Konstrukt ganz schön von links nach
rechts. Aber sicherlich wusste der Hofbauer, was er da
machte.

Und tatsächlich, sowohl das Ehepaar Hofbauer als auch
die Sau überstanden anstandslos die Ehrenrunde und wur-

den unter tosendem Applaus zu den Gott sei Dank letzten Klängen vom »Götterfunken« wieder vor der Halle empfangen.

Gerade wollte der Meininger einen Schritt auf das Gefährt zumachen, als die Metzgersgattin scheinbar Blut geleckt hatte bei so viel Geklatsche und ihren Mann zu einer weiteren Runde drängelte. Der Hofbauer war schon ein rechter Pantoffelheld, denn obwohl man ihm deutlich ansah, dass er gar keine Lust mehr hatte auf Schweinderlausfahren, lenkte er den Wagen noch einmal um den Parkplatz. So recht wussten weder der Pfarrer noch der Bürgermeister, was das jetzt sollte, und das Fräulein Beierlein ließ halt den Chor einfach noch mal ganz von vorne anfangen. Steckerl nach oben und los gings.

»Freude, schööner Götterfunken, Tochter aus ...‹«

Jetzt ist das ja so, dass man nicht umsonst sagt, man soll aufhören, wenn es am schönsten ist. Aber gerade Frauen und vor allem die Ehefrauen wollen sich das einfach nie merken. Und genau darum passieren dann immer die dümmsten Sachen. Weil nämlich, wie der Hofbauer in der ersten Runde noch fürchterlich aufgepasst hatte von wegen nicht zu schnell fahren und vorsichtig um die Kurven, da wurde er jetzt einerseits ein wenig übermütig, was seine Fahrkunst betraf, und andererseits wollte der das Kasperltheater auch möglichst rasch zu Ende bringen.

Gefährlich schnell entfernte sich der Unimog von der enttäuschten Menge. Da hatte der ein oder andere schon voreilig im Kopf zu Messer und Gabel gegriffen, und nun machte sich die Sau wieder aus dem Staub. Dem Meininger war gar nicht wohl dabei. Wild schlingerte der Anhänger schon auf der Geraden hin und her, er mochte sich gar nicht vorstellen, wie das in der Kurve weitergehen sollte …

»Freude, Freude treibt die Räder …«, schmetterte der Kinderchor aus vollem Halse, während der Wagen in die Kurve hinten am Parkplatz bog. Der Meininger konnte gar nicht hinschauen. Halb Eichenberg hielt die Luft an, die andere Hälfte raunte angespannt und passend zum Gesang. Aber der Hofbauer, wäre er nicht schon Metzger, hätte wohl auch einen guten Rennfahrer abgegeben, so geschickt manövrierte er sein Gefährt samt Anhänger und Aufbau ums Eck. Auf die Ferne war es nicht hundert Prozent sicher zu erkennen, aber kurz schienen die Reifen vom Grillmeister doch die Bodenhaftung verloren zu haben, bevor der Metzger, alles im Griff, wieder auf die Gerade steuerte.

Und, mei, das war jetzt aber ein Applaus, Geklatsche und Getöse, so ein waghalsiger Stunt, was für ein Auftritt. Allgemeiner Jubel und sogar ein paar Pfiffe von der Feuerwehr. Der Hofbauer, der alte Schlawiner.

Trotz der Distanz sah man ihn von einem Ohrwaschel zum anderen grinsen, und jetzt gab er auf den letzten Metern sogar noch ein wenig mehr Gas für seine Fans.

War die werte Gattin gerade noch treibende Kraft, so schien ihr das Ganze jetzt zu bunt oder vielleicht auch doch zu schnell. Am Ende kannte sie sich auch einfach mit der Statik und der Stabilität hinten auf dem Hänger besser aus als ihr Mann. Jedenfalls fuchtelte sie wild in Richtung Hofbauer und schien ordentlich zu schimpfen. Der war aber im wahrsten Sinne des Wortes so sehr in Fahrt, dass er seine Frau einfach mit dem Ellenbogen abwehrte und weiter in Richtung Ziel raste.

Ging es erst zu langsam, so wurd es jetzt doch ein bisschen zu schnell für den Geschmack vom Pfarrer. Während das Geschoss näher und näher raste, entwickelte sich in der Fahrerkabine ein richtiger Ehestreit. Gekeife links, Abwinken rechts, noch mehr Schimpfen und wütende Blicke hin zur Herzensdame. Und das hätte der Hofbauer jetzt halt nicht machen dürfen. Bei dem Tempo den Blick von der Fahrbahn abwenden, egal, ob da jetzt die liebste oder die nervigste Ehefrau herumdiskutieren wollte. Der Unimog rumpelte in voller Fahrt auf die versammelte Menschenmenge zu, ein nicht zu bremsendes Todesgeschoss. Erst in wirklich allerletzter Sekunde erinnerte sich der Metzger, wer hier eigentlich der Fahrer war. Zwei entsetzt aufgerissene Augenpaare aus dem Auto heraus realisierten die Todesangst in den zahlreichen Eichenberger Augen, und der Hofbauer reagierte sofort. Während die potenziellen Katastrophenopfer noch wie die Ölgötzen erstarrt waren, stieg er in die Bremsen und riss das Lenkrad herum. Die Reifen quietschten, Dreck und Kies flogen durch die Luft, und alles wäre noch mal gut gegangen, wenn der Hofbauer nicht eben einen Anhänger mit Grill und Sau im Schlepptau gehabt hätte.

Der Grillmeister 2000 war noch nicht so lange im Besitz vom Metzger wie der Unimog und hatte dementsprechend mehr Eigenleben, folgte einfach nicht so brav wie das Auto. Vom ganzen Schwung des rasanten Abbiegemanövers und der wilden Bremserei erst richtig aufgeschaukelt, riss es das fahrende Ungetüm plötzlich komplett aus der Bahn. Beide Reifen in der Luft, flog der Grill dem Wagen hinterher, und was die Anhängerkupplung noch halten konnte, das schaffte das Qualitätsstangengerüst einfach nicht mehr. Plötzlich lösten sich die Querstreben, die das Spanferkel die letzten vierundzwanzig Stunden so schön am Feuer gehalten hatten, und schenkten der Sau die Freiheit zurück. Und während der Meininger noch im Langzeitgedächtnis nach der Physikstunde suchte, wo es um die Theorie von Schwingung, Dämpfung und Amplitude ging, da war ihm die Sau in der Praxis schon weit voraus.

In hohem Bogen wurde sie aus ihrer Mitfahrgelegenheit herausgeschleudert und flog weit über die starrende Menge hinweg. Mit einem widerlich dumpfen Plumps schlug sie schließlich irgendwo hinter der Gruppe auf den Boden. Gott sei Dank, ohne dabei jemanden zu verletzen, aber das war auch schon das einzig Positive, das dem Pfarrer so spontan zu dem Schlamassel einfallen wollte.

»»Froh, wie seine Sonnen fliegen durch des Himmels prächtgen Plan …«», trällerten die Kinder unerschütterlich und ohne Pause weiter, als wollten sie dem Titanic-Orchester Konkurrenz machen. Die restlichen Festgäste bewunderten derweil versteinert die Eichenberger Horrorversion vom Schlaraffenland. Und der Meininger, der war furchtbar in Sorge, wie etwas weitergehen sollte, wenn es schon mal so losging.

»Ach, du bist ja so ein Rindviech, so ein seltenes Rindviech!«, keifte die Hofbauerin ihren armen Mann in Grund

und Boden. »Ich habs dir gsagt, hab ichs dir. Viel zu schnell, viel zu schnell, aber dass du auch nie hören kannst!«

Dabei war der Metzger eh schon so klein mit Hut. Ein echtes Elendshäufchen, wie er dastand, den gesenkten Kopf ganz tief zwischen die Schultern gezogen. Nix mehr stolzer Rennfahrer. Um einer Steinigung durch die Hunger leidenden Eichenberger vorzubeugen, hatten sich der Meininger und der Herr Bürgermeister gleich schützend dazugestellt, sozusagen ein Autoritätswall gegen die Selbstjustiz. Reichte schon, wenn die arme Sau voll mit Erde und Kies paniert im Dreck lag, musste nicht auch noch der Hofbauer … nun ja.

»Aber ist doch halb so schlimm, alles halb so schlimm, die kriegen wir schon wieder hin. Das wäre doch gelacht. Nix passiert«, trällerte hinter ihm die Maria verdächtig gut gelaunt.

Der Meininger löste seinen Blick kurz von der aufgebrachten Meute vor ihm und sah über die Schulter zu seiner Köchin hinab. Zusammen mit der Bürgermeistersekretärin kniete sie über der Sau und versuchte zu retten, was halt noch zu retten war. Und da zeigte sich wieder einmal, Augen auf bei der Partner- oder in seinem Fall Personalwahl, das lohnte sich immer. Weil, da waren schon die beiden pragmatischsten Weiber am Start. Hands on, würde der Unternehmensberater sagen. Die hatten gar nicht lange gezögert und sich bewaffnet mit Schauferl und Beserl ans Werk gemacht. So eifrig und emsig, wie da gekehrt und geputzt wurde, so schnell konnte die Sau gar nicht auskühlen.

»Hams auch schon fast, gleich gehts los. So gut wie neu!«, triumphierte Elfi Hintermeier, und außer dem Meininger konnte auch Gott sei Dank keiner sehen, wie ihr der Schweiß auf der Stirn stand vor lauter Schwindeln. »Herr Bürgermeister, mögen Sie vielleicht so nett sein und Ihre Gäste nach drinnen begleiten?«, flötete sie zuckersüß und meinte aber: »Steh nicht rum, du Depp, und halt Maulaffen feil, sondern machst dich vielleicht auch einmal nützlich in deinem unverdienten Amt?«

Der Meininger verstand die Botschaft sofort, nur zu gut kannte er diese Stimmlage von seiner Maria. Der Munzinger kapierte aber auch recht schnell und schritt zur Tat.

»So, meine Herrschaften, vorbei ist es mit der Aufregung, nix passiert, nix Schlimmes, nix zu sehen. Geh ma, geh ma.« Er winkte und schob, scheuchte und wedelte mit den Armen. »Drinnen, da wartet schon das Freibier, und ihr wissts ja, die Ersten erwischen die besten Plätze.«

Zu guter Letzt hatte auch der Simeon Hirsch zurück in sein Amt gefunden und den Ausflug ins musische Fach beendet. Gewohnt tatkräftig unterstützte er den Bürgermeister beim Schaulustigenscheuchen.

»Bitte weitergehen, bitte durchgehen. Es gibt hier nichts zu sehen. Bitte Ruhe bewahren und geordnet die Halle aufsuchen.«

Dabei hatte er die ganze Zeit mit einem Auge im Blick, ob das Fräulein Beierlein auch zuschaute. Nicht nur geeignet als zweiter Chorleiter, sondern auch ein vorbildlicher Polizist. Der Meininger seufzte tief.

Auf die Eichenberger und ihren Appetit war halt einfach Verlass. Selbst die mehrfache Leichenschändung der Flugsau hielt das hungrige Volk am Ende nicht vom Verzehr derselbigen ab. Während der Pfarrer mal wieder auf der Suche nach den üblichen und den besonders Verdächtigen durch die Halle eilte, registrierte er ganz überrascht vor jedem Eichenberger und jeder Eichenbergerin einen brav leer gegessenen Teller. Freilich, da waren schon diverse Steinchen und Kiesel überall an den Rand geschoben, aber das störte einen hungrigen Bayer noch lange nicht beim Genuss. Das hatte man schon als Kind beim Fischessen gelernt und viele Jahre geübt. Vorsichtig kauen, Nahrungsbrei im Mund von links nach rechts schieben und dabei mit der Zunge die Fremdkörper aussortieren. Ob das jetzt ein kieselgespicktes Wammerl war oder eine Forelle blau, eigentlich egal. Hauptsache, es gab genügend Freibier, um alles runterzuspülen.

Und das Festbier, das konnte sich in Eichenberg sehen lassen, das musste man nicht verstecken. Weil hier, hier wurde noch selber gebraut. Im ganzen Landkreis war der Festbock beliebt und bekannt für seine lustig machende Wirkung, aber auch für das Schädelweh am nächsten Tag. Denn das Eichenberger Bier, das hatte ordentlich Umdrehung. Für den Neuling an der lokalen Maß konnte das schnell bös ausgehen.

Und genau dieses Schicksal fürchtete der Meininger jetzt für seinen Ermittlerkollegen Simeon Hirsch, den er endlich im hintersten Eckerl der Turnhalle erspäht hatte. Wie könnte es anders sein, zusammen mit Sandra Beierlein. Möglichst weit ab vom restlichen Geschehen hatten sich die beiden Turteltäubchen ein ruhiges Plätzchen gesucht. Na prima, das war ja ganz wunderbar, einen besseren Moment zum Anbandeln hätte der alte Hirsch sich wirklich nicht aussuchen können. Da musste der Meininger schleunigst eingreifen, bevor das böse ausging. Denn, wie das bei Verliebten halt so ist, keiner von beiden schenkte dem Spanferkelunfall vor ihnen auf dem Tisch auch nur einen Blick. Unangetastet die Teller. Die zwei hatten nur Augen füreinander und waren viel zu beschäftigt mit Flirten, als dass man da was hätte essen können. Aber das Bier, da sah die Sache ganz anders aus, das eignete sich wunderbar, um die Grundnervosität bei so einem ersten Annähern ein bisserl zu betäuben. Mit der Eichenberger Sonderabfüllung ging das gleich doppelt so schnell, vor allem auf leeren Magen. Sowohl die Lehrerin als auch der Polizist, Dienst hin oder her, hatten beide ihre Maß schon halb geleert. Dümmliches Gegrinse auf der einen Seite, wildes Gekicher auf der anderen plus zwei krebsrote Köpfe. Die beiden waren dem restlichen, sehr viel trinkfesteren Festpublikum um einiges voraus.

»Weil, Sie müssen wissen, Fräulein Beierlein, bei der Kriminalpolizei, da …«

»Sandra, hihihi, Sandra.«

»Hmmmm, hmmmm, ja, Sandra, bitte entschuldigen Sie vielmals, äh, bitte du. Bitte entschuldige du vielmals, Fräulein Beierlein, äh, Sandra.«

»Hihihi, macht ja überhaupt nichts, Simeon.«

Um Himmels willen, wie sollte denn dieser plötzlich

zum Einzeller mutierte Hirsch helfen, den Leitner und die Erna zu überführen?

»Herr Hirsch, was treiben Sie denn hier?«, mischte der Meininger sich ganz ohne große Höflichkeit in das grenzdebile Flirt-Pingpong. »Sie sind doch im Dienst, soviel ich weiß, oder nicht?« Er versuchte einen ganz besonders schwer starrenden Blick, damit beim Hirsch auch ja der Groschen fiel. »Sie haben doch eine wichtige Aufgabe heute bezüglich der allgemeinen Sicherheit.«

»Allgemeine Sicherheit?« Der Polizist konnte kaum den glasigen Blick von seiner Angebeteten lösen.

Herrschaftszeiten, solch ein Hirsch!

»Jaaaaa, sie sollen doch ein Auge auf unsere Ehrengäste haben, Frau Hasleitner und Begleitung.« Der Meininger klopfte mit den Fingern auf den Biertisch, um nicht die Aufmerksamkeit des Polizisten zu verlieren. »Damit auch die Sicherheit zukünftig gewährleistet werden kann?«

Drei Fragezeichen und fünf Ausrufezeichen, und dann kapierte endlich auch der Simeon.

»Ahhhh, aber ja, die Mor...« Er biss sich gerade noch auf die Zunge und tätschelte dann der Sandra den Arm.

»Liebstes Fräulein Beier... äh, liebste Sandra. Keine zehn Pferde würden mich eigentlich von Ihrer, deiner Seite bekommen, aber der Herr Pfarrer und ich, wir sind an einer füüüürchterlich wichtigen Sache, es geht um Leben und Tod, sozusagen um den Frieden von Eichenberg.«

Na ja, so dramatisch hätte er das jetzt auch nicht gleich halten müssen, aber auf das Fräulein Sandra machte es in jedem Fall ordentlich Eindruck.

»Aber selbstverständlich, mein Simeon, du Guter. Natürlich musst du hier die Sicherheit wahren.« Die roten Backen wurden gleich noch ein wenig röter. »Solange du nur gesund zu mir zurückkommst …«

»Aber sicher, meine Sandra.« Die beiden fassten sich an den Händen, und schon waren der Meininger wie das restliche Geschehen inklusive Mörderpaar wieder völlig vergessen. Da bleibt für die Verliebten halt immer die Zeit stehen. Für den Rest leider nicht.

»Ähm, ähm!«, hüstelte darum der Pfarrer. »Herr Hirsch, wir sollten schleunigst, ebendarum, weil wir müssen, Sie verstehen.«

Widerwillig und unter höchster Selbstdisziplin riss der Simeon sich von seiner Angebeteten los und wackelte in Richtung Meininger. Ob die Knie wegen des Bieres oder der Liebe so butterweich geworden waren, das konnte man von außen nicht genau feststellen.

»Vielleicht holen Sie sich erst einmal eine große Tasse Kaffee? Das wird das Beste sein, damit wir Sie wieder in Form kriegen«, schlug der Meininger als erste Notlösung vor. »Ich such derweil die Maria. Dieses Weib, wo sie sich nur immer versteckt.«

Den Hirsch hoffentlich auf Spur gebracht, zog der Meininger weiter seine Kreise. Langsam wurde er etwas unruhig. Die Mittagszeit war gut durch, und keine Spur von der Erna Hasleitner oder dem Karl. Wenn die nicht langsam auftauchen würden, dann wars das mit ihrem grandiosen

Plan. Und wer weiß, am Ende waren die auch schon über alle Berge. Die späte Zusage zum Fest nur ein geschicktes Ablenkungsmanöver, um eine mögliche Fahndung auszusetzen. So wie der Simeon und er in den letzten Tagen beim Leitner, aber auch bei der Apothekerin herumgeschnüffelt hatten, also undercover ging anders. Sie hatten ja geradezu in die Welt hinausgebrüllt, was oder wen sie suchten. Da würde ja ein jeder Verdächtige hellhörig und schnell seine sieben Sachen packen.

Wo war denn bloß seine Maria? Die wüsste sicher, was man jetzt machen müsste. Die hätte auf jeden Fall einen geheimen Plan B und wahrscheinlich sogar C und D. Finden musste er sie nur, damit sie ihn einweihen konnte.

Eigentlich war ihr ja ein fester Posten an der Kuchentheke zugedacht gewesen. Weil von dort konnte sie bestens den Eingang beobachten, und ein jeder würde sich früher oder später einen Kaffee und ein Stückerl Gebäck holen. So konnte sie gleichzeitig beobachten, unauffällig die Zuckerhungrigen nach der Erna befragen, ob sie denn schon jemand gesehen hätte, und sich im besten Fall gleich an die Verdächtige dranhängen, wenn die sich selbst am Kaffeeausschank blicken ließe. Super Plan, nur leider weder die Erna noch die Maria zu finden zwischen den Torten und Krapfen.

»Suchen Sie wen, Hochwürden? Sie schaun so deppert.«

Na danke, Hauptsache, die Gschwentner Margit.

»Tatsächlich, Frau Gschwentner, ich suche meine Köchin. Haben Sie die zufällig gesehen?«

239

»An Kuchen und an Kaffee hat sie rübergetragen zu den Veteranen. Damit die uns nicht am Nachmittag schon hier in der Halle einschlafen, hat sie gsagt, vor lauter Bier.« Die Alte schüttelte den Kopf. »Wie letztes Jahr, da saßen die auf den besten Plätzen, und dann sind alle noch vor der Tombola weggedöst. Wissens das nicht mehr, Hochwürden?«

Als ob. Sicher wusste der Meininger das noch. Gab ja zur Dokumentation sogar ein furchtbar peinliches Foto in der Zeitung. »Eichenberger Kirchentombola – spannend wie immer« und dazu ganz vorn, deutlich zu erkennen, die schnarchenden Rentner, ihre Köpfe gemütlich auf der Tischplatte abgelegt. Noch Wochen später hatte sich das halbe Dorf totgelacht.

»Doch, doch, ich weiß schon noch.«

Und selbst die Gschwentnerin musste schon wieder lachen.

Also gar keine dumme Sache von der Maria, stimmte schon. Aber ob das im Moment wirklich wichtiger war, als die Erna zu finden? Ein paar schlafende Veteranen hätte der Pfarrer als Preis für die gefasste Mörderin in jedem Fall in Kauf genommen. Und momentan, momentan schliefen sie nicht, ganz im Gegenteil. Putzmunter und quickfidel waren die, einer lustiger wie der andere, so sehr freuten sich die harten Kerle über ein bisserl extra Aufmerksamkeit in Form von Kaffee, Kuchen und natürlich seiner charmanten Köchin. Weil die konnte schon, wenn sie nur mal wollte. Da wurde dann selbst das tapferste Kriegerherz wieder weich. Mittendrin saß sie, zwischen den Greisen, und lachte und blinzelte mit den langen Wimpern, dass es eine reine Freude war zum Zuschauen. Für den Pfarrer wie für die Alten. Die hatten allesamt eine super Zeit.

Wie der Hirsch hatte scheinbar auch die Maria vollkommen vergessen, warum sie eigentlich hier waren. Langsam wurde der Meininger richtig bös auf seine beiden Partner. War er denn hier eigentlich der Einzige, der noch an die Ermittlung dachte? An Gut und Böse glaubte? An Richtig und an Falsch?

»Die Herrschaften«, begrüßte er zum zweiten Mal an diesem Tag die Runde. Allerdings deutlich abgekühlter als noch am Vormittag. Der Maria warf er nur einen möglichst strengen Blick zu. Die würde schon verstehen, so hoffte er.

»Hochwürden, was für eine Ehre, so hoher Besuch bei uns am Tisch. Sie sind zwar weit nicht so hübsch wie Ihre Hausdame, aber macht ja nix, setzen Sie sich doch her, auf ein Bier.«

Der Gleixner Alfons rückte seinen Kollegen auf die Pelle, um Platz für den Meininger auf der Bank zu machen, sodass der Pfarrer lieber erst mal nachgab. Ein Bier, das konnte auch nicht so viel schaden, wenn es sich schon sonst alle gut gehen ließen. Denn die Maria hatte den Veteranen überhaupt keine Ausnüchterungs- und Aufputschrunde serviert, ganz im Gegenteil, frisches Bier für alle, das hatte sie den rüstigen Herrschaften und auch sich selbst mitgebracht. Und munter war die gesellige Runde am Saufen, als gäbe es kein Morgen.

»Der Herr Pfarrer, der teilt mit mir«, war die Verführerin sofort bei der Sache und schob ihm ihren Krug vor die Nase. Und auch ein Pfarrer ist manchmal ein wenig Adam und kann zur Eva nicht Nein sagen. Selbst wenn man eigentlich einen ganz schönen Grant auf sie hat.

»Prost.«

»Prost.«

»Zum Wohle!«

»Auf dass die Gurgel nicht verrost.«

Mit einem anständigen Klonk stießen die Krüge über dem Tisch zusammen, und bereits beim ersten Schluck war der Meininger froh über den fehlenden Kaffee. Ach, das gute Eichenberger Festbier.

»Herr Pfarrer, das muss man Ihnen schon lassen, eine feine Hausdame haben Sie sich da gesucht, eine ganz feine«, schwärmte der Samberg ganz versonnen. »Und so gern hört sie sich unsere Gschichten an. Interessiert ja sonst heut keinen mehr, wie es früher so war. Aber die Maria …« Er griff über den Tisch nach ihrer Hand und drückte sie ganz ergriffen. »… die hat eben noch einen Respekt vor dem Alter. Und noch dazu das Herz am rechten Fleck.« Fast wurden ihm die Augen feucht, so begeistert war er von Marias Traditionsliebe.

»Die Herren waren so nett und haben mir ein paar Geschichten erzählt, von früher und wie es da so zuging, mit den Gemeindefesten und der Feuerwehr und so weiter.« Sie zwinkerte dem Meininger zu, ganz allerliebst, wirklich. »Weil, man weiß ja nie, was man da nicht alles lernen kann für die Zukunft. Von den Alten lernen, das sag ich immer, und sich in der Jugend viele Fehler sparen.«

Zustimmendes zahnloses Gegrinse, rundrum um den

Tisch. Ein bisserl Zähneputzen, das hätten die Alten vielleicht umgekehrt von den Jüngeren lernen können. Aber da wollte der Meininger jetzt nicht kleinlich sein. Vielmehr wollte er rausfinden, warum seine Köchin lieber hier beim Bier und den immer gleichen Geschichten von früher herumsaß, als die Probleme von heute zu lösen.

»Ich hab grad gesagt, den Herren, dass sie es schon nicht immer leicht hatten mit uns früher. Als wir selber noch jung waren und dauernd was ausgefressen haben.«

»Aber geh, Maria, du warst doch so ein braves Mäderl. Ich weiß noch, wie du immer vorn im Kirchenbankerl gsessen bist mit deinen langen Zöpfen links und rechts, damals genauso fesch wie heute.«

Der Samberg wollte die Hand von dem braven Mäderl überhaupt nicht mehr loslassen. Und der Meininger nahm noch einen großen Schluck Bier.

»Ach geh, Sie Schmeichler, Sie alter. Wir waren alle keine Engel nicht.« Die Maria zwinkerte verschmitzt. »Aber, mei, jung waren wir halt und auch ein bisserl dumm, nicht wahr, Herr Wimmer? Kinder halt.«

Der Wimmer schien als Einziger am Tisch nicht begeistert auf den Nostalgiezug aufgesprungen zu sein. Mürrisch starrte er auf seine Maß und brummte nur grantig als Antwort.

»Ha, ha. Das ist dem Barthel sein Lieblingsthema, gell, Barthel. Weil, der seine, der war ja wirklich keiner von den Braven. Gott hab ihn selig. Aber ist halt so.«

Der Stürmer boxte seinen alten Freund mit dem knochigen Rentnerellenbogen in die Seite, aber bei dem Thema schien der Wimmer tatsächlich keinen Spaß zu verstehen. Verständlicherweise. Den Toten die verdiente Ruhe, dachte sich der Meininger.

»Ach, Herr Stürmer, jetzt seins mal nicht so«, half auch die Maria bei der Totenehrung. »So schlimm war er doch auch nicht, der Ludwig. Auch wenn man sich das bis heut erzählt, oder? Herr Wimmer?«

Dieses scheinheilige Weibsbild, endlich begriff der Meininger, was für ein Spiel sie trieb. Wirklich eine Schlange, eine wahre Eva. Schmeichelte und schleimte sich da mit Bier und blauen Augen bei den alten Gockeln ein, nur um dem armen Wimmer hintenrum noch ein paar Geschichten über den toten Sohn aus der Nase zu ziehen. Der Pfarrer wäre seiner Köchin am liebsten um den Hals gefallen, so stolz war er auf sie. Was man da beim TV-Krimi nicht alles lernen konnte.

Aber nun eben wieder die maulfaulen Niederbayern, die wollten ums Verrecken nichts erzählen, und wenn man sie noch so piesackte, maultot waren die eigentlich. Allen voran der alte Wimmer. Der brummte weiter nur böse vor sich hin und leerte in einem Zug sein Bier weg. So, wie er aussah, mit den roten Augen, war das auch nicht sein erstes an diesem Tag gewesen. Fieberhaft überlegte der Meininger, wie man da jetzt unauffällig weiterbohren könnte, als ihn die Maria plötzlich unterm Tisch am Talar packte.

Und jetzt war der Meininger in einem rechten Dilemma, weil, einerseits freute es ihn riesig, und ungeahnte Gefühle wärmten ihm da plötzlich den Bauch, aber andererseits doch auch langjähriges Dienstverhältnis und eben: Zölibat.

Aber so wild, wie die Maria da herumriss an seinem Rock, romantisch war irgendwie anders. Und überhaupt, sie schaute ja gar nicht ihn an, sondern in Richtung Turnhalleneingang, wo gerade die Hasleitner Erna Hand in Hand mit dem Leitner Karl hereinspaziert kam.

Der Meininger schaltete sofort. »Meine Herren, es tut uns furchtbar leid, so schön das auch ist hier bei Ihnen, aber wir müssen, die Maria und ich. Die Pflicht ruft …«

Und wieder einmal hatte er die Rechnung ohne seine Wirtin gemacht, die dachte nämlich gar nicht ans Aufstehen.

»Gehn Sie ruhig, Herr Pfarrer, ich bleib noch ein bisserl.«

Der Meininger verstand nur Bahnhof, erst riss sie ihm den halben Rock von den Beinen und dann schickte sie ihn alleine an die Front. Weiber. Natürlich hatte er auch gar keine Chance, dagegen was zu sagen, weil die alten Herren auch überhaupt nicht daran dachten, ihren weiblichen Gast ziehen zu lassen.

»Die Maria, die bleibt noch bei uns, gell!«

»Hochwürden, könnens uns doch nicht gleich wieder wegnehmen, das Fräulein.«

Nun gut, musste der Meininger eben alleine los.

»Aber zur Tombola, da darf ich dann gnädigerweise mit Ihrer Unterstützung rechnen, Frau Huber?«, fragte er böse.

Bevor die Maria antworten konnte, schimpfte der Wimmer Barthel schon los. »Scheißtombola. Hochwürden, bei aller Liebe, ich versteh nicht, warum wir da jetzt was spenden sollen für dieses Luder.« Der alte Geizkragen hatte wirklich schon ein bisschen zu tief in die Maß geschaut. »Recht gschiehts ihr, das sag ich, nur Ärger hat sie gemacht, immer schon. Und jetzt sollen wir auch noch zahlen für die alte Schlampen. Nein, auf keinen Fall, keinen Pfennig geb ich her.«

Was war denn in den gefahren? Aber gut, sollte sich doch die Maria mit den Grantlern herumschlagen, wenn sie meinte. Der Meininger hatte jetzt einen Mordfall zu lösen, wenn es schon sonst keiner machte.

So ganz ohne Hilfe musste der Pfarrer Gott sei Dank nicht in den Kampf ziehen. Frisch entleert vom Klo, konnte er den Simeon Hirsch gerade noch abgreifen, bevor der sich wieder in die Fänge von Sandra Beierlein stürzen wollte. Aber keine Chance für die Liebe, die war dem Meininger gerade ziemlich wurscht.

»Hirsch, die Verdächtigen sind aufgetaucht. Es geht los.« Er packte den immer noch recht wackeligen Kollegen am Arm. »Die Maria, die haben wir leider verloren, wir Männer müssen ran.«

»Aber ist doch überhaupt kein Problem«, lallte der Polizist freudestrahlend, immer noch im Liebestaumel. »Das schaffen wir doch mit links, wir zwei. Wir sind doch ein perfektes Team, Herr Meininger. Wunderbar sind wir.«

»Äh ja, ganz wunderbar. Und jetzt reißen Sie sich ein bisschen zusammen, Herr Hirsch, immerhin sind wir in dienstlicher Mission.«

»Zu Befehl, Herr Meininger«, kam es aus dem Polizisten geschossen, der es nicht mehr so ganz schaffte, die Hacken zusammenzuschlagen. Gott sei Dank hatte der Meininger ihn fest im Griff. So ineinander verhakt überlegte er angestrengt, wie sie das mit dem Verhör jetzt anstellen sollten, als es das Verhör ganz allein zu ihnen schaffte.

»Herr Pfarrer Meininger, da sind Sie ja. Bitte entschuldigen Sie unsere Verspätung, aber wir hatten noch ein paar Dinge zu erledigen«, erklärte die Erna mit einem so unschuldigen Gesicht, dass man glatt meinen könnte, sie würde keiner Fliege was zuleide tun.

»Ja, tut uns furchtbar leid, Herr Pfarrer, aber jetzt, jetzt sind wir ja da.« Und ganz ungeniert legte der Leitner seinen Arm um die Erna. Als wäre es das Normalste der Welt. So viel Dreistigkeit, das musste man sich auch erst mal trauen.

»Sie beide sind festgenommen, wegen dem Mord am Ludwig Wimmer!«, platzte es aus dem Polizeiobermeister heraus. »Sie haben das Recht zu schweigen.«

Hektisch löste er die Handschellen von seinem Uniformgürtel und stutzte beim Blick auf die beiden Liebenden. Leider nur ein Paar Fesseln für vier verdächtige Hände. Kurz entschlossen klackte er die Erna und den Karl einfach zusammen. So, Problem gelöst. Wäre jetzt nicht die bevorzugte Vorgehensweise vom Meininger gewesen, aber na ja. Wie vom Donner gerührt, starrten der Leitner und seine Liebste auf ihre so plötzlich verbundenen Handgelenke. Dann platzte dem Leitner der Kragen.

»Ja, spinnen Sie jetzt komplett? Was soll denn das?« Er schüttelte seine Hand und riss den Arm nach oben, an dem nun aber dummerweise auch die viel kleinere Erna hing.

»Aua, geh, spinnst du?«

»Was fällt Ihnen eigentlich ein, Sie Hirsch, Sie dammischer? Meine Frau ist der Ehrengast auf diesem Fest! Und das ist schwer genug. Sind Sie wahnsinnig, uns so zu beschuldigen? Sie haben ja überhaupt keine Ahnung. Herr Pfarrer, jetzt sagen Sie doch auch einmal etwas!«

So wütend hatte der Meininger den Jäger noch nie erlebt. Eigentlich immer ein ganz friedlicher Zeitgenosse, der Leitner, aber so war das eben mit den Mördern. Die stillsten Wasser, bis eben zu dem Tag, an dem ...

Frau?

Hatte der Leitner die Erna gerade als seine Frau bezeichnet?

»Ihre Frau?«

»Jawohl, meine Frau.«

»Aber wie? Wo? Das wussten wir ja gar nicht.«

»Wusste auch gar nicht, dass man bei so was um Erlaubnis bitten muss«, pampte der grantige Leitner.

Verheiratet waren die beiden, da schau an. Na, dann machte das ja auch Sinn, dass der brave Gatte den Plagegeist aus der Vergangenheit beseitigt hatte. Hochzeitsgeschenk, sozusagen.

»Sie werden beschuldigt, den Hauptbrandmeister Wimmer in der Nacht vom ... ähm ... wann war das noch mal … in der Nacht vom Feuerwehrfest erstochen und verstümmelt zu haben. So, das wird Ihnen vorgeworfen.«

»Wie bitte?«

»Was sollen wir gemacht haben? Den Ludwig ermordet?«

Der Leitner blickte so verdutzt aus der Wäsche, dafür hätte man ihm glatt den Oscar verleihen können, so gut war das geschauspielert. Und die Erna, die fing auf einmal herzzerreißend an zu weinen.

Dem Meininger wurde ganz anders.

»Aber, Herr Pfarrer …«, schluchzte sie und griff mit der handschellenfreien Hand nach seinem Arm. »Herr Pfarrer, wie können Sie denn nur so etwas von uns denken? Nach allem, was passiert ist?«

Dem Meininger schoss die Schamesröte ins Gesicht. Frauentränen, das hatte er noch nie gekonnt.

»Frau Hasleitner, es tut mir wirklich leid, aber die Beweise, die sind ganz eindeutig eben.«

»Beweise, welche Beweise, von was sprechen Sie denn überhaupt?« Der Leitner nahm seine Gattin schützend zur Seite. »Jetzt endlich mal raus mit der Sprache, was dieses Affentheater hier soll.«

Und bevor der angesoffene Hirsch gleich wieder losplärren konnte, übernahm der Meininger die Erstanklage.

»Herr Leitner, wir haben rausgefunden, dass die Geschichte mit dem gestohlenen Hirsch von vorne bis hinten erlogen war, da haben Sie uns sauber an der Nase herumgeführt. Diese Diebstahlgeschichte mit den Studenten, die haben Sie sich nur ausgedacht, stimmt doch, oder? Ihre

Ablenkung ist durchschaut. Am Tatort haben wir die Klinge Ihres kaputten Hirschfängers gefunden, mit mehreren Spuren drauf.« Er nickte in Richtung der immer schrecklicher heulenden Erna. »Den passenden Griff, den haben wir schließlich in Ihrer Kühlhalle gefunden.« Der Pfarrer seufzte, weil ihm das Ganze einfach irgendwo furchtbar leidtat. »Leugnen Sie also nicht, wir wissen, dass Sie zusammen mit der Erna den Ludwig erstochen haben, am Heimweg vom Feuerwehrfest. Wegen der schlimmen Sachen, die er Ihrer Frau damals angetan hat. Um das Ganze zu vertuschen, haben Sie dann den Hirsch in seinen Buckel gerammt und den Diebstahl auf die Passauer Studenten geschoben. Aber, Herr Leitner, Ihnen war doch klar, dass Sie damit niemals durchkommen. Was haben Sie sich nur gedacht?«

Tiefe Zornesfalten bildeten sich auf der Stirn des Mörders, dann donnerte er los, dass der Meininger gleich zwei Schritte nach hinten tat.

»Was hab ich mir gedacht? Was hab ich mir gedacht?« Er machte einen Schritt auf die beiden Ankläger zu. »Was haben Sie sich denn bei dieser Geschichte gedacht? Ha? Herr Pfarrer? Herr Polizeiobermeister? So einen Krampf hab ich ja noch nie gehört!«

Die beiden Ermittler sahen sich etwas überrascht an. Mit so viel lautem Abstreiten hatten sie beide nicht gerechnet.

»Aber wir waren doch gar nicht da.« Viel leiser, doch entschiedener, das Abstreiten von der frisch vermählten Frau Leitner.

»Wie?«

»Ha?«

»In der Mordnacht. Wir waren überhaupt nicht hier«, erklärte die Erna jetzt deutlich bestimmter. »Wir haben geheiratet das Wochenende davor und sind bis zum Montag nach dem Feuerwehrfest auf Gran Canaria gewesen. In den Flitterwochen.« Sie warf dem Leitner einen liebevollen Blick zu.

Wütend sah der Meininger zum Simeon Hirsch.

Wenn das stimmte, dann war das hier wirklich die peinlichste Ermittlung, die Eichenberg je gesehen hatte. Der Karl bestätigte die Aussage seiner Gattin.

»Ja, meine Herren, wir waren eine Woche auf Gran Canaria in einem ganz herrlichen Hotel. Ein Alibi, wie Sie ja wahrscheinlich selber wissen. Das kann Ihnen vom Reisebüro bis zur Stewardess ein jeder bestätigen.«

Aha. Darum also hatte der Leitner den Hirsch nicht sofort nach der Treibjagd zerlegt, zählte der Meininger eins und eins zusammen. Deshalb hatte er so rumgedruckst bei der Fragerei vor ein paar Tagen, weil er heimlich in den Stand der Ehe gewechselt war. So ein Lump.

»Und das Messer?«, fragte ganz leise der Simeon.

»Was für ein Messer? Wenn Sie meinen alten Hirschfänger meinen, der ist mir auf der Treibjagd auseinandergebrochen, als ich den Hirsch zerlegen wollte. Die Klinge, die hab ich entsorgt, den Griff irgendwo aufgehoben, den wollt ich neu bestücken lassen, ein altes Erbstück von meinem Großvater.«

»Und wessen Klinge haben wir dann im Wald gefunden?«

»Ja, Herr Ermittler, was fragen Sie das mich? Das wäre doch eigentlich Ihre Aufgabe, das herauszufinden, oder nicht?«

Wo er recht hatte, der Leitner, da hatte er recht. So ein Mist. Totale Sackgasse, in die sie da mit hundertzehn Sachen gerauscht waren. Der Meininger wusste gerade überhaupt nicht mehr, wo vorne und wo hinten war. Nur, dass ihm die Erna furchtbar leidtat mit den gefesselten Händen und den unter Wasser stehenden Augen, das war klar. Und dass er von nun an die Finger vom Spionieren lassen würde, das auch. Schuster, bleib bei deinen Leisten. Pfarrer, bleib in deiner Kirche. Der Herr hatte ihn sehr deutlich auf seinen Platz verwiesen. Was hatte er sich nur dabei gedacht?

Hilfspolizist? So ein Blödsinn!

»Herr Hirsch, jetzt machen Sie doch die beiden sofort los von den Handschellen, ich bitt Sie. Und entschuldigen Sie sich gleich für diese wilden Anschuldigungen. Furchtbar leid tut uns das, Frau Hasleitner, Karl … furchtbar leid. Ich weiß gar nicht, was ich sagen soll.«

Ganz geknickt und mit gesenktem Haupt zog der Meininger von dannen. Das wars für ihn mit diesem Fall. Aus. Vorbei. Sollten doch die Passauer übernehmen. Was hatte er denn schon davon, einen Mord aufzuklären? Unschuldige verdächtigen, das war einfach zu viel. Sein Auge sollte sich eben doch auf das Gute im Menschen richten, nicht auf das Schlechte. Und der Maria, der würde er jetzt ein für alle Mal sagen, dass sie ihre Krimis gefälligst von ihm fernhalten sollte. Jawohl. Basta.

Nur dumm, dass die Köchin jetzt nicht einmal mehr bei den Veteranen zu finden war. Die hatten den Kampf gegen die Müdigkeit mittlerweile aufgegeben, und wie jedes Jahr ratzten sie alle über einem halb leeren Bier. Nur der Wimmer, den hielt seine ewige Grantlerei immer noch aufrecht, der saß beim Schnaps und brummelte leise vor sich hin.

»Herr Wimmer, haben Sie die Maria gesehen?«

»Drecksweiber, alle miteinander, na, Ärger, immer nur Ärger.«

Die Hälfte von dem ganzen Gekeife verstand der Meininger wegen dem vielen Alkohol und den wenigen Zähnen nicht richtig, aber es reichte eh, was man gerade noch so hören konnte. »Ein Leben lang nix als Ärger und Probleme ... eine Schande war das, eine nach der anderen ... viel früher hätten wir schon ... aber, mei ... kleine Putzerl, denkt man, was soll schon sein. Und dann ... alles wieder von vorne. Mistviech, das alte ... wollt einfach nicht hören ... noch nie nicht ... war schon richtig ... musst halt sein.«

Und dann plötzlich, als der irgendwie starr gefrorene Meininger schon dachte, der Wimmer sei endlich über seinem eigenen Geschimpfe eingeschlafen, genau dann hob er den Kopf und blickte den Meininger mit erschreckend klaren, eisig blauen Augen an.

»Dabei hätt er doch nur folgen müssen, der Bub. Nur hören hätt er müssen auf mich. Das hat er jetzt davon.«

Das wars, zack, aus. Der Kirschgeist und das Festbier forderten ihren Preis, der Wimmer-Schädel kippte auf den Tisch.

Der eine endlich eingeschlafen, der andere war noch nie so wach. Adrenalin schoss dem Meininger durch jede Ader seines sonst so gemütlichen Körpers. Ein eiskalter Schauer lief ihm den Buckel hinunter, und die Hände zitterten furchtbar. Der Mund war plötzlich ganz trocken, und er hoffte inständig, dass ihm nicht die weichen Knie den Dienst versagen würden.

Weil jetzt, wo er eigentlich gar nicht mehr ermitteln wollte, da tat es das Hirn plötzlich von ganz allein. Denn endlich, endlich wusste der Pfarrer, wer den Ludwig Wimmer so grausam erstochen und aufgespießt hatte, und auch, warum der Hasleitner-Hof im Sommer so plötzlich in Flammen aufgegangen war. Und noch viel schlimmer, wohin die Maria auf einmal verschwunden war. Und Gott sei Dank gaben die Knie dabei nicht nach, sondern rannten ganz von allein raus aus der Turnhalle, so schnell es nur ging.

IX

Feueralarm

Wie aus dem schönsten Bayern-Urlaubsprospekt herauskopiert, so idyllisch sah der Wimmer-Hof aus im orange-blauen Licht der untergehenden Sonne. Ein glitzernder Novemberreif hatte sich bereits über die Gräser geschmiegt, und eine friedliche Ruhe herrschte auf Wald und Wiese.

Der Meininger störte da schon ein wenig die Postkartenromantik, wie er sich schnaufend und prustend auf dem Radl den Eichenberg hinaufkämpfte. Er konnte seinen eigenen Atem vor sich in der Luft gefrieren sehen. Was das Zeug hielt, trat und strampelte er, so schnell es eben ging. Freilich, Todesangst ein ganz schöner Treiber, aber eben das goldene Gwand und der lange Rock eher hinderlich.

Im letzten Dämmerlicht bog er schließlich schweißgebadet, aber mit halb erfrorenen Fingern in die Hofzufahrt ein und verfluchte zum tausendsten Mal den unzuverlässigen Polizisten Hirsch. Der war in der höchsten Not nämlich nirgends zu finden gewesen. Weder die frisch vermählten Leitners noch die sonst immer allwissende Apothekerin konnten zu seinem Verbleib eine Auskunft geben. Wahrscheinlich hing er schmusend und grapschend in irgendeiner dunklen Ecke mit dem ebenfalls abtrünnigen Lehrerinnenflitscherl. Na warte, Bürscherl, dachte sich der Meininger, mit dir werd ich noch mal Eichenberg retten. Eine saftige Aufsichtsbeschwerde würde er schreiben, wenn das alles hier endlich überstanden wäre.

Die Wutakkus neu aufgeladen, sprang er vom Radl und rannte zum Wimmer-Haus. Seltsamerweise keine Spur vom Zerberus, alias Alois, dem Kettenhund, zu hören oder zu sehen. Umso besser, jetzt galt es erst mal, die Maria zu finden.

Und so langsam wurde aus dem Pfarrer eben doch ein Eins-a-Kriminaler, denn anstatt zu klopfen und sich laut anzukündigen, drückte der Meininger so leise wie möglich die Klinke nach unten und öffnete vorsichtig Zentimeter für Zentimeter die Haustür. Als *Tatort*-Polizist hätte er natürlich spätestens jetzt seine Waffe gezückt, so schickte er nur ein Stoßgebet zu seinem Chef in den Himmel und schlich sich auf Zehenspitzen in den dunklen Flur.

Bingo. Die Maria. Gott sei Dank! Da war sie.

Sehen konnte sie der Meininger zwar nicht, aber gut hören, aus der Küche. Aufgebracht klang sie, fast zornig. Schritt für Schritt näherte sich der Pfarrer der leicht geöffneten Küchentür, damit er besser hören konnte, wer und was da drin gerade besprochen wurde. Zu sehen gab es eh überhaupt nix, weil draußen so nach und nach immer dunkler und drinnen zu geizig oder zu unheimlich für ein Deckenlicht.

Behutsam schob er sich an die halb geschlossene Tür und versuchte, irgendwie ums Eck in den Raum zu spähen.

»Eine furchtbare Zeit muss das für dich gewesen sein, Kreszenz. Ich mag es mir ja gar nicht vorstellen.« Wahrscheinlich saß die Maria auf dem Xaver-Platz am Küchentisch, so weit ums Eck reichten dem Meininger seine Augen nicht. Aber die Kreszenz mit ihren verschränkten Armen und dem versteinerten Gesicht, die konnte er sehen, wie sie an der Anrichte stand, halb wenigstens.

»Keine Frau hat so was verdient. Bloßgestellt vom eigenen Verlobten, mei, hätte ich doch nur was gewusst, damals, ich hätt doch ...«

»Ach, sei doch still, Maria. ›Hätt ichs doch bloß gewusst.‹ Alle hams doch gewusst, das ganze Dorf. Ein jeder in Eichenberg. Glacht habts ihr alle über mich, gibs doch zu. Die Kreszenz, das Dummerl, gegen die schöne Erna hilft ihr das ganze Geld nichts. Meinst, ich hab das nicht mitbekommen. Ich bin vielleicht nicht die Schönste, aber sicherlich nicht die Dümmste.«

Da sagte die Maria jetzt erst mal nichts. Respekt, dachte der lauschende Pfarrer und fragte sich, wie seine Köchin da jetzt ihren nächsten strategischen Schachzug platzieren wollte.

»Ich versteh dich ja, Kreszenz. Und freilich, das Gerede von den Leuten, das ist nicht immer schön. Aber wegen der alten Sache dann euren Kindern die Liebe untersagen. Ist das nicht ein bisserl übertrieben?«

»Pah, Liebe. Was bedeutet schon die Liebe?« Die Kreszenz krallte ihre Finger in die eigenen Oberarme. »Geliebt hab ich ihn, den Ludwig. Obwohl ihn eh keiner mochte im Dorf. Ich hab ihn geliebt. Und was hat es mir gebracht? Ha? Nix außer Leid und Schmach. Liebe, hör mir bloß auf mit der Liebe.«

»Und der Ludwig, der hat die Erna geliebt, das hat sicher furchtbar wehgetan, stimmts?«

»Ach, so ein Blödsinn, das war doch keine Liebe. Der Ludwig und Liebe. Scharf war er auf sie, sonst nix. Wie auf jeden Rockzipfel und besonders auf die, die er nicht haben konnte. Der alte Depp.«

Sie senkte den Kopf und ließ die Arme neben ihrem Körper nach unten fallen, als würde alle Kraft aus ihr weichen. »Und nie, nie hab ich was gsagt. Immer still, immer den Mund gehalten. Immer gefolgt, den Eltern, dem Schwiegervater. Soll der Ludwig doch weibern, hab ich mir gedacht, am End, da muss er doch nach Hause zurück. Selbst als das Kind kam, selbst dann ist er doch wieder nach Hause zurück am Ende. Zu groß war die Angst vorm eigenen Vater.«

»Das Kind? Den Xaver meinst du?«

Müde schüttelte die Wimmerin den Kopf.

»Den Robert. Erst wegen dem Robert, aber der ist ja schnell wieder gestorben. Und später wegen der Bianca, da wäre er dann beinah davon. Egal, wie sehr ich geweint hab, egal, wie der Alte geschimpft und gedroht hat. Aber die Erna, die wollt ihn ja eh nicht, den Lumpen. Was hat er sich denn nur gedacht? Betrunken ein Mädel vergewaltigen, gleich mehrfach, und dann brav den Kindsvater spielen? Der Dickschädel, der. Ausbezahlt hat sie der Vater, der Barthel, jedes Mal, damit nix rauskommt, damit sie auch den Mund hält, wie wir alle. Und dann hat sie eben den Hasleitner geheiratet, um sich den Ludwig vom Hals zu halten und weil das Kind nunmal einen Vater braucht. Teuer war das, und getobt haben sie, der Barthel wie der Sohn. Damals dacht ich schon, sie bringen sich um die zwei, so wild waren die aufeinander.«

»Aber ein paar Jahre hat es noch gedauert, oder?«, fragte die Maria in die Stille hinein. Nix. Gar nix. Die Dielen knackten, und eine Stecknadel hätte man fallen hören können. Dann schluchzte die Kreszenz leise und nickte.

»Ja. Ein bisserl hat es noch gedauert.«

Hinter der Tür musste der Meininger so schwer schlucken, dass er fast glaubte, der Adamsapfel würde ihm mit in den Magen rutschen.

»Warum, Kreszenz, was ist dann passiert?« Im Alleingang löste die Maria da plötzlich den Fall, ganz ohne göttlichen und rechtlichen Beistand. Hut ab.

»Der Xaver und die Bianca«, seufzte die Wimmerin. »Die sind passiert. Hat ja irgendwann kommen müssen, die Strafe für die vielen Sauereien, und am End warens eben die unschuldigen Kinder. Sind ja meistens die Unschuldigen, gell, die dann zu Engerl werden für die Schuldigen.« Sie streifte sich das Kopftuch von den Haaren und knetete es zwischen den Händen, während sie weitersprach.

259

»Am Anfang haben wir es noch nicht so ernst genommen. Mei, ist er halt ein bisserl verliebt, der Bub, in das hübsche Ding. Kann ihm ja keiner übel nehmen. Konnt ja auch keiner ahnen, dass sich die Bianca auch verliebt. In den eigenen Bruder. Da mussten wir ja was machen, bevor eine nächste Sünde passiert.«

Na ja, dachte der Meininger, Sünde mit Sünde verhindern, ob das so der richtige Ansatz war.

»Verhindern wollt es der Ludwig und auch der Barthel. Sie hat ja nix, kein Geld, keinen Vater mehr. Was soll denn werden aus dem Hof? Aber der Xaver war wie taub. Der wollt das alles nicht hören, blind vor Liebe, fast wie sein Vater damals. Nur wo die Erna nicht wollte, da wollte die Tochter eben schon. Auch die Hasleitnerin hat nix ausrichten können bei ihrem Kind.«

Sie drehte weiter das arme Tüchlein zwischen den krampfigen Händen.

»Der Ludwig wollt es dann sagen, wollt raus mit der Wahrheit, damit kein Inzest passiert. ›Bevor es zu spät ist‹, hat er immer gesagt. ›Bevor *es* passiert.‹ Aber davon wollt der Bartholomäus nichts hören. Und da hatte er auch recht. Was wäre denn dann passiert? Die ganze alte Gschichte wieder aufrollen, die Vergewaltigungen, die gekaufte Ehe. Wo endlich der Hasleitner selbst nix mehr sagen konnte.«

Um Himmels willen, der Werner. Ging auch diese Geschichte auf das Wimmer-Konto? Dem Meininger zitterten die Hände.

»Der Barthel hatte dann die Idee, den Hof abzubrennen. Als Warnung an die Erna, und vielleicht würden sie ja dann sogar wegziehen aus Eichenberg. Der Ludwig, der wollte davon überhaupt nichts wissen. Der wollt ja gar nicht, dass seine wunderbare Erna samt seiner Tochter verschwindet. Das hätte der nie zugelassen.«

»Und dann?« Die Stimme von der Maria war furchtbar leise, der Meininger konnte sie kaum noch hören durch das dicke Holz.

»Dann musste der Schwiegervater das allein in die Hand nehmen.«

»Und du hast ihm geholfen.«

Gut, dass der Meininger die Kreszenz sehen konnte, weil die nickte nur stumm.

»Und ihr habt den Hof von der Erna Hasleitner angezündet.«

Sie nickte wieder. »Ja, aber dass das arme Kind verbrennt, das haben wir nicht gewollt. Wirklich nicht. Wir dachten, da wäre keiner mehr im Haus an dem Tag.« Sie fuhr sich durch die Haare. »Das wollten wir wirklich nicht. Auch nicht der Barthel, war ja auch seine Enkeltochter.«

»Und der Ludwig? Und der Xaver?«

»Die haben natürlich versucht, den Hof zu retten. Weil der Ludwig, der wusste ja, wer schuld war, und der Xaver wollte natürlich die Bianca … mein Gott, dabei wäre er selber fast draufgegangen. Ich darf gar nicht dran denken.« Sie schluchzte einmal tief. »Mein armer Bub.«

»Aber dann, warum der Ludwig auch noch?«, fragte die Maria. »Schlimm genug mit der Bianca, aber dann wäre doch alles gut gewesen, hätte doch gereicht. Warum auch noch dein Mann?«

Die Kreszenz wand sich sichtlich, der Kopf rollte von links nach rechts, aber tatsächlich, wie im Krimi, es musste halt doch raus.

»Nach dem Tod von der Bianca war der Ludwig einfach nicht mehr derselbe. Kaum noch geredet hat er mit uns, und den Xaver, den konnt er nicht mal mehr anschauen. Betrunken war er eigentlich Tag und Nacht. Dem Barthel, dem ist er aus dem Weg gegangen, vor dem hatte er immer noch viel zu viel Schiss. Aber mir, mir hat er das Leben zur Hölle gemacht. Eifersüchtig wäre ich gewesen, immer schon. Die Erna, gehasst hätte ich sie und am liebsten ja meine Konkurrentin entsorgt, so aber halt nur die Kinder. Er hat überhaupt nicht geglaubt, dass das nur ein tragischer Unfall war und wir ja im Grunde nur ihn und den Kindern die Schand ersparen wollten, dass alles rauskommt.«

Irgendwie konnte der Meininger gar nicht glauben, was ihm da zu Ohren kam, Gott sei Dank hörte es die Maria auch.

»Mord und Neid und Boshaftigkeit hat er mir unterstellt, dass ich mit seinem Vater unter einer Decke gesteckt hätte, schon immer, und ihm sein ganzes Lebensglück zerstört hätte. Bis zum Schluss wollte das nicht in seinen Schädel rein, dass die Erna ihn nicht ausstehen konnte, noch nie. Und ich, die ihn immer geliebt hat, immer unterstützt hat, immer für ihn da war, ich war nix wert. Nicht einen Pfennig. Irgendwann hat er dann angefangen mit Zuhauen, wenn er richtig besoffen war. Nur mich, den Barthel, dem hat er immer nur gedroht, dass er zur Polizei geht und uns anzeigt. Pah, der mit seiner zentnerschweren Akte, hätt ihm eh keiner geglaubt. Auf einmal hat er mir dann gedroht, er würde alles dem Xaver sagen. Damit der Bub endlich weiß, was er für eine Mutter hat, hat er gemeint. Damit er nie wieder mit mir redet und auch nicht mit seinem Großvater. Ja, und das war dann am End zu viel. Ich hab dem Bartholomäus gesagt, dass ich nicht mehr kann, dass ich das nicht mehr aushalte, und wenn er mir das Kind nimmt, der Ludwig, dass ich ins Wasser geh.«

Sie schluchzte jetzt fast so herzzerreißend wie die Erna Hasleitner-Leitner noch vor ein paar Stunden, und dem Meininger wurde die Seele schwerer und schwerer.

»Mein Schwiegervater hat mich nie hängen lassen in all den Jahren. Kein einziges Mal. Und er hat mir versprochen, dass er sich was einfallen lässt.«

»Das Feuerwehrfest.«

»Ja«, nickte die Kreszenz. »Das Feuerwehrfest. Der Xaver war schon zu Haus und sternhagelvoll im Bett, ohne seinen Vater, als mich der Barthel mitten in der Nacht aufgeweckt hat. Blutverschmiert stand er bei mir im Schlafzimmer und hat gemeint, dass sich das Problem mit dem Ludwig jetzt ein für alle Mal erledigt hätte, aber dass er jetzt meine Hilfe bräuchte.«

»Und du hast ihm wieder geholfen.«

»Ja, was hätte ich denn machen sollen? Hat der Alte ja alles für uns getan. Für den Xaver und für mich.«

»Also?«

»Also sind wir raus in den Wald zum alten Jägerstand. Da hing der Ludwig schon tot überm Staffel. Erstochen hat er ihn, der Barthel, mit seinem Jagdmesser.«

»Und der Hirsch?«

»Das war seine Idee. Der war wohl übrig von einer Treibjagd, auf der ein paar depperte Burschen den zufällig erlegt hatten. Der Vater hat gemeint, wir sollen ihn holen und alles ein wenig wild herrichten. Dann würd uns keiner draufkommen, weil der Leitner sicher die Schützen verdächtigen würde, und dass dann alles sowieso nach ganz komplizierter, verzwickter Tat ausschauen würde.«

»Also habts ihr beide den Hirsch ...«

»Ja, wir sind runtergefahren zum Leitner, der war gar nicht daheim. In die Kühlung eingestiegen und mitsamt dem Viech wieder zurück.«

»Das war sicher eine ganz schöne Schinderei.«

Die Kreszenz zuckte die Schultern. »Ich kann mich gar nicht mehr wirklich erinnern, wie das genau war. Irgendwie ist das, als hätt ich alles nur geträumt, und der Ludwig würd gleich reinkommen ...« Sie schluchzte laut und blickte zur Tür, wo der Meininger gerade dachte, vielleicht wäre jetzt der richtige Moment, um anstelle vom toten Ludwig in die Küche zu treten.

Aber bevor er sich noch richtig entscheiden konnte, krachte ihm plötzlich ein dumpfer Gegenstand mit voller Wucht gegen den Schädel, und fast so leblos wie der Wimmer Ludwig selbst kippte er kopfüber in die Dunkelheit.

Leopold Meininger krallte seine Hände, so fest es ging, in die Ohrwascheln vom Wimmer-Gedenkferkel. Noch nie war er auf einer Sau geritten, und die hier, die hatte wirklich einen Affenzahn drauf. Obwohl sie eigentlich schon längst tot war, galoppierte sie mit dem Pfarrer auf dem Rücken durch den Eichenberger Forst. Dem Meininger wurde ganz anders, so sehr rüttelte und schüttelte es ihn durch auf dem borstigen Buckel. Durch die Baumstämme hindurch konnte er immer wieder die Maria erspähen. Ihr Reittier war um einiges stattlicher als die marode Sau. Fast majestätisch sah das aus, wie sie so vom Leitner-Hirsch durch den Wald getragen wurde. Da störte es auch überhaupt nicht, dass dem Zwölfender immer noch die blaue Zunge aus dem Maul hing und ein Fetzerl Wimmer-Festjanker das Geweih zierte. Was viel mehr störte, das war das wilde Fuchteln und Bedeuten von seiner Köchin, einen ganz irren Blick hatte die im Gesicht, und irgendwas schien sie dem Pfarrer immer wieder zuzurufen, aber er konnte sie einfach nicht verstehen, viel zu weit war sie weg, und sein Schwein ließ sich überhaupt nicht lenken. Immer wieder zerrte er an den Ohren und schlug dem Viech die Fersen in die Flanke, aber es grunzte einfach nur wütend vor sich hin.

Grunz, grunz … grunz, grunz … Wuff, wuff, wuff.

Wäre ja schon komisch genug, die tote Sau, die mit den Pfarrer auf dem Buckel durch den Wald rannte, fing dann plötzlich auch noch zu bellen an. Und von dem ganzen Gekläffe und dem Durcheinander in seinem Kopf bekam der Meininger auf einmal so dermaßen Schädelweh, dass er aus Versehen ein kleines bisschen die Augen aufmachte.

Der Kopf dröhnte ihm so fürchterlich, er wusste im ersten Moment nicht einmal, wo oben und wo unten war.

Dann aber doch, er unten, weil oben, direkt über seinem Gesicht, da bellte nicht die Sau, sondern der Alois und schleckte dem Meininger immer wieder ganz lieb über die Wange.

So nach und nach sortierte sich dann auch der Rest der Welt wieder ordentlich in Ohnmachtsfantasie und Realität auseinander. Und dann doch wieder gut, dass dem Meininger sein Kopf immer noch ein wenig betäubt war vom Draufhauen, weil sonst wäre er ihm spätestens jetzt geplatzt vor lauter Schreck. Die bellende Sau war eigentlich also der Wimmer-Zerberus, und er war auch nicht in einem Baumwald unterwegs, sondern in einem Wald aus lauter Beinen. Recht viel mehr konnte der blinzelnde Pfarrer nicht erkennen, wie er da so zusammengerollt im Wimmer-Hof auf dem eiskalten Boden lag und sich vor lauter Stricken an Händen und Füßen nicht rühren konnte.

»Ja, seids ihr denn von allen guten Geistern verlassen?«, zischten die Haxen gleich neben seinem Kopf, die zum Xaver gehörten. Der Zerberus hörte kurz auf mit Meininger-Abschlecken und schaute, warum sein Herrli jetzt plötzlich so grantig war. Aber weil halt dummer Hund, verstand er auch nix und beschnüffelte lieber wieder den benebelten Pfarrer.

»Da geh ich einmal zehn Minuten mit dem Hund, und ihr bringts in der Zwischenzeit den Pfarrer um? Seids ihr denn total wahnsinnig?«

Keine dumme Frage, fand der Meininger. Vorsichtig, ganz vorsichtig, wegen dem schmerzenden Kopf und weil er keine Aufmerksamkeit erregen wollte, versuchte er, ein bisserl was zu erkennen in der Dunkelheit. Neben den Xaver-Haxen standen in grauen Wollstrümpfen die Beine von der Kreszenz und, noch immer im Festanzug, die krummen Steckerlbeine vom alten Wimmer. War sie also endlich versammelt, die Schreckenssippe. Es wäre dem Meininger nur lieber gewesen, er hätte auch stehen dürfen und würde nicht zusammengeschnürt wie ein Paket abwarten müssen, was sie denn eigentlich vorhatten mit ihm. Langsam drehte er den Kopf weg von der rauen Hundezunge und warf einen Blick über die rechte Schulter. Neben ihm, ein viel schöneres Paket, die Maria. Die hatte gleich noch als Extraschleiferl das Halstuch von der Wimmerin um den Mund gewickelt bekommen, damit sie jetzt, wo sie endlich alles wusste, auch ja nix mehr sagen konnte. Ihr Augen hatten genau den gleichen verzweifelten Blick wie im Traum vom Meininger. Fast aus dem Kopf wollten sie ihr springen, vor allem jetzt, wo auch der Pfarrer wieder unter den Lebenden weilte. Sie rollte wild mit den Pupillen, aber sonst kein Mucks. Müde legte der Meininger den pochenden Schädel wieder in den Kies und ergab sich der Alois-Schleckerei.

»Jetzt reg dich nicht auf, Xaver, bitte. Der Opa und ich, wir wissen schon, was wir tun …«

»Ihr wisst, was ihr tut? Mama, da liegt der Herr Pfarrer halb erschlagen mit seiner Köchin im Hof. Was glaubts ihr denn? Was wollt ihr denn machen mit den beiden?«

»Xaver, des verstehst du nicht. Aber vertrau uns, wir …«

»Vertrauen? Vertrauen?!? Wobei soll ich euch denn vertrauen? Was ist das denn hier überhaupt?«

Der Xaver klang, als würde er gleich überschnappen vor lauter Panik, und zumindest der Meininger konnte das auch irgendwie verstehen.

»Bub, jetzt reiß dich zusammen«, dröhnte die tiefe Stimme vom alten Wimmer. Immer noch war die Zunge schwer vom Pfarrfestbier, der Rest vom Barthel aber schien wieder gut erholt. Erprobter Quartalssäufer eben. »Deine Mutter hat völlig recht. Wir wissen schon, was wir tun, und besser ist es eh, du weißt nix. Das hier geht dich nichts an. Nimm den Alois und geh noch a Runde, komm.«

»Geht mich nix an? Geht mich nix an? Wenn der Pfarrer auf meinem Hof liegt und ihr wer weiß was mit ihm vorhabt?«

»Xaver, ich sags dir noch einmal, das ist eine Familiensache, und die Familie regelt das für dich. Nimm den Hund und verschwind.«

»Einen Dreck werd ich tun. Du hast vielleicht den Vater immer eingeschüchtert, des mag sein. Aber die Zeiten, die sind vorbei. Ich lass mir nix sagen von dir … ni…«

Wump, da war er wieder, derselbe dumpfe Schlag, den der Meininger gehört hatte, bevor es finster geworden war in seinem Kopf. Und prompt krachte auch der Xaver neben dem Pfarrer auf den Boden. Eine schöne Platzwunde an der Stirn, leblos wie ein Sack Kartoffeln. Der Alois winselte und schleckte jetzt lieber das Gesicht von seinem Herrli, und die Kreszenz fing auch gleich furchtbar an zu heulen.

»Vater, spinnst du, da Bua!« Sie warf sich zwischen dem Pfarrer und ihrem Sohn auf den Boden und tastete nach seinem Puls.

»Jetzt hör auf zu jammern, dem fehlt nix. Schlafen wird er gut die nächsten Stunden und dann a bisserl Kopfweh und sich hoffentlich an nix mehr erinnern. Geh her jetzt und hilf mir mit der Huberin, bevor er doch wieder wach wird und Ärger macht. Wie sein Vater, genau wie sein Vater.«

Mit einem Schritt stieg die Kreszenz über den Meininger, der sicherheitshalber noch mal die Augen zumachte. Sehen konnte er ja jetzt leider nix, aber Schritte, Schnaufen, Ächzen und dann jetzt doch das vom Halstuch abgedämpfte Wimmern seiner Köchin hören. Irgendwohin schleppten sie die Maria weg. Das war einfach zu viel, Schluss mit Vorsicht und Totstellen, der Meininger versuchte mit aller Kraft, sich aufzurichten und gegen die Stricke zu kämpfen, aber der Kopf, der wollte halt einfach noch nicht, bei so viel Schrecken und Angst, der verabschiedete sich sofort wieder in die schützende Finsternis.

Als er die Augen das nächste Mal aufmachte, tat der Schädel zwar immer noch genauso weh, aber wenigstens lag er nicht mehr in der Saukälte auf dem harten Erdboden herum. Recht gemütlich eigentlich war er eingekuschelt in Berge von Heu, neben ihm die Maria, auch ganz weich gebettet.

Ohne das Frieren war sein Gemüt gleich wieder etwas

milder gestimmt, vielleicht nahm ja doch noch alles ein gutes Ende, jetzt, wo die Wimmer-Leut sich etwas anständiger um ihre Gäste kümmerten. Ja schon, die Stricke störten immer noch ziemlich, und auch er hatte mittlerweile einen dicken Knebel in den Mund gebunden bekommen, aber man soll doch auf das Gute …

Die Maria neben ihm sah das überhaupt nicht so, die war auf einmal gar nicht mehr ruhig und leise. Wie eine Raupe im schlimmsten Spastikeranfall drehte und bog sie sich in ihrem Heunest. Versuchte, die Arme und Beine aus den engen Seilen zu befreien, und winselte in ihr Mundtuch, so laut es nur ging.

»Mmmmhhhhh, MMmmmmhhh, gggnhhhhhh, phhhhhh … phhhhhh, phhhhhhh!«

Jetzt verstand der Pfarrer meist schon im normalen Gespräch nicht so recht, was die Maria von ihm wollte, mit dem Stoff im Mund, überhaupt keine Chance. Leider. Weil, die immer entsetzter dreinschauenden Augen seiner Köchin, die ließen schon vermuten, dass sie ihm was Wichtiges mitteilen wollte und nichts Gutes wahrscheinlich.

Verzweifelt bäumte sie sich immer wieder gegen das viele Heu, aber da hatten der Bartholomäus und die Kreszenz ganz ordentliche Arbeit geleistet. So tief waren sie eingegraben, da half alles Biegen und Binden nichts.

Irgendwann wurde die Maria dann müde vom vielen Herumwerkeln und In-den-Stoff-Schreien, wo der depperte Pfarrer eh nix verstand, und sie blieb einfach bewegungslos liegen. Totenstill war es im Wimmer-Stall, denn das hatte selbst der Meininger kapiert, dass sie oben im Heuboden vom alten Kuhstall lagen. Nix war zu hören, kein Xaver, der schimpfte, kein Alois, der bellte, und auch von den geständigen Mördern keine Spur mehr. Nur die Maria, die begann plötzlich, leise zu weinen, dicke Tränen kullerten aus den blauen Augen, die den Meininger so traurig anschauten, dass es alles in ihm einmal umdrehte.

Wenn er auch sonst nichts machen konnte, so musste sein Engel wenigstens nicht alleine weinen, und mit etwas Mühe rollte sich die Pfarrerswalze an ihre Seite, so nah es eben ging. Der Knebelmund lächelte ihn an, und auch die Maria rutschte noch näher an seine Seite. Den Kopf auf seinen Bauch gelegt und die Beine eng an seine gepresst, fand der Meininger die ganze fürchterliche Situation gar nicht mehr so furchtbar schlimm, weil ihm wurde am ganzen Körper wunderbar warm vor lauter schöner Zweisamkeit.

Warm und immer wärmer wurde es, und auf einmal fing auch die Maria wieder an zu zappeln und zu jammern.

»Pfffffhhhh … Pfffff … LLLLeeeeppppp … Pffffff!!!«

Vor lauter Einspeicheln und Draufrumgekaue gab das Kopftuch der Wimmerin endlich nach, und die Maria spuckte es in hohem Bogen aus. Als sie ihn dann, jetzt wieder gut verständlich und so aus nächster Nähe, anplärrte.

»FEUER!!!! LEOPOLD!!!!! FEUER!!!!!«

Da wäre das eigentlich nicht mehr notwendig gewesen, weil da roch der Pfarrer selber schon den Rauch von unten und hatte sich denken können, dass nicht nur die Maria für die plötzliche Hitze verantwortlich war. Der Kuhstall brannte, und ein unglücklicher Zufall war das sicherlich nicht.

Wie eine Wilde warf sich seine Köchin auf ihn und versuchte, die Stricke an seinen Händen einfach durchzubeißen. Die eigenen Arme auf den Rücken gebunden und die Beine fest zusammengeschnürt, war das schon fast zirkusreif und half leider gar nichts. Die dicken Kälberstricke gaben keinen Millimeter nach. Wahrscheinlich hätte es mindestens das Gebiss vom Alois oder zwanzig fleißige Hausmäuse gebraucht, um sich da durchzunagen.

Es wurde immer heißer und heißer in ihrem Heubett, und mittlerweile konnte der Meininger auch schon ein sehr verdächtiges Knistern und Knacksen irgendwo unter ihm hören. Lagerfeuergeräusche. Nur eben in richtig groß.

Schlimmer noch war der Rauch, der hing bereits schwarz und bedrohlich unter der Stalldecke, und die Maria, die ja jetzt eigentlich wieder hätte reden können, musste fürchterlich husten.

»Leopold … Gh, Gh, Gh, Leopold, es tut mir leid.«

Was genau, das wusste der Pfarrer auch nicht so recht, aber ihm war das Herz schrecklich schwer, weil endlich hatte auch er begriffen, dass es das für sie beide wohl gewesen war mit dem Ermitteln, aber auch mit dem Leben. Erster Fall zwar gelöst, aber teuer bezahlt dafür. Und gebracht hatte es auch nix, weil wenn sie beide hier samt Kuhstall in Flammen aufgingen, dann würde sonst auch niemand was davon erfahren. Alles für die Katz, am Ende.

Wenn er doch nur wenigstens seine Maria retten könnte. Herr im Himmel, gütiger Vater, der Meininger bat nicht oft bei seinem Chef um Sonderbehandlung. Und diesmal auch nicht für sich selbst, aber wenigstens die Maria, die musste der gnädige Vater verschonen, die hatte so ein Ende nicht verdient.

Und dann hieß es langsam Abschied nehmen vom irdischen Dasein und hoffen, dass man seine Arbeit zur Zufriedenheit erledigt hatte, weil vor ihm, da schlugen die ersten Flammen aus dem Heu. Die Maria legte den tränennassen Kopf an die Wange vom Leopold und schluchzte und hustete leise. Auch der Meininger keuchte und röchelte ganz jämmerlich in seinen Knebel. Verzweifelt über die Hilflosigkeit, wütend über die eigene Unvorsicht und auch ein wenig über den Simeon Hirsch, der vor lauter Schmusen seine Partner im Stich gelassen hatte.

Und wahrscheinlich genau darum, weil er sich so am Polizisten verbissen hatte, war es sein Gesicht, das er als letztes Bild vor Augen hatte. Bloß irgendwie komisch, dass der Simeon Hirsch bei seinem letzten Auftritt im Meininger-Kopf eine Gasmaske aufhatte, die war neu. Aber im Tod, da spielt das Hirn einem gern noch einen letzten Streich, dachte sich der Pfarrer, bevor er sich dem Feuertod ergab und die Lider schloss.

Seltsamerweise sah es im Jenseits dann auch nicht viel anders aus als auf dem Wimmer-Hof, nur ein grellblaues Discolicht blinkte überall, und ein Haufen Menschen wuselte hektisch zwischen parkenden Polizeiautos und Feuerwehrbussen herum. Der Meininger konnte sich immer noch nicht rühren, der Schädel pochte wie verrückt, und der Hals kratzte bei jedem Atemzug wie ein Reibeisen. Der Knebel war zwar weg, aber irgendein furchtbar enger Gummi schnitt ihm noch immer in die Wangen, und auf Nase und Mund drückte ein seltsames Plastik. Also das mit dem Sterben, das hatte er sich tatsächlich anders vorgestellt. Und vor allem ohne den Simeon Hirsch, der plötzlich wie aus dem Boden geschossen vor ihm stand. Die Gasmaske jetzt nicht mehr auf dem Kopf, sondern unterm Arm.

»Herr Meininger, da haben Sie uns aber einen ordentlichen Schrecken eingejagt, Sie. Ganz ehrlich. Alleiniger Einsatz und Befragung der Täter durch einen Zivilisten. An den Ärger, den wir deswegen noch mit Hauptkommissar Weingärtner bekommen, will ich gar nicht denken. Was ist denn in Sie gefahren, Herr Pfarrer? Hätten Sie mich doch zu Hilfe geholt. Haben Sie ein Glück, dass wir gerade noch rechtzeitig eingreifen konnten. Ich will mir gar nicht vorstellen, was sonst … nein, bloß nicht.«

Jetzt gut, dass irgendjemand so weitsichtig gewesen war und den Meininger ganz fest auf das Sanitäterbett gebunden und ihm auch gleich noch das Sauerstoffteil vor den Mund geschnallt hatte. Weil sonst, sonst hätte es vermutlich kein Halten mehr gegeben, Lebensretter hin oder her.

»Die Maria?«, krächzte er aber trotzdem hinter der Maske, weil das war einfach die allerwichtigste Frage in diesem Moment. »Die Maria?«

»Keine Sorge, Herr Meininger, der Frau Huber geht es gut. Eine leichte Rauchvergiftung, wie Sie auch, aber ansonsten alles bestens. Da sind Sie schlimmer getroffen mit Ihrer Kopfwunde. Aber auch das wird wieder. Bis Sie heiraten ist alles gut, hä, hä, hä, heiraten, Sie verstehen?«

Der Meininger schloss die Augen und hoffte, dass der Hirsch schnell verschwinden würde. So viel Humor verkraftete er im Moment noch nicht. Aber der Polizist war noch nicht ganz fertig.

»Der Frau Huber haben Sie es überhaupt nur zu verdanken, dass wir Sie rechtzeitig gefunden haben. Ihrer Köchin haben Sie sozusagen tatsächlich ihr leibliches Wohl zu verdanken …«

Das verstand der Meininger nicht, wäre die Maria nicht ganz allein auf und davon, die Kreszenz ausfragen, er wäre ihr doch gar nicht erst hinterher.

»Ihre Frau Huber hat Gott sei Dank Marion Liebig ins Vertrauen gezogen, bevor sie sich hierher auf den Weg gemacht hat. Mit der dringenden Anweisung, wenn sie sich nicht bis zum Abend wenigstens telefonisch zurückgemeldet hätte, dann sollte Frau Liebig, bitte schön, umgehend die Polizei verständigen und zum Wimmer-Hof schicken. Gott sei Dank hat Frau Liebig nicht allzulange auf den Anruf gewartet und sofort sowohl Polizei wie auch Feuerwehr und die Rettung alarmiert.« Der Polizist schüttelte den Kopf. »Unter anderen Umständen würde ich ja sagen, ein bisschen viel des Guten, aber in diesem Fall war es gerade gut genug. Sonst wäre am Ende … nein, ich will ja gar nicht dran denken.«

Mochte der Meininger auch nicht, viel lieber ließ er den Blick über den Hof schweifen und schaute sich das wilde Treiben an. In einen der drei Polizeiwagen wurden gerade die mörderischen Wimmer-Leut, der Bartholomäus und die Kreszenz gestopft. Jetzt umgekehrt waren einmal die gefesselt und konnten sich nicht wehren. Die Wimmerin weinte leise vor sich hin, und der Barthel blickte nur stur ins Leere, versteinertes Gesicht, keine Miene verzog der. Die Passauer Kollegen vom Simeon Hirsch würden sich schon kümmern.

»Eine saubere Vorarbeit haben Sie geleistet, Herr Meininger, Sie und die Frau Huber, Respekt, Respekt. Sobald Ihre Köchin eine Aussage machen kann, sollte das Verhör dann ein Kinderspiel sein. Und auch der Junior macht einen ganz kooperativen Eindruck.«

Der Hirsch deutete in Richtung zweites Polizeiauto, wo der Xaver an der Motorhaube lehnte. Während ihm eine recht attraktive Sanitäterin den lädierten Schädel verarztete, unterhielt sich der junge Wimmer angeregt mit einem Kripobeamten. Der notierte fleißig auf seinem kleinen Block. Der Meininger musste daran denken, wie sie vor wenigen Tagen noch selbst mit Block und Stift in der Wimmer-Küche sich die Beine in den Bauch gestanden hatten. Da hatte keiner was gesagt, so schnell konnte sich alles ändern.

Und die Maria, die hatte am Ende doch recht gehabt. Die schlimmsten Sachen, die passieren in der Familie. Zu viel Liebe, zu viel Hass, zu groß am Ende die Enttäuschung. Das war dann im Krimi doch nicht viel anders als im echten Leben. Und obwohl sie ihn ja recht kaltblütig auf die Seite hatten räumen wollen, so taten die beiden dem Meininger doch auch irgendwo leid. Der alte Barthel vielleicht ein bisserl weniger, aber die Kreszenz, die hatte es sicher nicht leicht gehabt. Betrogen vom Leben, vom Mann, das hält man auch nicht ewig aus.

»Herr Hirsch, wir wären dann so weit fertig hier. Wie schauts denn aus bei Ihnen?«, fragte einer der Kollegen.

»Bestens, Herr Kluge, bestens. Fünf Minuten, dann können wir.«

Nickend und mit einem Gruß zum Pfarrer verabschiedete sich der Sonderermittler.

»Ich fahr noch gleich mit nach Passau«, erklärte der Hirsch. »Die Erstaussagen aufnehmen und alle Papiere ausfüllen. Ist ja unser Fall.« Er zwinkerte dem Meininger zu. »Da lassen wir uns nicht die Lorbeeren stehlen, auf keinen Fall.«

Der Meininger schüttelte müde den Kopf. Für was es auch gut war, aber auf keinen Fall die Lorbeeren weg.

»Sie ruhen sich jetzt erst mal aus. Ihre Frau Huber, die haben wir vorsichtshalber noch in die Klinik nach Landshut bringen lassen. Sicher ist sicher. Sie hat einfach sehr viel Rauch eingeatmet. Aber keine Sorge, Herr Pfarrer. In ein paar Tagen spätestens ist sie auch wieder auf den Beinen.« Er tätschelte dem Meininger das festgeschnallte Bein. »Bei Ihnen sieht es da ein bisschen besser aus, Sie dürfen gleich nach Hause. Aber machen Sie sich keine Sorgen, Sie müssen natürlich nicht allein bleiben, auf keinen Fall. Die Frau Liebig, die war so nett und hat gleich angeboten, Frau Huber zu vertreten. Ja, Sie haben recht, eine ganz feine Dame …«, deutete der depperte Polizist die aufgerissenen Augen vom Pfarrer völlig falsch. »Die wird sich gut um Sie kümmern die nächsten Tage. Die ist auch gleich postwendend ihre Sachen holen gelaufen und wartet schon im Pfarrhaus auf Sie. Tag und Nacht, bis die Maria wieder ganz auf den Beinen ist, hat sie versprochen, bleibt sie an Ihrer Seite. Also …« Der Simeon hob die Hand zum Abschiedsgruß. »Herr Meininger, wir sehen uns, sobald es Ihnen besser geht. Auf Wiedersehen.«

Ja, und da soll man sich nun natürlich auf gar keinen Fall versündigen, sondern lieber anständig dankbar sein, dass der Herrgott die Gebete erhört und nicht nur die Maria, sondern auch gleich noch den Leopold mitgerettet hat, aber … Aber es kam dem Meininger eben schon ein bisschen so vor, als müsste er für dieses gnädige Wunder jetzt gleich ohne Skonto-Aufschub bezahlen. Weil recht viel schlimmer, als Tag und Nacht von der Marion Liebig gepflegt zu werden, konnte das Verbrennen eigentlich auch nicht sein. Zumindest schneller wäre es vorbei gewesen. Nur eines, das durfte man als katholischer Pfarrer auf keinen Fall zeigen: Undankbarkeit gegenüber Nächstenliebe und Hilfsbereitschaft. Und so schloss er nun doch endlich die Augen und wollte gern noch ein paar Minuten himmlisch ruhig unterm blinkenden Martinshorn schlafen, bevor die Apothekerin ihre Griffel nach ihm ausstrecken konnte.

X
Ruhe in Frieden

Drei Tage Apothekerinnen-VIP-Pflege, und selbst der ge-
sündeste Mann würde in die Knie gehen, so viel stand auf
jeden Fall fest. Der Meininger hatte nach knapp achtund-
vierzig Stunden aufgegeben und dann sein Bett einfach
nicht mehr verlassen. Innere Emigration sozusagen.

Die Bettruhe war auch dringend nötig, denn aus un-
erfindlichen Gründen wollte es einfach nicht bergauf
gehen mit seiner Verfassung. Obwohl der Doktor schon
am nächsten Morgen seinen Schädel für »wieder ganz in
Ordnung« erklärt und zum Predigen freigegeben hatte,
er fühlte sich immer noch hundeelend. Und die Liebig,
die machte es auch nicht besser mit ihrer ewigen Zwangs-
bemutterung. War ja fast schlimmer als die leibliche Mutter Meininger.

Von früh bis spät wollte sie ihn mit irgendwas einreiben,
ihm irgendwelche Tabletten und Globuli in alle erdenk-
lichen Körperöffnungen stopfen, und am liebsten hätte

sie ihn von Kopf bis Fuß mit heißen Wickeln bandagiert. Katholische Mumie quasi. Als wäre das nicht schlimm genug, schwörte die Apothekerin auch noch auf den von ihrer Urgroßmutter in geheimster Rezeptur entwickelten Heilbrei. Angeblich sollte das geschmacklose Schleimzeugs gegen jedes Zimperlein wahre Wunder wirken. Als sie dem Meininger die zweifelhafte Kombination aus Haferflocken, Ei und Gemüsebrühe am ersten Tag ihres Zusammenlebens anstelle eines anständigen Frühstücks vor die Nase gestellt hatte, konnte der Pfarrer diese nur angewidert verziehen. Nur unter Zwang und aus reiner, seinem Amt geschuldeten Höflichkeit hatte er zwei Löffel der grauen Schlonze hinuntergewürgt, danach war dann aber auch Schluss. Was zu viel war, war zu viel. Wenige Minuten später war der Brei vor lauter Beleidigtsein auch gleich so hart ausgestarrt, dass man kaum noch den Löffel rausziehen hatte können. Ähnliche Dauerschäden für seinen Magen befürchtend, war der Meininger in sein Bett geflüchtet. Und da hockte er seitdem, harrte der Dinge und hoffte auf bessere Zeiten.

Ob die schlechte Laune und das angeschlagene Gemüt nun auf den immer noch tief in den Knochen sitzenden Schrecken von der Beinahermordung zurückzuführen waren, das wusste der Meininger auch nicht so genau. Eventuell lag es auch an der Kombination aus Marion-Liebig-Pflege und ihrer unvergleichlichen Schonkost oder daran, dass er seine Maria ganz schrecklich vermisste. Vielleicht war er aber auch einfach nur ein wenig wehleidig. Leise litt er vor sich hin. Mit dieser Taktik schaffte er es am Ende auch wieder durch eine lange Nacht und stellte sich gerade auf den nächsten totfaden Tag ein, als ihm der wunderbarste Duft aller Zeiten in die Nase stieg. Die Pfannkuchen von der Maria. So konnte nur eine sie backen! Ganz ohne Zweifel.

Und mit einem Satz, der jeder Wunderheilung Konkurrenz gemacht hätte, war der Pfarrer aus dem Bett und auf den Beinen. Noch im Nachthemd stürzte er die Treppen hinunter in die Küche. Und die Nase hatte ihm keinen Streich gespielt. Da stand sie, seine Köchin, in ihrer Schürze, in ihrer Küche, an ihrem Herd. Als wäre nie was gewesen, drehte sie mit gekonntem Schwung gerade einen goldgelben Pfannkuchen einhändig in der Pfanne und kontrollierte fachmännisch den Bräunungsgrad.

Der Meininger musste sich die Augen reiben vor lauter Freude und Fata-Morgana-Angst gleichzeitig. Alles war wieder genau so, wie es sein sollte. Der dampfende duftende Kaffee stand schon auf dem Tisch, Teller, Gabel, Messer, Marmelade und Honig bereit zum Einsatz. Vor allem aber die Maria. Gesund und munter strahlte sie ihn an.

»Maria!«

Und dann konnte Hochwürden Leopold Meininger einfach nicht anders und packte die Heimgekehrte samt Bratpfanne, hob sie in die Luft und kreiselte mit ihr durch die Küche wie ein liebestoller Teenager. Die Maria lachte so herzlich wunderbar, dass der Meininger sie am liebsten auch noch geküsst hätte vor lauter Glück.

»Herr Meininger, was ist denn mit Ihnen auf einmal los? Hihihihi, Sie Wahnsinnger! Was ist denn in Sie gefahren?«

»Na, da komme ich ja genau im richtigen Moment. Wo hier alle wunderbare Wiedervereinigung feiern.«

Wie ein richtiger Eichenberger war der Simeon Hirsch zu ihnen in die Küche getreten, ganz ohne Schellen oder Klopfen. Es gab also auch für ihn noch Hoffnung. Der Meininger stellte die Maria wieder ab, und die strich sich ihre Haare aus dem roten Gesicht.

»Herr Hirsch, was für eine Freude, kommen Sie rein zu uns.«

»Wenn ich nicht störe …«

»Ach woher, Sie sind uns mehr als willkommen, Sie Lebensretter, Sie!«, lachte die Maria und schob den Polizisten auf die Eckbank.

Bei einer heißen Tasse Kaffee und stapelweise Pfannkuchen erzählte der Hirsch dann von den Abschlussermittlungen in Passau.

Bartholomäus Wimmer, harter Brocken, der er eben immer schon gewesen war, wollte zunächst nicht rausrücken mit der Sprache, aber die Kreszenz, die konnte einfach nicht mehr länger schweigen, und weil sie ja wusste, dass früher oder später die Maria eh die ganze Geschichte erzählen würde, da hatte sie dann recht schnell alles gestanden. Die ganze traurige Sache.

Vom Ludwig, ihrem Mann, wie er die Erna damals im Rausch das erste Mal vergewaltigt hatte, obwohl er es eigentlich nicht böse meinte und dass es dann immer wieder passiert sei, Jahre später. Zu viel Verlangen war da damals einfach immer wieder aus ihm rausgebrochen. Wie es ihm leidgetan hat, ein jedes Mal, weil er halt einfach fürchterlich verliebt war in die Erna und natürlich auch in den Robert, seinen Sohn, und in die Bianca, seine Tochter.

Was für harte Jahre das waren für die Kreszenz, die der Bartholomäus trotz der ganzen Schmach in die Ehe mit seinem Sohn gezwungen hatte, wegen ihrer Mitgift. Und sie einfach zu sehr in den Ludwig verliebt, um Nein zu sagen.

Dass sie es aber irgendwann nicht mehr ausgehalten hat im Dorf, zusammen mit der Erna und der Bianca und ihrem Mann, der die beiden nicht vergessen konnte. Dass der Barthel dann versprochen hatte, er würde sich kümmern, und es würde alles gut werden.

Und dann war es losgegangen mit dem Fluch für die Hasleitners. Freilich, sicher konnte sie es nicht sagen, dass alles dem alten Wimmer seine Schuld gewesen war, aber vieles, wahrscheinlich das meiste, auch der Tod vom Werner Hasleitner, da war sie sich sicher. Und trotzdem, trotzdem wollte die Erna nicht gehen, hartnäckig ist sie in Eichenberg geblieben, bis es dann zum Schlimmsten kam. Der Xaver und die Bianca.

Vieles davon hatte die Polizei ja auch von der Maria erfahren, die noch im Krankenhaus befragt worden war, kaum dass sie wieder sprechen konnte. Aber einiges war dann trotzdem neu und grausig. Irgendwann hatte dann auch der Bartholomäus Wimmer gestanden, tatsächlich den Mord am Werner, auch wenn er nur das Brückenstaffel durchgesägt und den Werner in seinem Todeskampf hängen lassen hatte, schlimm genug. Die Brandstiftung am Hasleitner-Hof, auch wenn der Tod von der Bianca nur ein Unfall war, schlimm genug. Und den Mord an seinem Sohn, bei dem die Kreszenz nur zum Schluss geholfen hatte, als es schon zu spät war, schlimm genug.

Ob der unschuldige kleine Robert tatsächlich von den Engeln nach Hause gerufen worden war oder dabei vielleicht doch einer der beiden Väter, der falsche oder der richtige, etwas nachgeholfen hatte, darüber mochte der Meininger nicht weiter nachdenken. Wozu hatte man denn einen Chef? Sollte der sich mit den Sünden der Toten beschäftigen, ihm reichten die der Lebenden.

Der Xaver, der hatte von der Mordlust seiner Verwandtschaft überhaupt nichts gewusst, und da musste sich dann doch die Maria entschuldigen und sich einen Melissengeist einschenken, weil, so furchtbar schlimm wie sie immer gesagt hatte, war der am Ende überhaupt nicht.

»Einfach nur ein unglücklicher Bub mit einem schlimmen Zuhause«, sagte sie mehr zu sich selbst als zum Rest und kippte ihren Schnaps weg.

»Ja, und der Weingärtner, der hat uns auch noch mal verschont. ›Gnade vor Recht‹, hat er gemeint, weil wir am Ende den Fall so schön aufgelöst haben«, grinste der Simeon Hirsch.

»Sogar eine Beförderung hat er mir angeboten. Als Polizeikommissaranwärter soll ich nach Passau zur Kripo.«

»Herzlichen Glückwunsch, Herr Hirsch«, gratulierte der Meininger sofort. Aber die Maria, die wusste es natürlich mal wieder besser.

»Aber Sie haben doch sicher abgelehnt, oder nicht? Herr Hirsch?«, zwinkerte sie ihm über den Tisch hinweg zu.

»Ja, das hab ich.« Feuerrot wurde er am ganzen Hals und im Gesicht. »Ich hab mich ja gerade erst eingelebt in Eichenberg. Ich glaub, ich bleib noch eine Weile hier. So schlecht ist das gar nicht als Polizeiobermeister. Bleibt wenigstens ein bisschen Freizeit und Hobby.«

Langsam kapierte auch der Pfarrer. »Ja, vielleicht einen Chor gründen oder so, mit einer gewissen Lehrerin zusammen.«

Der Hirsch wurde noch dunkelröter, grinste aber. »In jedem Fall, Herr Meininger, ich wollt Ihnen ganz aufrichtig meinen Dank aussprechen für Ihre Hilfe. Ohne Sie und natürlich ohne Sie ...« Er nickte der Maria zu. »... hätte ich das nie geschafft. Nie nicht«, zwinkerte der Neueichenberger.

Die Maria schenkte dreimal Melissengeist aus, und sie hoben die Gläser.

»Auf dass wir es nie vergessen«, sprach sie in der Sekunde, in der es an der Tür klopfte.

»Herr Pfarrer Meininger, Post für Sie. Ein Pakerl, riesig ist das, und per Luftfracht ist es geschickt. Mögen Sie zeichnen, bitte«, sprach der Eichenberger Briefträger und schleppte einen hüfthohen Karton in die Küche.

Während der Meininger den Empfang quittierte, war seine neugierige Köchin schon mit dem langen Küchenmesser am Aufschneiden und Reinbohren in die Kiste.

»Na, na, das gibts ja gar nicht. Ach so was, Leopold, das glaubst du nie!« Sie zog eine Karte aus den Tiefen der Schachtel und las vor.

»Lieber Herr Meininger, in unserer neuen Heimat auf

Gran Canaria konnte dieses Prachtstück sich einfach nicht zu Hause fühlen. Am Ende war er eben doch ein echter Eichenberger und soll darum auch in Eichenberg bleiben. Mögen Sie einen würdigen letzten Platz für das kostbare Stück finden und sich immer daran erinnern, dass die Wahrheit und das Glück so nah und so fern zu finden sind. Herzlichst, das Ehepaar Leitner.«

Mit vereinten Kräften zogen der Simeon und der Leopold die feinst säuberlich präparierte Trophäe vom zweiten Mordopfer aus der Kiste. Ein wirklich beeindruckendes Geweih, auch ganz ohne Hirsch. Alle drei starrten sie auf das großzügige Geschenk.

»Ja und wohin jetzt damit?«, fragte der Meininger seine Maria.

»Na was? Wohin denn schon? Da hin, über den Türstock, damit wir ihn immer sehen, damit er wenigstens nicht umsonst gestorben ist.«

Der Meininger seufzte und nickte. »Und damit er uns immer an die schlimmste Geschichte erinnert, die in Eichenberg je passiert ist. Mögen sie in Frieden ruhen.«

»Aber, Herr Pfarrer.« Seine Köchin nahm seine Hand und schaute ihn ganz unschuldig an. »Wo denken Sie denn hin? Das ist doch wie im Krimi. Ist einmal was passiert, dann geht es erst richtig los. Dann traut sich plötzlich ein jeder was anstellen.«

Und während dem Meininger der Angstschweiß auf der Stirn perlte und das Blut in den Adern gefror, grinste die Maria nur voller Vorfreude.

»Aber keine Sorge, Sie haben ja mich. Und der Simeon,

der bleibt ja auch bei uns. Alles halb so schlimm, wir schaffen das schon, egal, was kommt.«

Ja, egal was, sie würden das schon schaffen. Weil, die Maria, die hatte immer recht, das hatte selbst Hochwürden Leopold Meininger mittlerweile eingesehen.

Lesen Sie auch >>

LESEPROBE

Ein einsames Hotel in den Bergen.
Nächtliche Spuren im Schnee.
Und eine Leiche nach Mitternacht.

Ein ungewöhnlicher Auftrag führt die junge Pianistin Henni von
Kerchenstein in die verschneiten Alpen. Die Witwe eines Filmstars
feiert im Kreis alter Freunde den 100. Geburtstag ihres verstorbenen
Gatten, und Henni soll die Feier auf dem Klavier begleiten. Doch
statt lauschigen Abenden vor dem Kamin erwartet Henni ein
zugiges altes Hotelgemäuer. Eingeschneit mit schrulligen Alten,
wird ihr Spürsinn als Hobby-Ermittlerin auf die Probe gestellt: Während
tief in den Bergen ein Schneesturm um das Hotel pfeift, hört Henni zu
nächtlicher Stunde unheimliche Geräusche aus der Kapelle nebenan
und stolpert kurz darauf über eine Leiche im Glockenturm …

Schnee! Glitzernde Welt aus Milliarden winziger, zu Sternen erstarrter Wassertröpfchen. Zarte Flöckchen, die die Wangen betupfen, an der Kleidung hängen, im Sonnenlicht einen wirbelnden Tanz in allen Regenbogenfarben aufführen. Du liebe Güte – die blau-weißen Bergriesen um uns herum schauen exakt so aus wie im Reisekatalog. Majestätisch. Gigantisch. Ein Spiel aus dunklem Fels und jungfräulichem Schnee, aus bläulichen Schatten und schimmernden Matten, aus schroffem Gestein und schön geschwungenen, leuchtenden Bergkämmen, über denen der kleine gelbliche Wintersonnenball steht.

»Schaut's euch nur um in unserer schönen Bergwelt!«, ruft der Sepp über die Schulter.

Die Glöckchen des Pferdeschlittens klingeln im Rhythmus der Huftritte der Fuchsstute, kleine weiße Flöckchen wehen uns in die heißen Gesichter, Cindy muss immerfort niesen, weil sie so kitzeln. Claudia fröstelt in ihrem Webpelz aus dem Kaufhaus, sie hat die Brille mit den getönten Gläsern aufgesetzt, um die prachtvolle Natur ohne Augenschaden in sich aufzunehmen. Es ist ein Traum, ein Wintertraum im Märchenland, mein Herz schlägt höher, und ich danke dem Schicksal, das mich zwang, diesen wundervollen Urlaub in der Natur anzutreten. Das Schicksal in Gestalt einer hässlichen Steuernachzahlung, die mein Konto in ungeahnte Minusbereiche abstürzen ließ.

Tatsächlich – mein Herzschlag ist beschleunigt. Möglich, dass es die Höhe ist – wir sind jetzt auf mindestens zweitausend Metern. Oder es liegt an den gigantischen schneebedeckten Gipfeln, die uns umragen. Es könnte aber auch der Charme dieses jungen Bergmenschen sein, der uns am Bahnhof Hispertal mit diesem altmodischen Pferdeschlitten abgeholt hat. Sepp Lustenberger heißt er, und er ist Skilehrer, Bergführer und außerdem Sohn des Bürgermeisters von St. Nikolaus – so etwa die Kurzfassung seiner detaillierten Vorstellung. Nun ja – vielleicht zeigt er ein wenig zu oft seine strahlend weißen Beißerchen, aber er hat schwarzes Kraushaar wie ein Italiener, und seine blauen Augen strahlen mit dem Himmel um die Wette. Ich habe eine Schwäche für Männer mit schwarzen Haaren und blauen Augen. Außerdem scheint er auch sonst gut ausgestattet – soweit die gefütterte Skijacke und die Hosen aus Thermostoff das erkennen lassen.

Neben mir tippt Cindy hektisch auf ihrem Smartphone herum. Vorhin im Zug hat sie uns fast wahnsinnig gemacht, weil sie pausenlos telefoniert hat. Mit Ludwig, ihrem Ex-Freund. Sie haben sich vor drei Wochen getrennt, und das ist auch der Grund, weshalb sie mitgefahren ist. Claudia ist ebenfalls dabei, sie hat alles andere abgesagt, weil sie mich begleiten will. Das Mädel ist anhänglich wie ein Schatten, eigentlich müsste ich mir deswegen Gedanken machen …

Walter hockt verdrießlich in seinem Katzenkorb, den ich vorsichtshalber mit einer flauschigen Wolldecke ausgerüstet habe. Mein armer kleiner Freund hatte daheim in München gerade eine heiße Mieze und ist nun sauer auf mich, weil ich ihn zwangsversetzt habe. Immerhin hat er sich auf der Zugfahrt einigermaßen benommen, nur zweimal fing er an zu singen, hörte aber gleich wieder auf, weil ich ihm klein geschnittene Weißwurst, mit einem beruhigenden Mittelchen präpariert, durch die Ritzen des Korbs geschoben habe. Claudia neben mir zittert wie Espenlaub – du liebe Güte, so kalt ist es doch gar nicht. Außerdem haben wir eine warme Decke über den Knien, die zur Ausstattung des Schlittens gehört. Ach, und die süßen Glöckchen, die bei jeder Schlittenbewegung bimmeln.

»Jingle bells, jingle bells, jingle all the way …«, summe ich vor mich hin.

Tatsächlich verlassen wir jetzt das hübsche Tal, und die Stute kämpft sich einen naturbelassenen Serpentinenweg hinauf. Kein Schneepflug hat hier in letzter Zeit die gute Bergluft verpestet, deshalb ist auch schwer auszumachen, wo der verschneite, ungesicherte Seitenrand endet und der Abgrund beginnt. In der Mitte des Wegs sind Hufabdrücke und eine Wagenspur zu erkennen – es muss also möglich sein, die Höhe zu erklimmen. Cindy bekommt die Gefahren dieses Aufstiegs gar nicht mit, weil sie telefonisch um ihr schwarzes Ledersofa ringt, Claudia starrt angestrengt nach vorn und zuckt bei jedem Schlingern und Knarren des Schlittens zusammen.

»Da oben ist schon das Hotel!«, ruft uns der Sepp aufmunternd zu und deutet steil hinauf.

»Ich sehe kein Hotel«, sagt Cindy. »Diese komische Bretterhütte verstellt die Sicht.«

Betretenes Schweigen tritt ein. Cindy schaut mich irritiert an, Claudia rückt die Brille zurecht und blinzelt nach oben.

Sepp blickt mit ernster Miene vor sich hin. Er schweigt. Mir schwant Übles. Wie konnte ich mich nur von Ludowigas Geschwätz einlullen lassen!

»Könnte es sein, dass das einstige Grandhotel Alpenstern mit den Jahren ein wenig … gelitten hat«, frage ich vorsichtig.

Er nickt düster. Schaut ganz kurz vom Kutschbock zu mir hinunter, und ich bin gerührt. Er schämt sich.

»Nun«, sage ich zu meinen Freundinnen. »Wir sind ja zum Musizieren hier, und außerdem lieben wir romantische Orte. Nicht wahr?«

»Tatsächlich?«, fragt Claudia, die stehen geblieben ist, um sich den Schweiß von der Stirn zu wischen. Na also, sie friert nicht mehr.

»Romantische Orte?«, sagt Cindy. »Ich dachte eher an Luxusbad mit Bewegungsdusche und Whirlpool. Sauna und Thermalbecken. Fünf-Gänge-Menü. Bedienung auf den Zimmern. Animation eingeschlossen.«

Meint sie das im Ernst? Ich grinse sie fröhlich an und erkläre ihr, dass zumindest die Animation kein Problem ist. Weil das nämlich unser Job sein wird. Dann erklimmen wir eine weitere Biegung, und unseren ungläubigen Augen präsentiert sich das Grandhotel Alpenstern in seiner ganzen Pracht. Zumindest das, was davon übrig geblieben ist.

»Heiliger Nikolaus!«, flüstert Claudia.

»Ich glaub's nicht«, stöhnt Cindy.

Ich nehme Rücksicht auf den armen Sepp und schlucke meinen Kommentar diskret hinunter. Das ehemalige Grandhotel ist ein dreistöckiger Bau mit eingesunkenem Dach, hie und da erkennt man die Reste der einstigen Holzbalkone, von denen die meisten abgestürzt sind. Ähnlich erging es den einst grün angestrichenen Fensterläden, die letzten ihrer Art hängen schief und vom Wetter gebeutelt neben den Fenstern, die Farbe ist fast vollständig abgeblättert. Auch der Eingangsbereich, den ein lang gezogener geschnitzter Holzvorbau mit Glaseinsätzen schmückt, war seinerzeit vermutlich hell beleuchtet und innen mit hübschen Möbeln ausgestattet. Jetzt sind mehrere Scheiben zerbrochen, andere erblindet, und die Schnitzerei hat Ähnlichkeit mit Termitenfraß – man kann nur hoffen, dass wenigstens die Eingangstür in halbwegs festem Zustand überlebt hat, damit Wind und Schnee nicht ins Haus gelangen.

»Wollen Sie uns tatsächlich erzählen, dass diese baufällige Hütte das Grandhotel Alpenstern ist?«, fragt Cindy.

Cindy steht schon fertig angezogen und gestylt mit Cello-kasten, Notenständer und Notentasche im Flur. Ich hu-sche mit den Schuhen in der Hand in mein Zimmer, um die Klarinette zu holen, und was sehen meine erstaun-ten Augen? Der Aschenbecher ist leer. Ha! Wenn das kei-ne Maus war, dann hat mein beleidigter Dickschädel aber einen guten Appetit gehabt.

»Meine Damen, meine Damen …«, drängelt die lästi-ge Männerstimme unten an der Treppe. Jetzt klatscht der Typ sogar in die Hände. Frechheit! Sind wir hier im Zir-kus?

»Wir kommen schon«, ruft Claudia.

»Wenn der noch mal in die Hände klatscht, ramme ich ihm den Notenständer in den Allerwertesten«, knurre ich.

»Vielleicht würde ihm das sogar gefallen?«, meint Cindy boshaft.

Wir sind schon eine miese Weibertruppe. Nie um einen Spruch verlegen. Im ersten Stock steht ein Glatzkopf mit Schnurrbart in altmodischer Dienerlivree, eine Erschei-nung, die problemlos in jedem Panoptikum unterkom-men könnte.

»Hier entlang. Frau Linz erwartet Sie. Bitte etwas schneller, die Gäste werden in zwanzig Minuten erwar-tet …«

Er öffnet zwei einstmals schön geschnitzte Flügeltüren mit Milchglaseinsätzen, und wir starren verblüfft in eine andere Welt. Wohlige Wärme strömt uns entgegen, wei-ches orangefarbenes Licht, kostbare Teppiche, Tannen-duft, der sich mit leckeren Essensgerüchen mischt. Der

Raum ist holzgetäfelt, wie es sich für ein Hotel in den Bergen gehört, doch hier ist nichts vermodert oder verwurmt, die Vertäfelung scheint sogar frisch poliert, und die rustikalen Möbel sind keine billige Kaufhausware. In der Mitte des Raums prangt eine schön gedeckte Tafel, Gläser funkeln, das silberne Besteck ist blank geputzt, die weihnachtliche Dekoration erlesen.

»Das ist eine Fata Morgana …«, murmelt Cindy.

»Schau mal, da hinten«, flüstere ich. »Neben dem Weihnachtsbaum.«

Unsere Auftraggeberin, der einstige Stern am Himmel des deutschen Films, steht neben einer gut zwei Meter hohen, mit Silberlametta und ebensolchen Kugeln geschmückten Tanne. Lauretta Linz trägt das kupferrote Haar kunstvoll aufgesteckt, ihr Gewand ist zartgrün und bodenlang, irgendwelche Körperformen darunter sind nicht erkennbar. Aus der Entfernung wirkt ihr Gesicht glatt, die Augen ausdrucksvoll, die Lippen jugendlich weich. Je näher man kommt, desto deutlicher wird das Maskenhafte, steht man vor ihr, bekommt man Angst, die schöne Fassade könne einem in einem Stück entgegenfallen.

Vor Schreck vergesse ich, Claudias Schuhe anzuziehen, was Lauretta zum Glück nicht bemerkt. Sie lächelt uns an. Erstaunlich – sie lächelt, ohne dabei eine Miene zu verziehen. Täte sie es, bekäme ihre Fassade Risse.

»Einen wunderschönen guten Abend, meine Lieben«, sagt sie mit erstaunlich kräftiger Stimme. »Ich freue mich sehr, dass ich drei so attraktive junge Musikerinnen für dieses Wochenende habe begeistern können. Zunächst hatte ich ja an den guten alten Plattenspieler gedacht, aber Livemusik ist einfach authentischer. Sie kennen den Anlass dieser Feier?«

»Gewiss«, antworte ich höflich. »Es ist sozusagen eine Geburtstagsfeier, nicht wahr?«

Sie schenkt mir ein weiteres Lächeln. Jetzt schaue ich genauer hin, um herauszufinden, wie sie das anstellt: Sie bleckt einfach nur die perlweißen ebenmäßigen Zähne. Guter Zahnarzt. Die Lippen sind ganz sicher aufgespritzt.

»Eine Gedenkfeier, meine lieben jungen Freundinnen. Vor über sechzig Jahren habe ich hier mit meinem lieben, unvergessenen Giorgio meine Verlobung gefeiert. Damals stand er in der Blüte seiner Jahre. Morgen jährt sich sein Geburtstag zum hundertsten Mal …«

Sie wendet sich ab, um eine Träne aus dem Augenwinkel zu wischen. Ich schaue gespannt – die Schminkschicht ist wasserdicht. Klar. Wir sind ja nicht mehr in den Fuffzigern, wo die Wimperntusche beim Heulen verwischt ist.

»Meine Gäste, die diese Feier verschönern, werden gleich erscheinen. Ich möchte Sie daher bitten, ein wenig zu musizieren. Dezent. Nur, um dem Raum die Atmosphäre unserer großen Zeit zu geben. Sie wissen, dass wir die Musik der Fünfzigerjahre bevorzugen. Keine Klassik bitte. Wir möchten die schönen alten Melodien hören …«

Wir nicken gehorsam und denken uns unseren Teil. Aber wir sind Profis, wir spielen, was ansteht. Auch wenn einem dabei der Mageninhalt in den Hals steigt. Was momentan allerdings ohnehin nicht möglich ist, weil unsere Mägen vollkommen leer sind. Von wegen Abendessen! So wie es ausschaut, werden wir hier stundenlang seichten Kitsch ableiern, während sich die Geburtstagsgäste die Bäuche vollschlagen.

»Wie alt mag sie sein?«, flüstert Cindy, während sie ihren Notenständer aufklappt und ich hastig in die Schuhe steige.

»Wenn sie sich vor sechzig Jahren verlobt hat und damals nicht minderjährig war, dann muss sie jetzt an die achtzig sein«, überlegt Claudia. »Dafür hat sie sich doch gut gehalten.«

»Ja, für ein Gespenst sieht sie nicht schlecht aus …«

»Psst …«

»Henni? Henni! Schläfst du?«

Die blödeste Frage der Welt. Nein, Cindy, jetzt nicht mehr.

»Was ist?«, krächze ich.

»Mach bitte auf …«

Ich schalte die wackelige Nachttischlampe ein und warte ein paar Sekunden, bis sie nicht mehr flackert, dann krieche ich innerlich fluchend aus dem Bett. Cindy steht in Jeans und Sweatshirt vor meiner Zimmertür und sieht aus wie Audrey Hepburn in Panik.

»Komm rein. Was ist denn los?«

Sie huscht in mein Zimmer und lässt sich auf meinem Bett nieder, mein Kater geht den umgekehrten Weg, er schlüpft durch den Türspalt in den Flur hinaus und verschmilzt mit der grauen Dunkelheit.

»Da sind Leute draußen, Henni«, flüstert Cindy. »Ich hab Angst.«

»Wo draußen?«

»Bei der Kapelle.«

Hat sie schlecht geträumt? Wie will sie denn in stockdunkler Nacht sehen können, dass jemand drüben bei der Kapelle herumläuft?

»Schau doch selbst«, fordert sie mich auf. »Aber mach vorher das Licht aus. Sonst können sie uns sehen.«

Ich könnte umfallen vor Müdigkeit, aber wenn eine gute Freundin von Halluzinationen geplagt wird, bin ich voller Mitleid und gebe das Letzte. Also knipse ich das Flackerlämpchen wieder aus und gehe brav zum Fenster. Welch Luxus – es gibt einen Fensterladen, der sogar zugeklappt ist. Er ist trauriger Single, sein Kamerad und Gegenpart hat sich irgendwann aus den Angeln gelöst und ist senkrecht an der Hauswand entlang in den Tod gestürzt. Durch die gelbliche Tüllgardine der ungeschützten Fensterhälfte kann ich nun erkennen, dass draußen der Vollmond scheint. Schwarz zeichnen sich die Konturen der Berge im milchigen Licht ab, geheimnisvoll bläulich schimmert der Schnee, die Kapelle gegenüber auf dem Hügelchen wirft einen schmalen Mondschatten. Wie romantisch!

»Wer soll denn da herumgelaufen sein? Der Weihnachtsmann?«

»Das weiß ich nicht. Aber die Spuren kann man sehen.«

Tatsächlich, jetzt erkenne ich es auch. In der Schneedecke gibt es mehrere dunkle Linien, gerade und gezackte, einige überkreuzen sich, andere führen seitab.

»Schon komisch«, meine ich und gähne. »Vielleicht war das der Sepp. Oder die Dorfbewohner. Ist morgen nicht Sonntag? Da hatten sie vielleicht eine Spätmesse.«

Cindy schüttelt eigensinnig den Kopf. Es seien zwei Männer gewesen, sie habe sie genau gesehen. Sie seien in der Kapelle verschwunden und nicht wieder herausgekommen.

»Vielleicht zwei arme Sünder, die dort ein Gebet verrichten wollen?«, mutmaße ich fröstelnd. »Wieso schaust du überhaupt aus dem Fenster, anstatt zu schlafen?«

Sie schnaubt ärgerlich und wickelt sich egoistisch in mein Federbett.

»Weil unter uns ständig Betrieb ist«, brummt sie. »Hast du denn nichts gehört?«

»Nö. Hab richtig gut geschlafen.«

Jetzt höre ich es auch. Leise Rufe im zweiten Stock, Türen werden geöffnet und wieder geschlossen. Jemand eilt die Treppe hinunter, man vernimmt verhaltene Flüche.

»Bei dem Betrieb da unten brauchst du wirklich keine Angst zu haben«, sage ich zu Cindy. »Wer auch immer da draußen herumgeistert – er traut sich bestimmt nicht ins Hotel hinein.«

Cindy wirkt nicht überzeugt. Sie kuschelt sich noch ein wenig tiefer in mein Federbett und schaut mich mit Audrey Hepburns bezaubernd verängstigten Augen bittend an.

»Meinst du, ich könnte heute Nacht hier bei dir schlafen?«

»Klar!«

Ich krieche zu ihr in mein Bett, entreiße ihr einen Teil meines Federbetts und kringele mich in Schlafposition. Keine drei Minuten, und Cindy ist neben mir eingeschlafen. Sanft und regelmäßig geht ihr Atem – sicher wiegen sie nun süße Träume. Ich hingegen bin hellwach und wage mich kaum zu bewegen, um meine Beischläferin nicht zu stören.

Meinem übermüdeten Hirn entspringt plötzlich der Gedanke, dass es der Sepp sein könnte, der nachts bei der Kapelle herumturnt. Vielleicht muss er für morgen irgendetwas vorbereiten – steht nicht im Programm, dass wir morgen früh eine Totengedenkmesse für Giorgio Carboni in der Kapelle feiern? Ja, natürlich, warum bin ich nicht gleich darauf gekommen? Laurettas Personal ist Tag und Nacht für sie tätig.

Weil ich immer noch nicht einschlafen kann, schiebe ich mich vorsichtig aus dem Bett, ziehe meine wattierte Jacke an, weil es schweinekalt im Zimmer ist, und stelle mich ans Fenster. Mondlicht. Clair de lune! Wie romantisch. Falls der Sepp tatsächlich da draußen zugange ist, könnte man ja vielleicht …

Da! Eine Bewegung an der rundbögigen Eingangspforte des Kapellchens. Cindy hatte keine Hallus. Jemand schiebt die Tür langsam auf, eine Gestalt wird sichtbar, sie trägt eine Pudelmütze und einen hellen Skianzug. Ist es der Sepp? Ich kann das Gesicht nicht erkennen, aber jetzt entdecke ich hinter ihm eine zweite Person. Unglaublich, was hier so alles unterwegs ist zu nächtlicher Stunde. Von wegen Bergeinsamkeit. Hier ist Action nonstop.

Die beiden Unbekannten schauen angestrengt zum Hotel hinüber, dessen Fenster im zweiten Stock vermutlich noch beleuchtet sind. Stört sie die Betriebsamkeit? Sie reden miteinander, scheinen sich nicht einig zu sein, dann verschwinden beide plötzlich wie der Blitz in der Kapelle. Was ist jetzt los? Hat sie etwas erschreckt? Ich schaue mir die Augen aus dem Kopf, suche in der mondbeschienenen Landschaft nach Geistern, Gespenstern oder wenigstens nach dem dicken roten Coca-Cola-Weihnachtsmann und seinem Rentierschlitten. Aber ich kann nichts entdecken.

Doch! Da stakst ein Schatten hinüber zur Kapelle, ein Wesen in Schwarz mit Hut und Wollschal kämpft sich durch den hohen Schnee den Hügel hinauf. Steht jetzt vor der niedrigen Tür des Kapellchens und … was macht der bloß? Versucht er, die Tür aufzuschließen? Genauso schaut es aus. Er fummelt mit beiden Händen am Schloss herum, bekommt die Tür aber nicht auf. Ob die beiden anderen am Ende drinnen dagegenhalten, die Scherzbolde?

He, Leute. Das ist aber eine ziemlich pietätlose Nummer, die ihr da abzieht. Schließlich soll da morgen eine Totengedenkmesse gehalten werden, da treibt man nachts keinen Klamauk. Jetzt gibt der Typ in Schwarz auf, er steckt einen Gegenstand in die Manteltasche, vermutlich den Schlüssel, und macht sich auf unsicheren Füßen wieder auf den Rückweg. Gespannt verfolge ich jede seiner Bewegungen, er rutscht ein paarmal aus, setzt sich einmal auf den Hintern, läuft aber unverdrossen weiter und verschwindet im Schatten des Hotels. Jetzt könnten die beiden anderen ungehindert herauskommen und ihr Vorhaben ausführen. Welches auch immer.

Gespannt beobachte ich die Kapellentür, warte auf eine Bewegung, einen Schatten, der anzeigt, dass jemand in den Schnee hinaustritt. Es tut sich nichts. Offensichtlich haben die Besucher beschlossen, die Nacht in der Kapelle zu verbringen. Vielleicht haben sie es nötig, wer weiß?

Auf einmal bin ich todmüde, kann die Augen kaum noch aufhalten und bin geneigt, das ganze Theater für einen Traum zu halten. Beneide Cindy, die sanft und selig in meinem Bett schlummert und schon wieder das ganze Federbett an sich gezogen hat. Ich behalte die Jacke an und lege mich zu ihr, erobere einen Zipfel meines Federbetts und rolle mich zum Einschlafen zusammen. Kurz bevor ich weg bin, erscheint für einen Moment die Schrift auf dem roten Gummiball vor meinem geistigen Auge.

Fahr sofort zurück!